悄吟文丛（第二辑）

古耜 主编

出花园之路

林渊液 著

中国言实出版社

图书在版编目（CIP）数据

出花园之路 / 林渊液著 . —— 北京：中国言实出版社，2020.12

（悄吟文丛 / 古耜主编 . 第二辑）

ISBN 978-7-5171-3645-3

Ⅰ . ①出… Ⅱ . ①林… Ⅲ . ①散文集—中国—当代

Ⅳ . ① I267

中国版本图书馆 CIP 数据核字（2020）第 256016 号

出 版 人　王昕朋
责任编辑　王蕙子
责任校对　张国旗

出版发行　中国言实出版社
　　　　　　地　址：北京市朝阳区北苑路 180 号加利大厦 5 号楼 105 室
　　　　　　邮　编：100101
　　　　　　编辑部：北京市海淀区花园路 6 号院 B 座 6 层
　　　　　　邮　编：100088
　　　　　　电　话：64924853（总编室）　64924716（发行部）
　　　　　　网　址：www.zgyscbs.cn
　　　　　　E-mail：zgyscbs@263.net
经　　销　新华书店
印　　刷　北京中科印刷有限公司
版　　次　2021 年 1 月第 1 版　　2021 年 1 月第 1 次印刷
规　　格　787 毫米 × 1092 毫米　1/32　9.75 印张
字　　数　182 千字
定　　价　59.00 元　　ISBN 978-7-5171-3645-3

目录

第四辑　他山之魅

后记

第一辑

中年救赎

好 阉

1. 当是秋风摇落时

凌晨六点多，接到父亲的电话。这不是常态。往常，这个时候他已在诊所里忙于为病人针灸。他从不放长假，每天六点半开诊，这种坚硬而又坚韧的习惯持续了数十年。父亲，其实是一个时间概念，在他的度量衡上有我前半生的所有重要印记。To be or not to be，这是一个问题。我告诉他，我和先生立刻回去，我们去医院，做头颅 CT。中年人生，意外事件缤纷莫测，非常态似乎才是一种常态。放下手机，我边盥洗边盘算取消行程的最优程序。按照原计划，这天午后我将乘飞机远行，到雪野湖度假区参加国际戏剧节，所有剧目和论坛都已预约完成，昨天晚上我还在微信群里向当地土著请教行程攻略，那即将到来的舞台、光影、心灵惊喜与激战，在群里弥散为一种艺术荷尔蒙，四散释放却又无处安顿。

　　刷牙时动作有些磕碰和迟钝，牙缝里渗出了几缕血丝。又接到父亲的电话，他问，要联系哪一位 CT 医生？即便在眩晕严重发作之时，他也未能消停。我说，从现在开始，你不用操心了。我与父亲分属两个不同的价值系统和操作系统。小时候，他的系统辖制了我的，到后来，两个系统交叉并存。如今他病了，我只能瞬间升级。

　　车子上路之后，我开始提起精神打电话。从市区回到家乡小县城，有十几公里的车程，我先生开车从不争抢，是极稳妥的，这个时间段刚好容我把一应事情打点。我先打了一位 CT 医生的电话，他并不在班。做一场 CT 检查，需要办健康卡、找临床医生开具申请单，然后才到 CT 室候诊。每个环节都是人满为患，如果走正常程序，等到下班都不一定轮得上。我想，最好能够找一位打通关的人物。

　　在烟火人间我有严重的社交病，在一些场合，只能坐在背光的地方，一言不发；在另一些场合，竟是与人争抢着说话，成为话痨，这话也不见得多有见地，大多平庸而又琐碎，偶尔才能讲成一朵玫瑰。这大概就是俗语说的，逢人才能说人话，见了鬼连话也说不了。然而，在甄别是人是鬼之前，还有大量的面目模糊之人，需要客套、寒暄、皮笑肉不笑，我的病症就在于对这种是一概摈除的。那些半生不熟、久未联系，那些在交际藤蔓上或远或近攀结着的瓜瓞，是连微弱的阳光也不给的，它们会在时光里慢慢萎顿、枯黄、失活。

可是，父亲是我唯一的父亲，我是父亲唯一的孩子。

幸亏，是在这所医院。大学毕业后我在这里上过几年班，后来调动到市区，也一直在卫生系统，同事关系、师友关系各种盘根错节，这几乎是一个最容易破冰的地方。我重新找了一位老同事，她现在是护理部副主任，名叫阿菱。我们是同龄人。同龄人的友谊，天生有着时代常识的默契感。当年我与阿菱同在儿科住院部，我当医生，她当护士。虽久未联系，但她电话里的声音爽朗甜亮，闻之稍得抚慰。

接着去办理机票的退票手续。网页一直登录不了，打过后台电话，服务生的回答却是漠然的、机器化的：在哪里买只能在哪里退，工作人员操作不了。艰苦卓绝的退票之旅，一把长剑梗在喉头，一直逼我吞下。操作、电话、操作、电话，服务生是随机接听的，这意味着，每一次接入，都得把复杂过程复述一遍。等到我万念俱灰时，服务生说，估计浏览器有冲突，重新下载一个试试。柴火就是在此时点着的，然后轰轰燃烧起来，火苗似乎能够把左近的任何东西舔到。我说：下载了如果还是不行呢？这个破系统既然没有检测成熟，后台就应该有补救措施，没见过这么整人的，接下来我哪有时间做这个事情！我的潜台词波涛汹涌，父亲的最坏结果，其实是直肠肿瘤的颅脑转移，那其实已经来日无多了……半年前，当他排鲜红血便之时，以一个医生的直觉，我便觉得他患上的是直肠或结肠肿瘤，也曾游说他做肠镜检查以便确诊，他拒绝了。之后，症状停止了，我与父亲一度有了侥幸心理，说不定，说不定不是呢。侥幸是一个多么美好的热气球，虚胖、昭彰地悬挂在我们的上空。只是，不管日常的草丛如何平静宁定，它如何经得起风动虫鸣。服务生谅必已从电话的那一端觉察了异样，他也着了慌，终于认真应对，他回说，回程可以退20%，我把退票时间修改为一个月内有效，您看，这个时间足够吗？

父亲到底有多少时间，我心内一点没谱。医学专业知识，其实是双刃剑，有时候，它可以让人轻松淡定，另外一些时候，它的触须伸往的是常人不及的致命角落。父亲作为当事人，他是被区隔开来的。这一切，竟是无人共享与分担，我一个人在绝望的汪洋中左冲右突，艰难泅渡。风浪一波波当头冲撞过来，意志力濒临崩溃。我侧脸向左，望了我先生一眼，他绷紧着脸，淡定地专心开车，而车窗外，晨曦已经化开，比刚出门时明朗了，我稍松了一口气，有点羡慕他，也有点感激他。

2. Ca（一）

Ca。在医院里，恶性肿瘤通常用这个英文缩略语来当暗号。通常地，接诊医生通知病房接收新病号，是这么说的：收一个某某Ca。即便病人与家属都在场，那也是泰然的。

Ca对应的中文字眼：癌，这实在是我看过最为丑陋的方块字，臃赘、破溃、失衡，看一眼便有深深的不适感。然而，禁不住对这个字的好奇，我曾专门去查证，汉语书籍第一次出现这个字，大概是宋代的外科著作《卫济宝书》，但当时的癌，是与痈、疽、瘭等外科疾病并提的，与现代医学的癌，并不能等同。而古希腊医生、被西方誉为"医学之父"的希波克拉底则在两千四百多年前已清晰区分了肿瘤的良性与恶性，并发现恶性肿瘤大都会有四下扩张的不友善特性，令人联想起螃蟹的爪子，于是将其命名为 karkinos，希腊语就是"螃蟹"的意思。

我所居住的是中国的东南沿海，海岸线与希腊分立在星球两边，螃蟹也是我们所熟悉的一种食物。这东西虽然张牙舞爪，但它自来就是被制服、被盘剥、被啃噬的，其意象很大程度上已被驯化了，在我眼中，它直接被替换为蟹肉，刚刚蒸熟的那个样子，蟹壳里爆出泛着水红光泽的灿灿的肉，即便只见文字，也自带海腥味道。我不知道，如果把这种疾病叫做"螃蟹"，长期以来垒在它身上的那些庞大的东西，道德的、审美的、习俗的、思维方式的，它们会减少一些吗。遗憾的是，我们当地人并没有把 Ca 称作螃蟹，而是用了一个极其含糊、极其古典又极其通俗的指代，叫"物件"。小时候，听到大人们神秘地交头接语：某某人生了物件……那是十分重大的事件。如果是亲，语气里不免愁苦悲痛，如果是仇，眉宇间竟是有了喜气，却又很快觉得不妥，硬生生把那喜气掖下去。

我的公公是在前年患肺 Ca 去世的，从发现物件至生命走到终末，只有半年时间。这期间，这个病对他是隐瞒的，同时需要隐瞒的还有我的婆婆。这种状态在我们这里，依然十分盛行，农村尤甚。在大多数人眼里，死亡是不能被平静接纳的事情，而且，带有惩戒意义。那么，患上 Ca，便如犯罪一般，甚至，它是有道德传染性的。身体里生长了一个 Ca，那是使人倍感羞愧的事情。为了病人不至于遭受唾弃和隔离，我们常用的办法是，避讳、遮蔽、掩盖，这中间弥漫的，其实是对死亡的神秘感知和恐惧。

常常地，我们的应对措施是从避讳开始的。

3. 炼狱

阿菱是穿着便服来到我们面前的。

父亲痛苦的病容上，增添了狐疑和失望。这是 CT 候诊室，他身后，站着我母亲，还有闻讯赶来的一众亲友。即便是病了，他依然是狮子王。在这座县城，父亲是颇有名气的中医医生，专精针灸。我们这地方，信服西医不到四十年。父亲正值盛年时，家境不错的人家请医生都是一中一西，父亲与这所医院最好的西医生常被同时请去，有时就在病榻边相遇，有时是一个人后脚离开花巷另一个人前脚踏入了门楼。父亲按脉，西医生用听诊器，各开各的处方，倒也相安无事，几个回合下来，竟是相互倚重。周瑜与诸葛亮帐中携手，这种境界颇为令人称奇。上世纪八十年代初，市场经济体制改革之时，医疗体制也有些松动。当时常在病家遇合的医生，有一位是业务院长，他颇为器重父亲的针灸水平，曾多次怂恿他到医院工作，或者开辟门诊公私合营。无奈父亲单干惯了，视体制如囚笼，不愿主动入瓮。在很长时期，父亲的医术和医德为他赢得极大声誉，他也乐于凭借人脉关系帮助更多的人，在亲友中类似于无冕的长老。只是，显然地，他并没有做好当病人的准备。这是他第一次真正跨入医院，衰颓和病痛在打垮他身体的同时，也打垮了他的荣誉感。我估计，他内心里只剩下了最后的宏愿，即便是当病人，也该是一个特殊病人。白大衣，在医院这种场域，对于病人及家属群体，是有多重精神意义的。他在等待白大衣的拯救。

　　这是一个熟人社会，每个人都有自己的专业领域，在自己的优势领域找熟人走捷径，似是情有可原。平等，向来是个可圆可方、可亲可仇的东西。可是，这一关我没能过。占用了公共资源，便是对他人的侵略。一个白大衣，穿拂人山人海去为熟人插队，这是遭人唾弃的。父亲的愿望落空了。然而，我还是咬着牙，忍受着内心的煎熬跟在阿菱的身后，奔跑着去办理各种手续。在之后父亲漫长的就医之路，三次住院两次手术，我一直享用着前医生身份的各种优待，而内心深海中关于道德亏欠的折磨一刻也没有消停。

　　阿菱把申请表留在CT登记室，带门转身出来，跟我交换了一下眼神，便先走了。父亲很快得到了叫名，进入CT

检查室才发现，这位技师也是熟人。做 CT 的病人多的是腰椎间盘突出症，这刚好是针灸治疗的适应证，他常把我父亲推荐给他的病人。他们的这场晤面，像一出舞美寒碜、道具简陋的苦情戏。我留在操作室，观看检查的影像。

技师说：

没有出血。

我问：

占位呢？

他说：

没有。

这是专业人员之间的对话。简短、直接、毫无情感色彩。可是，如果面前有两条路，它可以把你带往天堂，也可以带往地狱。操作室的天花板訇然裂开，巨大的阳光系统把整个世界照得通明透亮，办公桌上黑白灰的屏幕和器械，全部被施予魔法，变得温婉如花。我忘了向技师告辞，跑到隔壁检查室，把父亲从 CT 机上扶下来，伏在他耳边说：没有肿瘤转移。同样作为医生，父亲一定与我一样，被这个最坏级别的预想萦绕过。我的欢乐与父亲的病容是如此地不匹配，以至于，身边的亲友一个个愕然如谜。

父亲收住在神经内科，诊断为后循环缺血，这个诊断并不通俗，一般是指后循环的颈动脉系统短暂性缺血发作和脑梗死。在我看来，这种短期内没有生命危险的疾病，是可以不算病的。更确切说，与我原来焦虑得有些变形的预计相比，它可以忽略不计。可是，预后与临床表现不成比例，父亲的眩晕症状依然非常严重。他不止是不能起床，躺着躺着也会眩晕发作起来，痛苦不堪。煎熬一旦融化在日常的时时刻刻，便成炼狱。

父亲在入院输液后不久，又有新状况发生。他要起床小便，刚刚侧移起身，下腹部突发放射性疼痛，竟至于整个人重重地倒栽下去，凄厉的嚎叫声响彻病房。这个突然发生的病症让我和父亲都大骇。我要去问值班医生，却被父亲叫住，他说，再看看吧。我琢磨，此时他身上的医生身份尚未褪尽，对陌生医生有一种天然敌意。这却由不得他，我跑去问值班医生，只见他头也不抬慢悠悠地说：是不是尿储留？

尿储留我当然懂，在医生眼里根本就是小菜一碟，可是，这种阵势我真是从未见过。父亲说，这是他这辈子所承受的最严重病痛。我立马给父亲做膀胱区热敷。我的这双手向来皮薄怕烫，这时却是不怕的。毛巾敷下去，倒是父亲被烫得哇哇直叫，忍受不了要求撤掉。如果热敷解决不了，只能插导尿管。我坚定下来，顶着他的嫌弃和亲友们的质疑，一遍又一遍地更换热敷毛巾，而且是以一种滚烫的有效温度。父亲的痛苦像爆米花一样突突地爆发，于他，躯体的蹂躏之上，更添精神的阉割。

入夜，父亲临睡前的口服药是有安定作用的，终于消停下来。陪护床只有一个，我与母亲把一整个夜晚断为两截，我睡上半截，她睡下半截。

打开手机，有两个人在微信上留了言。他们的头像看起来惚惚然不知是谁，问的是同一句话：

"你何时到来？"

一瞬间整个人被调离到另一重世界。雪野湖度假区还有人在惦着我，是因国际戏剧节结识的新朋友。

"遭遇变故，行程取消。"

虽然，这场行程与谁都不曾有过承诺，但此刻我对自己的临阵撤离还是有些愧疚，毕竟，在对戏剧的美好兴致中，半月来我们已经建立了投契的共同期待。与一位旅行家崔老师交流更多一些，我告诉了他真相，这一个长假，雪野湖度假区的宾馆全部换成了父亲的病房，而那个整装待发的行李箱，直接拉来当陪护使用。

4. Ca（二）

对于 Ca，人类已经用了很多年的时间来仇视、对抗、杀伐、征服，以至于，为了拯救生命，不惜伤害自己的身体和细胞，把 Ca 赶尽杀绝。

对 Ca 的治疗几乎全部是军事战略方案。放射治疗是利用放射线定位性轰击，而化学治疗被称为是化学战，是抑 Ca 和抗 Ca，我们通常用毒药来对治它。

我从小听潮剧，宫斗戏里有一种必杀技，那就是鸩毒。隐约记得一些唱词："一见金樽心慌张，樽中有酒鸩亲娘……"那一出戏，皇后无嗣而大权独揽，把婚期在即的民女冯香罗抢进宫里，借腹生子之后除去。冯香罗大难不死，终于等到了儿子登基的那一天，满以为可以报仇雪恨，哪里知道，已经成为太后的前皇后依然大权在握，小皇帝并不敢轻易造次。等到他识破了亲母与未婚夫的密约后，终起杀心。最后一场叫做"鸩母"，那是我关于恶的启蒙。在舞台的聚光灯下，看人性幽暗的深潭之上，恶之花荦荦独开，雁过惊心。

宫廷之所以以砒霜投酒，是因为它无臭无味，毒性烈，服毒后立时毙命。据说法国把砒霜称为继承粉末，也是因为人性的黑暗裂豁，不少人以砒霜毒害亲人，以获遗产。

我在呼吸内科当实习医生时，第一次听说抗 Ca 药三氧化二砷便是砒霜。

那是一个体形壮硕的老爷子，入院时彪悍生动，根本看不出是中央型肺 Ca 晚期患者。他的诙谐幽默让医生护士很是爱煞，刚毕业的护士输液时没扎中，弄得手掌背渗血青紫，他便调侃道：送我这么大一颗紫甘蓝，今晚是凉拌还是爆炒啊。就是这么一个人，X 线和 CT 结果都显示，他已丧失手术时机。入院后开始接受化疗，三氧化二砷等药物，有静脉注射也有口服，很快地，他开始骨关节疼痛、颜面浮肿、头痛、胸闷，接着，肝肾功能受损，再接着，四肢疼痛、麻木，温觉、触觉消失……他每次来住院半个月，接受化疗只有四天，后面的十天几乎都在解决药物的不良反应。在与

Ca 展开的战争中，他的身体节节败退，城池全部失守，八个月后他死了。濒死之时，他一直嚷嚷着胸痛，难忍的痛、生不如死的痛，镇痛针打了也是没用的，他用双手捶打自己的胸廓，嘭嘭嘭。双手已经乏力了，但那捶胸声，对于一个怯怯的实习医生来说，足以震落心里的雾凇，那些雾凇我从未见过，但它们一直诡秘地存在，透明、坚硬、沙沙作响。

5. 天堂

这一天，父亲饭后点了一根烟，吸一口说：这几天，过得像皇帝一般。

是的，吸烟。

入院后，例行是有不少辅助检查的，科主任是我师兄，我瞒过父亲，把半年前那一场症状告诉了他，对于专业人员来说这是心照不宣的，师兄请了普通外科医生来会诊，并在检查项目中增加了癌胚抗原等几个验血指标，其中，癌胚抗原正是上世纪六十年代在结肠癌中发现的标志物。验了血，又把胸片、B 超、心电图等检查做下来，脏器老化性问题该有的都有，不该有的却也不太严重。而且，普通外科医生肛门指检并未触及肿瘤，验血结果几个癌性指标是阴性的。

我竟然对病情乐观起来。

在内心的某个角落，我依然养着一个盲目乐观、不谙人事的女孩，即便生命的残酷、人性的险恶已洞悉明白，她竟然还顾自成长着，还成长得相当美好。这个女孩，也不知道是谁在供养，用什么供养的。在我卸下终极思考、人性黑洞、战争与灾难这些沉重而又无解的东西时，她常常嗖地一下，飞舞到日常生活的前台，一脸无邪。

父亲的眩晕发作频次低了，病房的笑声开始放浪起来。医院门口的一排柏树正在花期，掉了一地花穗，还有未及绽放的花苞，送早餐时，我捡了好些带上楼去。柏树的花是厚花瓣的，接近大地色，亲友们皆误以为是果实。

也是运气好，入院当天住这单人套间的病人出院了，房间腾出来。一张病床、一张陪护床，还有一套简陋沙发和若干简易椅。这样一来，病房里可以喝茶可以聊天了。我们家亲友多，每天探望的人鱼贯而入鱼贯而出，炖汤在床头柜上排成一列。我的义兄、阿姑、舅舅和阿妗都是庞大的后勤系统。一日三餐，都买父亲爱吃的东西，变着法子哄他。看望的人群中，有老友、学生、因病结缘建立起来的关系、因在菜市场遇到谁谁意外获知消息的故交。有的是结伴来的，有的是来病房碰上的，有的是十几年未遇，一旦遇上就聊嗨了，有的是习惯了一坐下就不走。早来的还有沙发和椅子，迟来的，就在窗口边、走廊上站着聚拢在一起。有几回，场面让我有些恍惚。如果病房里的长方几铺上缠花枝纹案的台布，摆上鸡尾酒，那么，这里可以是一个充满社交意味的宴会厅。一开始也聊父亲的病情，很快地就有人聊到自身的躯体疾患，向父亲请教，祈盼着早日出院可以为他施针，也有人聊着聊着聊到罗马和巴黎，聊到社保和股市，聊到物价和文艺。有人问起我要去参加的戏剧节，父亲顺带问：取消这一程，损失了多少钱？我只好笑道：那些非如此不可的事情，我们不谈论损失了啊。父亲听后，有些心疼又有些欣慰。

戏剧节虽是去不成，心里过一下瘾总是可以。独自出门看戏，这是持续多年的习惯。外人道我只是少看了几场戏而已，其实，于我来说，看戏已经是生活方式本身。看，是对完成时态的欣赏。而我不是，除了看，还在参与、楔入、嵌顿，然后挣扎、延展。崔老师参观过雪野湖度假区的宾馆，发来照片，这是我预订又退订了的地方。缘来缘去往往只在一瞬之间。崔老师这种老驴，当然不甘于宾馆的平庸体验，一直倡导大家在度假区搭帐篷野营。非到不得已，我对此难以消受。在这座小县城，大多数人的生活平定安逸，数十年光景就如平直的栈道一眼到底，包括我的父母亲，我对他们的生活充满警惕和不安，其实，我又能够走到哪里去呢，在崔老师看来，何尝不是五十步与一百步。

聊回病房的日常琐碎。父亲最年轻的学生，也是他诊所的助手，我们叫她二妹，是一个90后的时尚女孩，她妹妹毕业后也来学习针灸，一对姐妹花正当青春熠熠，又是说话讨巧，深得父亲欢心。父亲诊所，很有些老树着花的气象。桃花春色暖先开，明媚谁人不看来。她们与父亲的关系类似于爷孙。这事情既蹊跷又欢乐，论价值观审美观论生活习惯，她们是与父亲完全撕裂的。这也无妨。一踏入病房，她们便如夜莺一般唱个不停，父亲的耳背似又加重一些，回答便迟滞了讹差了，一灵动一老拙，听来逗乐讨喜。临别又问道：我下午带章鱼小丸子给您吃好不？要不，烤土豆片、珍珠奶茶？父亲蹙着眉头，哭笑不得地摆了摆手，大家便哄堂笑开。

我的老同事们也闻讯而来，两位旧交明氏和桂氏是阿菱带来的，她们当年也在儿科当护士，现在都独当一面，在不同科室当护士长。我们便聊起，每年秋冬季腹泻流行季节，儿科忙成一锅乱粥，我与她们总是相互羡慕。她们羡慕医师在子夜之后可以去值班房睡觉，我羡慕护士凌晨一点交接班，而我是 24 小时值班制，第二天还有没完没了的病历要写。明氏和桂氏当时与我私交甚密，明氏说某一个晚上唱完卡拉 OK，打黑魆魆的寺后街经过，几个女孩子为了壮胆，在阒寂的午夜大声吼起流行歌。这么说来，当年我对于群体欢乐是愿意进入的。遇老朋友，如见照妖镜。只是不知，转折源于何时。这个科室的护士长也闻声过来，她比我们小几岁，当时在当实习护士，阿菱问她是否认识我，她说：林医生啊，她做的手工花布头饰把我们羡慕得……那口气里，全然是小女孩情态。

住院环境太过宽松怡人了，亲友里的老烟虫开始怂恿父亲吸烟，一根一根地给点上，然后一起吞吐，一起享受冒险违禁之后的小乐趣。我制止了几次，终是无效。

母亲的工作重心几乎转到了社交人情，迎来送往，各种感谢各种婉辞各种辞而不得。她专门用一个本子，记录亲友送来的慰问金红包。这项庞大的经济工程，几乎是家族传承的重要秘诀。从我懂事开始，它便存在了。亲友之间送红包，大抵有几项内容：小孩的春节压岁钱，老人生日贺仪，生病住院慰问金，红白事礼仪。数额是需要详细记录的，礼尚往来。在农耕社会，这种民间互助是有救世情怀的，千百年延续下来，便成了传统。父亲施医数十年，结交无数，光是叫他舅舅的就有一百多号人。逢年过节，家里往来人等就如游花灯一般。这几乎成为了我的心理阴影。不久前，一个节假日，我正在睡懒觉，朦胧间听到杂沓的人声到来，心内不禁沮丧万分，坏了我又睡不成，需要出去跟客人打招呼。这是我童年的生活场景。就在此时惊醒过来，醒来之后才重负释肩：我已经是成年人了，这里是我自己的家。

6. Ca（三）

"癌症隐喻的趣味恰好在于，它指涉的是一种负载了太多神秘感、塞满了太多在劫难逃幻象的疾病。我们关于癌症的看法，以及我们加诸癌症之上的那些隐喻，不过反映了我们这种文化的巨大缺陷：反映了我们对死亡的阴郁态度，反映了我们有关情感的焦虑，反映了我们对真正的'增长问题'的鲁莽的、草率的反应，反映了我们在构造一个适当节制消费的发达工业社会时的无力，也反映了我们对历史进程与日俱增的暴力倾向的并非无根无据的恐惧。"

十多年前，当我第一次阅读苏珊·桑塔格的《疾病的隐喻》时，肯定还是心存侥幸。如果 Ca 它不来招惹谁，有谁愿去含纳它。苏珊·桑塔格在各类文学作品中攫取材料，以结核病、Ca、艾滋病等疾病中的文化隐喻，探讨这些疾病在现实社会的处境真相。这些疾病或者是至今依然被认为是绝症，或者是前绝症。无疑地，当年我读得非常潦草，对于她的危言耸听是将信将疑的。当一个医生，与当一个病人，是两种不同的生命面向。医生是从外部剥洋葱，剥了一层又一层，不知道芯在哪里；病人是从内在的黑洞出发，向外寻求光明，却求而不得。当一个文化反思者，与当一个病人，是两种不同的生命体验。文化反思者把生命当成标本，他可以筛选甄别，可以穿着西装革履；病人，那是他生命本身的痛，切肤、入骨、钻髓，他是被选择者，是裸裎的。这么些年，Ca 在我身边纷至沓来，它先是侵犯我的病人，接着是我的亲戚师友同事，最后是我的至亲。"疾病的隐喻"像木棉花的籽絮一般，漫空飞舞，由远及近。我慢慢才明白，苏珊·桑塔格的文字渗有她的痛她的血，四十年前那些理论建构的钢筋水泥里镶嵌着血肉之躯。我们都不应该忘了，她本身就是一个 Ca 患者。

7. 好阄

微信上，戏友们发上来的图片、视频如大雪纷飞。巡游与剧场、人戏与傀儡剧、呐喊与尖叫、暴烈与轻曼，在那明暗起伏的人间剧场，歌唱者、言说者、窥探者、围观者、欣赏者，我听到了他们杂沓的掌声、叹息声、手机定格的咔嚓声、喃喃私语声，还有源自我心底的台风呼啸声。似乎有一个人影从我身上分裂出来，混杂在这人群里。

崔老师把看戏笔记发在朋友圈，我偶尔会瞥一眼。有时，看一组肢体与噪音的即兴表演，他也可以聊得特别哲学。他觉得，这种表演是一种关于肢体是什么的合适答案之一，噪音为其增益。存在就是语言，语言就是存在。存在就在语言之中。有时，他又说得很像废话。比如，他发现，出演端庄的女演员在台下并不那么端庄，而有一位并不饰演端庄形象的女演员，在生活中却挺端庄的。后来，他其实并没有在度假村露营，而是去了度假村里的美术馆楼上临时征用的房间。他写道：这里听不到车辆喧嚣。开始时房间里没门，睡醒即看到天空。清晨没什么人活动，我觉得进入了陌生的状态。这与观看艺术品的体验相似。观看者进入了精神世界，回到了为万事万物命名的原初状态，这时候存在便浮现出来。那时，我拥有某种情绪，似要与天地交流。

直肠肿瘤依然是心中的一个梗，时不时在脑门闪一下。

师兄说，如果要做检查，就由他去游说。虽然是常识，可是，经由科主任之口去说，与由我去说，那是不一样的。我相信，在医学专业的信任问题上，权力等级依然发挥作用。师兄一出马，父亲果然答应了。

做肠镜，病理活检，然后才能够排除原发性肿瘤，才能够放心。我们预约在出院前一天。

该怎样来描述肠镜场景。像一幅宋代山居图，肉红色的山峦层层叠叠，山道蜿蜒曲折，山体平滑广袤，路途迢迢递递，穿过一个个山门，又是一座座山，翻过去，又退回来。正是，空山有雪相待，野路无人自还。

或者，那根本就是个肉红色的黑洞，穿越一个个次元，通往无穷与未知。

这种体验是以往所没有的。我握着父亲的双手，仿佛疼痛可以通过传递而减弱。后来我才察觉，面对屏幕时的审美体验，其实是下意识进行的焦虑转移，那时我已有了浓烈的预感。父亲被搀扶上轮椅送走之后，我留了下来。肠镜医生递给我一个小瓶子，是送病理活检的。然后，他又撕了一张纸条给我，让我送给临床医生，上写着：距肛10厘米处，见一硬肿糜烂面，直径约2厘米。

"多长时间了？"

"至少一年多。"

这个世界背后的逻辑严丝合缝。

这个高度，恰好是普外医生的食指伸插不到的地方，而它距离肛门太近了，排出来的血便依然是鲜红色的。

我的内心在黑暗里风雨飘摇，而身边一个人也没有。我先生、我母亲跟着亲戚们，一起推父亲的轮椅回病房。我们毫无准备。没有人意识到，需要有人陪我打仗。

我奔跑回病房，到处找我师兄。护士长说，主任在值班房等你们。医生值班房就在父亲病房的隔壁，我快速闪了进去，护士长也跟了进来。

我转回去把门扣紧，然后才转身面向他们，重重地点了头。

这一点头，秘密和恐惧便被淹没到了现实世界里，我身上被各种情绪捆绑了的绳索一根根绷断。

我们卷起铺盖回了家。

我心底里的台风，翻滚着翻滚着改变了路径，在一片海域里继续酝酿更大的风暴，海岸边，只有漫长的沉默。

办理出院之后，众人搀扶父亲坐车去，我返回病房去向师兄和护士长告别，深深鞠躬致谢。在最艰难的时刻，是他们陪伴在我身边。我莫名想哭，忍住了，一直到进入电梯间。我就是想哭，毫无理由不辨节点，千百个可以哭的理由和场合，我不明白为何是在此时。那泪是一下子爆破的，大朵大朵地，像杏花一样溅落。电梯间里人员杂沓，陌生、匆忙，我与他们的交集或许只在这一个顷刻，缘分这么浅，却恰巧是他们看到了那潜藏最深的情感。

事实上，从肠镜医生手里取过那张小纸条时，我便明白了一切。师兄同我分析了治疗策略，这个年龄这个位置，手术是必须做的。如果做手术，我倾向于去市区的三级综合医院或者肿瘤专科医院。那么，剩下来的事情就是，如何告知。隐瞒抑或公开，这是一个问题。

生死问题，在这半年的时光里，我与父亲有过不完全探讨。我对待自己的生命比较严苛，如果有一天创造力已去，那么，活着是为了什么？我自设的生命长度是在七十五岁，大抵是认为，如果不出意外这个年龄之前还是可以有所创造的。可是，父亲患病时已经比这个年龄还大一岁，这意味着，我的生命观于他来说是十分残酷的。我住处的楼下，种有重瓣山茶花若干株，春天从山茶花树边经过，目睹了千姿百态的凋零。有一些，是在枝头萎顿的，整朵褪成了柴褐色；另有一些，还正粉妍，却整朵掉了下去，只把淡绿的萼留在风中的枝头；还有一些，凋落时候已经倦透了，数十个玫红的花瓣散落了一地，极尽哀艳。一朵花也好一个人也罢，其枯凋姿态，是不应带有道德评判的。父亲半年前执意不愿意去查肠镜，并扬言说如果是 Ca 他也不做手术，这种想法刚好与我契合，只不过，我的想法是有过周密考量之后的自觉选择，而他，真正的原因是不敢面对疾病，不敢阻断生活的惯性与秩序。正是基于我与父亲的不同认知，我当时纵容他长达半年时间不去确诊，除了侥幸心理，更重要的，还是我自己内心的战场烽烟四起。不过，我先生对我的说法是存疑的，不知是因为看透了我，还是看透了人性的弱点，他说，当我活到了七十五岁，放弃治疗的智慧和果敢也会随之丧失。

那天，在逼仄周密的值班房，师兄说：

"回去好好商量一下吧。"

WHO？ WHEN？ WHERE？ HOW？

我说：

"瞒不住的。我现在就去。"

从值班房到父亲的病房，我走得比预想的勇敢得多。

那天的夕阳无限好，父亲从肠镜室回来，身体出了点微汗，脸色白里透红，北窗是拉开的，薄薄的阳光照拂了整个房间。他还坐在轮椅上，亲人们围坐在四周，商定第二天出院的安排。我很抱歉在这么温馨的时刻说出了真相，辜负了他们的好心情，辜负了那天的好天气。

不过，我给这个凶讯重新调了一个色调。

我告诉父亲：

"你抓到了一个好阄。"

8. Ca（四）

肿瘤医院的公告栏，贴着各种学术报告通知，我瞩目的是这么一张招募海报：招募不可切除的晚期复发性或转移性食管鳞状细胞癌受试者。项目内容是这样介绍的：癌症免疫疗法（如检查点抑制剂）作为单一治疗以及与其他免疫疗法或传统化疗联合，最近已被证明在多种癌症类型中具有临床活性和生存获益。某某药单药治疗或联合某某药治疗已在多个国家和地区获批，用于治疗转移性黑色素瘤、非小细胞肺癌和晚期肾细胞癌，现经国家食品药品监督管理总局批准，用于食管鳞状细胞癌患者进行临床试验。接下来，是详尽的入选标准和排除标准。

这时候，当年的实习小女孩已然长大了，有过临床和科研经验的人都会知道，Ca 的治疗，每走一步都艰难无比，也当牺牲无数，不管是小白鼠，还是像小白鼠一般的人类。

关于小白鼠，我最早接触的实验课是破坏小脑。医学生的虐心训练其实从入学就已开始。先把小白鼠放实验台观察正常活动。然后将小白鼠罩于烧杯之内，乙醚棉球麻醉完成之后，即剪去颅顶部的毛，沿头颅正中线剪开头皮，用探针穿透颅骨，搅动破坏一侧小脑，等待小白鼠清醒，便可观察：姿势是否平衡，活动有何异常，两侧肢体的屈伸和肌张力有何变化，其旋转和翻滚到底是向健侧还是损伤侧。之后，小白鼠成为了实验室常客，残忍手段是循序渐进的。比如，小白鼠实验性肺水肿，我们在观察鼠的腹腔注射肾上腺素，对照鼠注射生理盐水。记录不同时间段，两只小白鼠各项指标的变化，口鼻是否有泡沫痰流出，呼吸和皮肤黏膜的变化怎样。多少时间后如果观察鼠已死，那是适得其所，如果不死，它是必须与对照鼠一起处死的。处死的方法是在腹腔注射麻醉药，然后剪断颈动脉快速放血……小白鼠死亡之后，要解剖游离出肺，测肺系数，观察鼠与对照鼠，无疑地，它们是不同的。

是的，我们课本上写的的确是"处死"，这两个字，令人莫名惊怵。这是处死谁了？杀人放火的罪犯，叛徒，偷马、袭寨的贼人……小白鼠一生下来，便因身份而获罪，可以任由处死吗？

当人类处于优越方，甚至拥有生杀大权之时，人性之恶肯定是金光闪闪的。第一次用探针破坏小白鼠的小脑，第一次游离小白鼠的肺脏，把表面血迹擦干，第一次剪断小白鼠的颈动脉，谁不是心有战兢的，可是，冷血杀手是一步步养成的，很快地，我们把一切视为理所当然。有一次，周一又逢台风天，天气很坏，大家都觉得应该停课的，实验课去者寥寥，全班本来是分为六组的，那天只凑成了一组。结果，实验完成之后，我们把剩余的小白鼠全部拿来操练，用空气皮下注射，一只只小白鼠或者前胸隆起，或者后臀膨出，或者整一只肥了一圈，它们就这样在实验台上惊恐地奔突、逃亡，而我们，脱下沾满鲜血的手套，站在台桌旁双手叉胸，欢谑尖叫声盖过了室外狂乱的风雨声。

对小白鼠的怜念和歉疚，是在若干年后。

毕业后我到儿科当医生，婴幼儿哮喘是儿科常见病之一，我们的同事大林对此深有研究。所谓的大林，是与我这个小林相对而言，直到现在，我们还经常以孩子的口吻互称："大林伯伯""小林阿姨"。在大林伯伯的带动下，我选择这个疾病作为科研课题。当深入研读文献资料时，我发现对于该病的诊断一直是摇摇晃晃的，而且，严重影响到了患儿的药物治疗。

鉴于多年不当一线医生，为了保证这段文字表述的专业性，我重新打电话给大林伯伯，要求他跟我聊聊婴幼儿哮喘的诊断史。大林伯伯已于二十多年前调往医学院的附属医院，现在是该专业的专家。时光的白驹日行千里，林荫径上只闻到哒哒的马蹄声。大林伯伯从五十年前讲起，当时，婴幼儿哮喘确实是以哮喘诊治的，但很多医生发现，大概有三分之二的小孩，成长到六岁之后，他的哮喘病就戛然而愈了。之后十年，诊断曲线出现了极大的摇曳，忽左忽右，令人无可适从。一开始是保守观点，认为这些孩子都不算哮喘的，应该把诊断定为喘息性支气管肺炎，之后，是激进的观点，认为一年当中孩子如果有三次以上的哮喘发作，通通诊断为支气管哮喘，那段时间，哮喘的诊断率噌噌噌地攀上去。大约二十年前，又有保守观点，认为六岁以下诊断哮喘应该慎重，之后又是漫长的争议与评判。十年前国际标准颁发出来，把喘息表型分为：间歇性喘息、持续性喘息、年长儿喘息，一时儿童呼吸内科学界质疑之声哗然，这根本就是故意混淆本质性问题，每一个病儿，都得六岁以后才能作出回顾性诊断。直到三年前哮喘预测指数制订出来，以主要标准三项和次要标准三项协同评分，婴幼儿哮喘的诊断问题才告平息。

这是一个近乎完美的诊断进展史，像一个钟摆，一开始振幅非常大，慢慢地，越来越小越来越接近真相，最后终于停摆。它的完美堪比大本钟，可以挂在高高的塔楼上，任由泰晤士河游船驮来的一批又一批的游客瞻仰。

可是，二十多年前的那个夜晚，尘埃尚未落定，我枯坐研读文献之时，竟然惊出了一身冷汗。在诊断摇曳不定的那些漫长岁月，药物治疗也是随之摇曳的。关于药物的药性和毒性我不想再做展开，明眼人都懂的，如果不是病情需要，那么，每一种对于身体来说都是毒药。最简单的，当时我们普遍使用的平喘药氨茶碱，现在已甚少用于婴幼儿，这种药有心脏毒性反应。当然，现在用于哮喘治疗的药物，也没有谁能够保证，它们全都是安全的。我们的科研全部建立在认知所能够达到的那个层级，所有治疗从某个角度上讲，都是试错的过程。一如所有人的人生。

那些由我经手治疗的哮喘患儿，一个个从眼前闪过，他们的面影太模糊，以至于千人一面，然后，我发现在他们身后还有一个庞大的人群。他们全部变成小白鼠。

9. 手术室门口

历经万水千山，我们终于走到了手术室门口。

每个走到手术室门口的人，都是。

父亲从县城医院出院的两天后，我回医院取病理报告，一如预计的，活检示重度异型增生并局部恶变：腺癌。休养生息了两周，我们直奔肿瘤医院，为做手术而来。

这一天的第一台手术，一共有八个人。有的是担架抬来的，有的是坐轮椅来的。父亲六点起床，被吆来喝去备术：换手术衣、确认手腕上的姓名环、剃毛、画术野标记、打术前针。现在，他完全是一个病人了，毫无思想毫无抵触毫无作为。来到肿瘤医院，他已被阉割一回，术前冗长、缠磨人的各种辅助检查，CT、磁共振、超声等，检查时又被阉割一回。现在，他只剩下了偶尔的抱怨。那种抱怨是农夫式的，小小的负气、不带推翻既定事实的期待。在预约检查项目的这几天，他终于答应在我家住下。医院就在市区，离我家不太近也不太远，四十分钟的车程也就足够了。我先生是任劳任怨的车夫，每次，都是他把车开到医院门口把我们放下，然后去找停车位，好半天才慌张张地赶过来。我们在市区工作生活已经二十多年，父亲从未在我家住过一个夜晚。在他的人生中，几乎没有过客体经验。多么骄傲的一个男人。

这天中午，他与母亲坐在我家客厅的落地窗前，把玩着高脚茶几上两只硕大的佛手，佛手是新摘的，灿灿金黄，余光照得父亲疲惫的脸也有了泽色。那是我网购来的，搁在浅蓝色的仿古壶承上，一室香气。父亲问："做什么的？"我说："清供啊。"他不再说话。若放在以往，不是这样的。他排斥网购，觉得那是不靠谱的事情。再则，他向来觉得那些消费方向跟他不一致的，都是在乱花钱。清供，那是什么玩意儿？结果，父亲不止把玩了佛手，还主动拿出手机来摆拍。他从未玩过手机。这时，他的眼神极尽慈和极尽安怡。这幅窗前把玩佛手图若拍下来，该有多么感人。可是，我反常地跑回卧室的洗盥间，关起门来开了水龙头，任由眼泪和流水一起合流而走。

我没有习惯这样的一个父亲。

我父亲，在小时候极顽劣，他同学的妹妹贪吃成性，他们便摘了门口的一颗木瓜，切成两半，撒了尿送去给她吃。他为了与同学一起去抓蟋蟀，骗奶奶说学校里排演话剧，然后跑去市郊的一片花生园，到了十一点，以为天快亮了，回到小城，在南门外被狗叫声吓破了胆，躲在一家粿条铺的篾匾下，喂蚊子。他又是极有灵性的人，初中毕业后，管区办夜校，他在那里教了一年，自己编撰物理、自然的教材，出宣传海报，在当地引起轰动，被评为镇五好教员。他学医，只有一年多的时间，便在坝头小镇，医好了一个被大医院判了刑的病人。那是一个渔民，被渔船桅杆击中，头剧痛、呕吐、视物模糊，看着的地面全都是坑。他极其好学，在上世纪八十年代，订阅的中医和针灸杂志达三十三种，邮差成了我们家的座上宾。然后，他从杂志的读者变成了作者，发表论文达四十余篇。我就读西医院校之后，我们之间的治疗理念有了极大差异。特别是我儿子小时候生病，我们常常因为用什么药、用多少剂量、用多久这些问题大动干戈。可是，我亲眼看见的，那些缺氧缺血性脑病的新生儿，脑损伤引致了痉挛性瘫痪的后遗症，在他的毫针之下，一个个变得行走如常，穿着花衣裳背着书包上学去了。这在我们西医生眼里，是很难想象的。他对己对人都极其严苛，有着强烈的情绪宣泄诉求，我听惯了他对天下万事万物的苛责和不满意，那气度昂藏的语调里，高扬的是肾上腺皮质激素和睾丸素。与他这种状态相匹配的，会有许多崇拜的目光、感激的目光，当然，这些目光里包含了我小时候看不顺眼的一些妖娆女人。然后，他的苛责也常常落在我的头上，以至于，在我长大之后，在颇为漫长的一段岁月，为避免两相伤害，不得不刻意拉开与他的距离来——

那个样子才是我的父亲啊。

他是什么时候老了的，竟然老得这么严重？是谁心肠歹毒，把我元气充沛、很 man 很 man 的父亲偷走，换了窗前这个老人回来？

我，如何才能够顾念所不见的，而不顾念所见的？

这个老人，这么闲适也只是极短暂的瞬间，之后又是没完没了的折腾。这天下午他需要服药洗肠。在他整个诊治过程，洗肠是至为恐怖的事情，检查肠镜需要洗肠，腹部 CT 需要洗肠，手术前更需要洗肠。

为了把肠子洗干净，必须服用番泻叶和硫酸镁溶液兑水导泻。服下泻药后他搬了椅子坐在盥洗间门口，随时准备冲进去。最多的一次，一共喝了十八碗药水和凉白开。

对于人体的疑问，很大一部分问题是可以把其物化来理解的。比如，洗肠这件事。医生要为肠子做手术，就像绣娘要在情趣内衣上绣牡丹一样，胚布当然必须洗干净啊，要不然，颜色引发误解，针脚不能平齐。而肠子的问题更为严峻，它是一个有菌环境，如果冲洗不干净，不单影响手术视野，还将引发伤口术后感染。

必须站在病人的身边，必须目睹，才会明白，十八碗水是一种怎样的痛苦。在医生眼里，指令的最终指向是实用性、科学性，是一个有效结果，而在病人身上，它是每一分每一秒。

如今，这个老人肠也洗了，食也禁了，所有的苦都受了，现在，他干净如一个初生婴儿，我们把他送到了手术室门口，我为他签下了术前的最后一张单，那是麻醉知情同意书。前一天，我已先签下了一沓单子：深静脉置管前知情同意书、手术知情同意书、输血治疗同意书、麻醉药品使用知情同意书。这是必备的手续，我在外科当实习医生时，这些单子是由我拿给别人签的，患者家属无一例外都被吓得面如土色。父亲要做的手术叫做腹腔镜下直肠癌 Dicon's 根治术，手术知情同意书的主要篇幅，是介绍术中或术后可能出现的情况和风险，包括：麻醉并发症，严重者可致休克、危及生命；术中根据具体情况，可能更改手术方式，必要时留置肛管，或者行末段回肠造口术；术中大出血；术中脏器（如肠管、膀胱、输尿管、尿道、直肠等）、神经、血管损伤，致术后尿粪瘘、腹壁窦道形成，感觉障碍等；术中新发现病灶……我的担心更在春山以外，手术的病理活检才是最终极的诊断，Ca它侵犯得多深、多远，它的分化程度是怎么样的？

八位手术患者逐一被接入手术室，手术室大门回弹到了关闭状态，门外陷入静默。我们占有两只座椅，看见身旁一位老阿姨站着，我把座位让给了她。这是一位眉眼清秀的老人，以至于，她一开始推着儿子的轮椅上来时，我远远地看着，以为是一对夫妻。那男子正当壮年，剃了一个光头，面无病容，倒有彪悍之气。她不时俯下身去，对他叮嘱什么，或者爱怜地抚摸他的耳朵。手术室门口，一坐就是五六个小时。这段时光，是比实际时间翻倍拉长，又翻倍扯宽的，空旷、空洞、空虚，再久一些，竟是荒无人烟了。老阿姨用三言两语聊过儿子的病情，两个月前，儿子口里生了一颗疮，长得特别快，现在长成了"菜花"，就在舌头底下，连话也说不成了。这是一个性格内敛之人，之所以对我们示好，多半是出于对让座的报答。

我贴着墙根站，凝神听着。我听得见手术室的节奏。大约九点，做手术的医生们在科室完成了查房，赶到手术室。然后，他们开始了冗长的洗手程序。我当术科实习医生时，非常喜欢洗手七步法。手掌、指缝、指尖、指背、拇指、手腕、手臂，在流水和肥皂的反复搓洗中，时光像流水一样，被岔住了，迟缓了下来，有了沉婉的静气，心也开始笃定，通往手术世界的甬道在眼前铺开，周身流光荧荧，等到手术护士过来帮忙把手术衣穿妥，仪式既成，神使附身了。这时的手术医生，是必得胸前拱手的，这双手不得高过于肩，也不得低过于腰，这种对无菌维护的规定性，有类于神职。此时，麻醉师的气管插管也完成了，低年资的医生先去对手术部位消毒、一层一层铺上无菌的手术单，从治疗巾到中单，再到大单。配台的器械护士也已洗手、穿戴完成，一整个团队聚拢在无影灯下，各就各位，仿佛，圣歌的颂唱开始了……

10. 单口戏

老爸，医生护士都说，要经常下床活动的。疼？术后四天，伤口还是嫩的，而且，万福袋一个个都在，当然疼啊。

所谓的万福袋，其实是术后身体里插着各种管，接着各种袋：引流液袋、尿袋、人工造口袋，等等。

现在气色好多了。你自己不知道，刚出来时有多吓人，手术室门口的灯蓝幽幽的，照得脸色都变了，喊你一声，翻了一个白眼就不理人，全麻的气管插管还在，喉头哼哧哼哧地像抽风机一样。

你别摇头。医生说了隔壁房间刚出院的84岁老人，手术后第二天就下床了，他恢复得可好。要是一直赖床上，并发症太恐怖了，双下肢血栓呀肠粘连呀，没有一个是好东西。我说的话你一直觉得不中听，老妈告诉我了，我说你抓了一个好阄你还一直耿耿于怀。一开始，我确实是在诳你，其实，不应该算诳。做完肠镜我之所以敢于跟你摊牌，那是因为，我已经迅速地把治疗策略撸了一遍，可以向你和盘托出。这是一个多么优秀的 Ca。

同房间的小妹阿旋噗嗤一下笑了出来。

抱歉小旋，老爸耳背，我每天这么喊着，整个病房都能听见，你肯定烦死了。谢谢你啊，善良的姑娘。

老爸，这个病，它的诊断、手术都非常成熟是不是，我们不用当小白鼠。我一直对小白鼠充满了人道主义的敬意，可是，搁我们自己身上，那还是算了吧。你不知道，西医发展到这么成熟其实很迟的。直到 19 世纪，医生做手术时依然是不洗手的，他们的白大褂上，通常都覆盖着一层层血痂，甚至，这才是有水平的医生的标配。美国第 20 任总统詹姆斯·加菲尔德，遇害时被打了两枪，那子弹伤并不致命的，可是，医生们用没有洗过的手指和仪器探入伤口，最后这位总统死于感染化脓。想想我们现在，有无菌手术室，有消毒器械，有完美的手术流程，啧啧，比美国总统幸运多了。

然后呢，这个 Ca 还长在一个好脾气的器官上。直肠，这个部位虽不好看，但复发率非常低，转移的可能性也小。在所有的器官里，也就直肠和乳腺最好说话了。那天手术做了大半，主刀医师拉开了手术室的门，用弯盘装了一大盘东西出来给我们看，像，像猪杂碎，老爸，这可不是骂人的话，真想不出比这更贴切的了。那时，我的心里凉飕飕的，这么一盘，除了 Ca，还不得切掉多少肠系膜。医生说，周围的淋巴结比黄豆还大，全部清扫了，还送了十五颗去做活检……哎，结果你都知道了，一个都没有问题，这十五颗淋巴结全部都是憨的。还有啊，咱们这优秀的 Ca 还长在一个好位置上，这个位置再低一点，肛门就保不住了，那就得一辈子带着人造肛门喽。

要那样你死掉算了？这可不好说。谁说的，生活就是没有止境的忍耐。老妈说你麻醉一醒来，发现了这个造瘘口，立刻不好了。这个是临时的，咱们只带它两个半月。两个半月是多长啊，老妈种的蝴蝶兰，它的花苞还没开全就到了。医生事前没说？其实，呃，医生是说了的，术前谈话印了满满两张 A4 纸的，还能有什么没说。医生说了，你这个是低位保肛的手术，为了让直肠吻合口恢复得好，插肛管是免不了的。万一有特殊情况，做一个临时造瘘口也是可能的。我当时就把他的话截住了，做手术的人耽心的事情多了去，这个万一就不要对病人讲了。这事情要怪只能怪我的，医生是尽力了，他们术中发现你的血管脆性非常大，而且，在 Ca 下还有一块组织摸起来硬硬的，一并切掉，离肛门就更近了，如果直接把肠子接上，万一吻合口绷坏了，连肛门也保不住的。

隔壁房间隆都伯探了头进来打招呼，然后跟他太太一起散步去了。

老爸，隆都伯可羡慕你了，他每次跟我说的第一句话就是：你们可好了，一进来就可以做手术。你知道不，咱们走着进来，他是被担架抬进来的。因为肠梗阻在县城医院住院八九天，结果，做肠镜时把疝气诱发了，肠子全都跑出腹膜外，要下床，得先抱住一堆逃窜出来的肠子。一来到这医院，不管三七二十一，医生只得先做了一个急诊手术，把疝气修补了，他现在已经挂着一个临时造瘘口。这是他第三次住院，医生说，他得先化疗四次，才能做 Ca 的切除术，手术完了，还得再化疗四次。他家里经济情况？看样子不会太好，他儿子是驾四轮车帮人家载货的。这样子折腾，人生有啥意思？唉，他耽误了治疗时机呀，到这时谁能管得到有意思没意思，真能够捧着一堆肠子过日子？

老爸，没有来肿瘤医院之前，还真不知道我们的阉好成这样子呢。

那天，跟你同时进手术室有一个头颈外科的，做舌 Ca，对对，就是那个口里长了"菜花"的。我们是下午两点钟从手术室出来，那时他还没出来。老阿姨来食堂买饭，碰上了我。他的手术做了七个小时，把 Ca 切除后，送了五十一颗淋巴结去活检，其中有一个是不老实的，老阿姨已经很满意了。每个人的保底线都不一样。他手术后还有好长一段时间不能说话，他们只能打哑语，床头也备有纸笔呀，可以笔谈。老阿姨说，她每天晚上睡不好，自己的儿子心耽耽的。高价雇佣来的陪护倒头便睡，儿子需要人的时候也喊不成。你看，咱们的小罗多好，即便是在下半夜，你说，只要你的手指一闪，他就像幽灵来到床前，这比喻挺生动的，老爸你没当作家可惜了。

阿旋又噗嗤地笑了一声。

那人的妻儿？哦，他没结婚呢。那天在手术室门口，我们有很多亲友助阵，小罗说，全麻病人出来，最重要的就是回到病房时，要四个壮汉把病人从手术室的担架抬移到病床，每个人抱一膀。呵呵，我很早叫了外卖，十一点送达的，大家早早吃饱了肚子，精力充沛地等待迎接你。十一点吃饭，在手术室门口，那真是太稀罕了。老阿姨被提醒了，她也去吃饭，她的侄女对我嘀咕道，表哥没结婚，阿姑就这一个儿子，如有三长两短，不知她怎么办。

老爸，你还是起来活动吧，咱们来一出乾隆下江南。

阿旋笑了第三声。

这女孩一直在用手机刷电视剧，但她的耳朵灵光着，我不好把她的故事讲给父亲听。小旋的病情我们不便过问，说是不用做手术的。在腹部外科，不做手术的 Ca 不会是什么好 Ca。她输液用的药物毒性大，医生说稍有外渗皮肤便会坏死发黑，为了长期化疗，专门做了一个植入式静脉输液港，在胸口右侧。哪里知道，昨天，也就是输液港起用的第二天，药物还是外渗了，导致了输液港松动，医生忙活到晚上七点多才得空，赶紧叫她去重新缝合，小旋边走边抹眼泪，她老公心疼地赶在身后。

小罗来扛这个输液袋，老爸，你每天最怕的就这袋脂肪乳氨基酸葡萄糖注射液，输个没完没了，可是这伞盖一擎起来，皇帝的威仪就出来了。老妈，尿袋上的夹子夹到上衣了没？好，你女婿搀扶你，我们都当你的仪仗队……先把床头摇高了，好，停。慢点。稍等，我把输液杆先插过来。外衣要穿上的，咱们只是散个步，龙袍、冕服、衮服都免了，就穿常服。慢点。耶，很棒很棒！"（唱）朕下江南略国政，岂是乐享太平年……"

11. 幻肢痛与尊严

父亲一直没有接受人工肛门。他总是说臭，嗅觉和味觉都败坏了，老妈说，他饭也吃不下，说饭菜都是造口袋的那个粪臭味。是的，我们不叫它人工肛门，而叫造瘘口，说起来好听些。只是不管好不好听，有一些东西是不会改变的，包括形而上的和形而下的。

造瘘口不像肛门，有括约肌，排便可以自主控制，它裸露来的就是末端回肠的口子，随时都会排出粪便，造口袋每天要清理若干次，三五天又得更换一次造口袋。那么爱干净的一个人，即便在住院期间，父亲一直都是穿着加绒的衬衫，左胸口那里有一个口袋，他会预先把纸巾折叠好，塞在口袋里，有鼻涕什么的随时取用。在他眼里，任何事物都应该有法度有秩序的，排泄物只应该去往它该去的地方，怎么可以登堂入室。母亲常会去医院旁的菜市，挑选最新鲜的鱼肉果蔬，然后在加工摊档店加工处理。我有时会回家煲汤，用手冲咖啡壶的滤器把脂粒过滤一遍，把醇厚的汤装在保温瓶里送到医院。不管饭菜有多香，父亲都是一脸嫌弃。

这个结果是他毫无准备的，术前谈话是我签字，连委托书也是由我替他签名。万幸的是，肛门保住了，两个半月后再做一次回肠造口回纳的手术，消化道就可恢复正常通道。可是，我有些后怕。万一术中发现异象，需要一辈子带着人造肛门……

在人类的生存境况中，死亡一直孤独地占据在链条的最顶端，它的孤高是无与伦比的，既没有朋友，也没有敌人。一旦生命受到了死亡的威胁，我们便不断地妥协和后撤，即使截断肢体、摘除器官也在所不惜。在这里，规避死亡是程序的固定设置，基本没有选择的自由。我们每一个人，既是程序的受控者，也是程序设置者的共谋，无一例外。

我在骨外科当实习医生时，做过一个截肢手术。这个手术毫无技术难度，照我看，难度只在力气上，主刀医生把股骨挥刀砍断之时，他不是屠夫也应该是伐木工。手术床地动山摇，实际上，它远远比不上屠夫的砧板来得结实。我的任务是按住那只右腿不让它晃动，很快地，腿断了，那只脚被移除开来，师傅命我抱起来，有那么一瞬间，我的血脉冲涌到了脑门，意识一片空白，然后，是近乎崩溃的惶恐，它已经物化了，可是它与肉身连接着的血液循环刚刚终止，依然温热着，要把它抱往哪里？还是说说这个病人吧。他是一个三十出头的农民，患的是股骨骨肉瘤。肉瘤虽不如 Ca 那样恶名昭彰，可是，专业人员都懂的，它也是恶性肿瘤，它们的区别只在于病理起源上，一个起源于间叶组织，一个起源于上皮组织。他妻子长得极为清纯甜美，话不多。他自己种菜，田里的活是不让妻子沾手的。当然，她会卖菜，她只坐在菜摊前啥事也不做，菠菜呀春菜呀韭菜呀空心菜呀，就一捧捧地被带走。她也不收钱，钱会被投在摊前的木头方匣子里。说这些话时，他是多么骄傲。他的骨肉瘤长在右大腿的上端，这意味着，整个右下肢都保不住了，截肢后，血管结扎、皮肤拉绷了缝合之后，残端非常的短。为了观察术后效果，我们查房时会让他动动右下肢，看着那个残端努力舞动之时，蠢蠢的、无望的样子，再看看他妻子一脸无辜的样子，心里顿感十里荒凉。

术后第一个夜晚，这个截肢的农夫开始嚷嚷右腿疼，他说是那种刀砍的疼，很疼，十分疼，难以忍受的疼。他妻子是跌跌撞撞跑来找医生的，说话结巴心神有异，让人以为撞鬼了："他说他说，右……右腿疼。"师傅说，那是幻肢痛，根本没法治的。看病人被疼痛折磨得鬼哭狼嚎，师傅吩咐我开了一个医嘱，复方冬眠灵肌注。睡一觉吧。可是，醒来了又怎么办呢？住院期间，他的右腿疼从未消停过，听说出院后，依然还是。半年后我离开实习医院毕业了，从此再没有他的音讯。

我不知道，父亲的幻粪臭是否类同于截肢病人的幻肢痛。目前的医学科学依然对这些现象解释不通，更无法解决。医学只负责改变生命的长度，基本不负责提升生命的品质，甚至，是以降低生命品质为代价。我们的治疗，一直都是治疗身体，治疗生物性，我们的医学论文，用来衡量 Ca 的治疗效果，通常是用三年、五年、十年生存率这样的量化指标的，而生命品质，我们该如何来择定呢？是心理素质、自立能力、社交能力、审美诉求、精神追求吗？

多年前看过肯·威尔伯的《超越死亡》，是他陪伴患乳腺 Ca 的妻子崔雅五年的记录。有这样一个细节。肯·威尔伯在陪崔雅到德国波恩治疗时，说不清是好奇还是内在欲望的驱使，一天夜里，他走进了一家夜总会。他对素昧平生的蒂娜讲出了所有故事，然后，按蒂娜的要求购买了一瓶超高价的香槟，跟随她上楼去了。崔雅乳房切除术已经三年，这是肯·威尔伯重新见到女人身上完整的一对乳房。崔雅经常会问他：会想念它吗？它很重要吗？他以精确的数字来回答：崔雅对他的性吸引力大概下降百分之十，但其他百分之九十的吸引力太大了，她依然是他见过最美、最有吸引力的女人。可是，这时，肯·威尔伯迷失在肉体和情欲里，对着那充满了均衡感的业已失去的百分之十，他不停地爱抚和亲吻……最后，肯·威尔伯并没有接受蒂娜继续服务的要求，他已经获得了。

看来，幻肢痛并不仅仅是一个人的事情，它可能会辐射、蔓延和传染。

父亲对造瘘口的长时间排斥，令我不安。当时瞒着他签下知情同意书，我是有责任的。我们总是以爱为理由，来替身边的亲人做各种决定，越俎代庖。在这件事情上，我本来是不具备这样的权利的。对于一个病人来说，知情权和选择权，难道不是他最重要的尊严吗？

很抱歉，作为一个女儿，下面这个问题我本不该追究，然而，作为一个人，我与父亲是同一的。我想追究的是，当一个人他的身体必须承受残缺时，他的精神是否可以说不。也就是说，当我知道了必须截肢、切除乳房或者肛门时，我是否可以什么都不做，只是等待着，像等待花开一样等待死亡的来临。尊严本身是有着不容情境权衡的价值的，但在这里，人的自主意志的尊严，与生命本身的尊严发生了抵牾。作为一个十分爱惜生命的人，我谅必不会轻易做出这样的决定，但我觉得，作为一个选项，它必须存在。它的存在与否，是不一样的。只有它存在了，这才是一道真正合乎生命尊严的选择题。我们接受的文化教育，一直是以孔夫子为师为圣的，他以一句"朝闻道，夕死可矣"确立了生死智慧，这种决绝把对道的认知提到了生命的峰巅。可是，关于生死的哲学他偏重的是世俗伦理，"未知生，焉知死"，他只关注生命问题，而回避谈论死亡。生命与死亡难道不是一体两面，孔夫子的观点，不是应该再拼上一句吗，"未知死，焉知生"。

父亲的幻粪臭大概是在一个月后销匿的，但造口袋又出了几次状况。出院后父母亲坚持回县城去住，这意味着，更换造口袋的重任落在母亲肩上。一开始手脚生疏，出些小疏虞是有的，最严重的一次是刚刚更换的造口袋泄露了，又更换了一次。这也不是没有先例。隆都伯说他有一次住院，半夜三更造口袋泄露，衣衫和被褥全都被粪染了，他太太是不会更换造口袋的，儿子已经回县城老家去了，这事又宽缓不得，只得连夜把他追回。隆都伯在我们家的言谈中，是有乐观的楷模意义的。我们住院期间，隆都伯本来说是化疗四天就可以回家，结果，化疗药致使白细胞下降，他留下来用升白药，再过三天，心脏出现了问题，医生让他去隔壁综合医院的心血管内科看看，就被留在那边住院了。他每次谈及病情，不管有多少远山近水，眉角竟然都是含笑的。最后一次见到隆都伯，他拿着一盒装帧精美的抗 Ca 药给我看，是美洲大蠊提取物，也就是我们厨房里一直也灭不完的蟑螂，父亲说，那本来就是中药材，《神农本草经》和《本草纲目》都收录的。我与父亲早已打定主意，做完手术不化疗的，对于抗 Ca 药没怎么了解。隆都伯报了一个药价，听起来颇为昂贵，不过，医生说这药是纳入医保的，他便相当地满足。

隆都伯大概不会有幻肢痛。

12. 亲爱的医生（一）

我发现，在突发事件来临之时，有两种重要的东西是会被改写的。其一，是时间概念。我们不是以几月几日来谈论时间，而是，术后三天、术后一周，术后一个月。耶稣诞生的那一年定为公元纪年，手术对于一个个体来说，有类似的作用。从这一点不难看出，手术其实是一个新纪元的诞生。其二，是关系。日常的亲密关系突然掉转了方向，分别往事件的中心聚拢。为了解决中心问题，一些老关系生长出新的质地，而一些新关系根本就是由陌生人衍变而来。

芮医生于我来说便是一个陌生人，藉由着父亲患病的缘故，我们在短时期内形成了亲密关系。他是我父亲的主管医生。

一段亲密关系的起始，总是充满了猜忌、试探、误解，即便是在恋人之间，也必须走过艰难的权益斗争期。期待落空了，怨恨和指责随之而来。有的关系经过磨合，慢慢地稳定、信诺、生息，有的却没能渡过这段湍急的河流，一拍两散，或者，虽然超越出来，却是不再有了参与的热度，成了冷漠的旁观者。显然地，在医患关系当中双方并不平等，医生处于强势一方，他根本就是一个不能甩掉、不能漠视的男朋友。

我像尘世里的所有俗人一样，必须去揣摩医生的心思，尽量表现得谦卑、合作、不逾矩、充满感恩之心。这当然也可能是我的本心，但在这段关系中，不管我的本心如何，它是必须的。我会赶在他们查房之前在病房守候，其他时间尽量不去打扰，会把问题提得中肯简略，把要求提得委婉随顺。我需要他们解决的问题太多了，除了治疗这块硬核，还有一应巨细事情，大至手术时间安排，小至寻找一个好的陪护、换一个安静病床，甚至，钡剂灌肠检查之前的洗肠，需要取用的便溺器是三个还是四个。

在县城医院时，我常被护工和病人家属误认为是医生，他们打招呼的方式是：您下班了。难道我与医院的前缘竟是写在脸上？及到了肿瘤医院后，有一次乘坐电梯，依然有人这样跟我打招呼，我便懵了。旧交明氏和桂氏跑来市区探望父亲，我聊过这个话题，她们说，你身上尚有医生气质的，在人群中，很容易就辨析出来。

医生气质是什么？对死亡不惊惧，对疾病不抗拒，对生殖器术语不避讳，谈及阴茎有如谈的是莲茎……对医院各种程序和潜规则不犯怵。可是，我是犯怵的。

我的父亲交到了医生手里，我送还是不送红包呢？

我当医生时，从不接受红包。这并不是说我是一个不爱钱的人，也不是说我接纳了医生工作量与待遇匹配的不合理性。那时，我刚从医学院毕业，心地晶莹，觉得这事情太脏，便潦草地拒绝了。事实上，医生接受与否，是再容易不过的一件事，而对于患者来说，那才是云遮雾绕，万里关山。拒收之时，家属的第一反应是，我孩子的病是不是没得救了？这怎么说，小孩子气脉小，风云变幻谁能预料得透，我是不可能做任何保障的，只能不断强调，这事情与病情无关。那么，家属的第二反应是，是不是钱太少了？我的白大褂被塞过一个红包，其实就是一卷裸币，家属想必是来得慌乱，连红纸封也不及准备，我取出来还给他时，发现一整卷纸币全都是一元和两元，大概二十元。我什么样的病人家属都见过，送二十元红包的这位大概是最为诚挚的，他肯定是刚刚卖过一筐鹅毛，或者半篮枇杷，才把钱额凑齐。还有一次，一位被我拒收红包的家属，在下班时半路拦截，硬要把一筐水果推给我，被我喝退了，结果，当我快到家门口时，在小巷子里突然发现了她，讪讪地跟在我身后，挤进了家门。有趣的是，这些最有诚意与我交好的病家，其实与我付出心力的多寡并没有关系，他们中，大多数患儿我是连病情也记不住的，我所做的只是一个医生的常规。而那些入院时诊断不明确、治疗效果差、病情有反复，我在半睡半醒之间惦记着操心着，为伊消得人憔悴的，他们可能反而水过无痕。这都是正常的，这种关系毫无根基，持续时间又短暂，新的叶芽尚未生长，哪里来的鸟语花香？

不知道，这二十多年我如果一直当一线医生，成了医院里的一条老腊肉，是否还会拒绝红包。当然，这对于父亲是否送红包是毫无参考意义的。父母亲的意见，我们是必须送的。

在哪里送、怎么送、送多少、送几位？

对此事，我充满了抵抗、焦虑和不安。我一直向往的是光明、公正的社会形态，阳光下，大树、灌木与花、地毯草、蚂蚁，都以自己的方式生活，各自美好各自安然。蚂蚁营营役役的谋生，也只是因为它的自然规定性，而不是其他缘故，它不需向大树弯腰也不需向花朵乞怜。物质欲望是如何到来的？我们失去了理想、道义、爱情、良知、信任，还将失去多少东西？人生最大的痛苦，莫过于欲望难以满足难以达成，可是，达成之后呢，无趣是不是也就晋身为了新的痛苦？这个悖论有谁能够破解？

在这段亲密关系中，我的行为，是为欲望，甚至为这个悖论推波助澜吗？

这当然也是我最弱的能力。我先生、我母亲他们都参与了进来，他们帮忙观察了主任室在哪里、治疗室是否安全、病房床位边如果拉上了帘幕是否足够掩蔽。或许，没有一个人的道德底线是堪为标杆的，也没有任何一个人经受得住集体的道德审判。我说服自己，应该宽容应该原谅，原谅这个世界的不完美，原谅我自己的知行不一。我们硬着头皮送了两次，第一次被拒收，第二次芮医生在上手术台之前退还了我，他说，主任说：心领了，我们不收的。

父母亲猜测，这是因为我在医院里有几位熟人。其中，我最好的朋友，就读医学院时我们是闺蜜级的，她现在是放射科主任，常来腹部外科会诊。有一次，会诊完毕主任带她过来看望我父亲，说道：蔡主任来了。我没有反应过来，愣了半天。此后，我便开玩笑叫她蔡主任。

父母亲对红包被拒收这事仍心有暗疾，主任来看望自己和其他病友的次数、说话的口气、脸上表情亲善或严肃，他们都会复述给我听，详细到一举手一投足。一个人一旦把身家性命交出去，总是格外敏感。我每每付诸一笑，或者解释几句。与我们关系最直接的，当然是芮医生。芮医生四十不到，做事周全老道，让父亲甚感抚慰的是，他的脸上是自带微笑的。而且，那微笑不空泛、不敷衍，它是有根的。

从病人的立场看医生，一直有一种阴暗心理：不送红包，医生肯定不会把手术做好。从这一点看，医患关系是有先天性缺陷的，医生更像是病人的一个潜在敌人，或者债权人。其实，即便我们暂时不谈人道主义精神，只说说医院里的既定机制，一台手术，一般至少有三位医生、一位麻醉师、两位配台的护士、巡回护士若干，也就是说，盯着一台手术的，是将近十个人的眼睛。这些不同结构层次的眼睛，他们是有一个隐性的牵制机制的。况且，做手术不比绣花，一件情趣内衣绣坏了就是废工废料而已，一个手术做坏了，病人是瘫在病床上的，后果还得医生来收拾。每一天，每一瞥，对于手术医生来说，都是慢火烹煎。基于对医生的了解和同情，我无数次否定了身边亲友对医生的恶意猜忌。当然，在我们的国度，医患配比严重失调，医生长期处于超负荷的工作状态，他们的脸庞大多是僵的，像红包这种东西，用来催化他们的笑颜倒不是不可能。

13. 亲爱的医生（二）

遇见虢医生之后，我才明白什么叫做善良限制想象力。这是术后两个半月，父亲住院第二次手术，做回肠造口回纳，术前需要肠镜检查。肿瘤医院的内镜室我们这是第一次来，虢医生是内镜科主任。例行有术前谈话，我陪父亲一起进了办公室。看了申请单，他咨询了两句算是核实病情，然后开始沉冗的谈话。你们是哪位医生介绍来做检查的？你们当时来做手术是谁介绍的？我本应反驳他，这跟做肠镜毫无关系。可是，我软弱，企图跟他建立良好关系。我把几位朋友都招供出来，他熟络地把他们挨个数念一遍，特别在聊到蔡主任时套了近乎，现在，他变得跟我无比熟稔。然后，他推心置腹地说：这手术不应该做两次的。他提了另一家医院的腹部外科专家的名字，是这个领域赫赫有名的专家，他知道我会认识。他说，他跟这位专家吃过饭，这位专家也这么认为的。他拍拍我父亲的手背接着说：都是肉啊，谁愿意再挨上一刀。

我恨不得扇他一记耳光。病人二次手术在即，你一个医生说这等话！一个手术选择什么样的策略，哪是你没有上过手术台的人可以指戳的。幸亏父亲耳背，他并没有听得太明白。

目送着父亲上了肠镜检查台，我返回走廊坐下，不安地告诉我先生：这医生太邪乎，我不知道他会在哪里对父亲不利。先生安慰道，做肠镜检查而已，CT、磁共振检查结果都是极好的，不用担心了。

这次的肠镜检查父亲倒是做得轻松，只查看手术吻合口，管子不用捅得太深。正自庆幸，听到了肠镜室前台在吩咐：取了活检，赶紧送病理科去。

活检？为何需要活检！如果不是肠道的 Ca 变部位切除不干净，如果不是吻合口有新的 Ca 细胞长出，为何需要活检？这是会把人吓个半死的。

前台说：吻合口有增生组织，虢主任说，为防万一，还是活检一下。

我拿着病理申请单，在电梯口手指发颤，不知是气还是惊。我先生扶父亲回病房去了，每次，都是刚好只留下我一个人。申请单上的临床诊断写着："吻合口肉芽肿？"这是有微妙在的，专业人员都懂，如果写的是"吻合口肉芽肿，Ca 变待排除"，那程度是完全不一样的。一个组织，分辨它是肉芽肿还是 Ca 变，这对一个内镜医生来说，根本不是难事。我打电话给蔡主任，她刚好会诊去了，只在电话里安慰我：肯定是肉芽肿。

我再次显示了软弱，拿着申请单去病理科窗口。一个小姑娘露出半边脸，告诉我，三天后来取结果。

如果不是一早识破虢医生的嘴脸，如果不是熟谙医院规程，我可能连生气都不懂，可我瞬间生气起来，非常非常地生气。一个病理检查最少是三天，病理检查没有出结果，临床医生不会贸然决定去做手术，这意味着，我们在做完所有检查、万事俱备之后，也只能在病房里木然坐等这一阵东风。而这，只是虢医生利用概率玩的一场游戏，他知道，这么玩法是多么地安全。

医生与病人最大的认知差别，大概就在概率上。病人需要一个明确的结果，而医学，它通常只能给出一个概率。现在，虢医生反其道而行，他利用病人的心理，病人怕"万一"，所以，他故意开出了一个为防万一的病理申请单。他是在等待我有所表示吗？一旦不能如愿，便把病人玩于股掌之中。我回病房问芮医生，这可怎么办？芮医生当时正准备去参加科室业务讨论，匆促间只说道，等他有空去病理科看看。

第二天，最后的一项术前检查是钡剂灌肠，就在蔡主任的地盘，她自己来做。因为电脑发生故障，折腾半天，不过，影像结果显示，手术做得非常漂亮，吻合口恢复得相当好。事毕，我告诉她关于虢医生的事情，她说，别理他了，听说他经常吓唬病人。我再不想见他，央求蔡主任帮我去取结果。医院不大，蔡主任带我去病理科，我留在外面，与窗口小姑娘露出的半边脸对看大约二十分钟后，蔡主任出来了，她盯着病理医生看切片，写报告书，毫无悬念的，就是肉芽肿。她带着病理报告单去见虢医生，五分钟后，肠镜报告单生成出来。

做这事情我带着极大的负罪感。我是眼睁睁看着一桩邪乎的事情在眼前翻卷，一如预料，却毫无阻止的能力，只能以邪治邪。那些没有熟人、没有常识的病人，来到这里，遇见虢医生，他们怎么办？我终于明白，医患关系当中，之所以有那么多的黑暗料理，正是因为，有人的地方，就有虢医生。神造万物，既有云天秋水、花坞苹汀，又怎能没有风刀霜剑、掣电轰雷。

"我以阿波罗、阿克索及诸神的名义宣誓：我要恪守誓约，尽我的能力和判断力，不给病人带来痛苦与危害。如果我违反了上述誓言，请神给我以相应的处罚。"

这是古代西方医生在就业时宣读的誓词。它恰好就是那位为 Ca 命名的希波克拉底所拟，他的精神绵延了两千多年。二战结束后，纳粹分子医生的罪行受到了审判，医生的职业道德重新受到了空前重视。1948 年，世界医学会对这个誓言加以修改，是为《日内瓦宣言》，篇首是这样的："值此就医生职业之际，我庄严宣誓为服务于人类而献身。"它几乎成为了国际医务道德规范。

我已多年不做临床医生了，可是看到这样的誓言，依然热泪盈眶。医生这个职业，既有宗教性，又有英雄性，它不是每个人都当得，学识、能力，甚至狭小的个人道德，通通都是不足够的。

父亲经过这一役，终于对我松了口。当年，遵循他的企望，我的高考志愿表全部填报医学专业，可是，当了数年临床医生之后，我发现自己更爱写作。这两个专业中的任何一个，拼尽力气都不一定能够做好，我决定，抽身离开一线。这是他多年的心病。自祖父行医开始，到我这里已是三代。我终于还是把衣钵弄丢了。黄色的林子里有两条路，很遗憾我无法同时选择两者。在本质上，我可能是一个缺乏英雄主义幻想的人。

那时护士来为他备术，脱裤子，剃阴毛。他有些尴尬，做的是腹部手术，这是他始料不及的。护士走后，父亲喃喃说：你不当医生，也好。

14. 春天来了

春天来了。

父亲出院之日，我拿着出院小结看得有些痴迷，截了三行文字拍成一张图片，"并发症：无；后遗症：无；治疗结果：痊愈"，然后配上这么几行字发到朋友圈，昭告天下：

> 这一个清晨，我需要
>
> 以一种穿着曳地长裙的仪式感
>
> 走上街头
>
> 遇见每个人都微笑着问：
>
> 我能够帮助到你什么吗？

我与芮医生已经成为了朋友。这是他唯一点赞的。他开玩笑说，我在朋友圈转发的文章，他大多是看不懂的。

父亲患病的那些日子，我好像不是一个正常状态的人，而更像是一个演员，在某一出大戏里担纲主演。这个角色，她没有可供预习的剧本，鲁莽上台，遭遇各式人等，碰到各种矛盾冲突，上演许多毫无心理准备的情节。她必须很努力地说话、做事，她是只被允许成功的。她的声调会比常人高出一个调子，以此博取关注，并引致解决问题。在戏里她甚至都知道自己是必须表演的。她穿着戏服，它们符合角色身份，并束缚着她的自由身体。

我松懈下来，开始恢复正常生活，每天上班更宽心一些，看书更上瘾一些，做爱的快感更纯正一些。

刷朋友圈时，常会见到崔老师。雪野湖一别，不，是根本没有见面过，我们的人生之途未及交叉就迅即分开。他一会儿在黄河边上，一会儿在前童古镇，一会儿在莫尔道嘎。这一天，他转发一篇文章，并附了长长的一段文字：

> 前段时间我在呼伦贝尔几天体验低温的感觉。我的观点是，-20度以上都是舒适宜人的，只要穿好了衣服。在 -30 度时，寒冷会明显一些，如不戴手套，手会失去知觉，在眼镜上哈气会结冰。但这也很容易克服，减少皮肤暴露，再多衣物保暖。眼镜结冰用手指摩擦镜片化开。我在 -30 度时仍然可以在户外活动七八小时。天气冷，人会感觉到冷，但不能畏惧冷。寒冷，是中国最北端的最明显特征。为了领略其存在，也必须在冬季前往。

午后，我又在小区开启刷村模式。北方的季节嬗变是沿着时间轴转的，泾渭分明，开合痛快；而在南方，春天岁数不明、脾性多变，剧痛与生机搅混在一起，在同一个时间冠状面或矢状面上。洋紫荆、盆架子悬了满树长长的果，细瞧了，有荚果也有蓇葖果，而大花紫薇的蒴果是去年的，已经枯了，木雕般斜插枝头，它的叶子霜红了，落满一地，看起来萧疏似秋。从抚琴台走下来，阳光下，却看到一枝诡异的桃花开得春意淋漓。很快地，山茶呀杜鹃呀鸡冠刺桐呀黄花决明呀此起彼伏地开起来。如果愿意俯下身子，会发现地表上匍匐着另一个春天，酢浆草、一点红、黄鹌菜、萼距花、紫花地丁、叶下珠。

其实，父亲术后的恢复还有许多细碎的痛苦，他经常性地腹泻、便秘、肛门疼痛、里急后重。他现在的肠子，相当于是切了两刀，重新缝缀起来，刀口处，血管、神经系统是完全接不上的，整个下消化系统功能需要重建。这个漫长过程只有一个人能解决，它的名字叫做时间。我帮不上任何忙，唯一能够做的，就是在抚琴台坐下来，调整好心态，然后给他打一通电话，听他絮絮叨叨地倾倒垃圾。有时，倾倒垃圾的是我母亲。世界那么大，只有我是他们的垃圾回收站。如果是一个阴天，电话接了一半，一阵风刮入亭内，大花紫薇的红褐色叶子也带入三五片，心内也自荒凉起来。

即便时有荒凉，也还是可以忍耐的。

可是这一天，父亲又有了新状况。他洗澡时发现右腹切口的地方有些膨出，越来越大。我赶紧带他回医院去复查，芮医生说：切口疝。先保守处理，如果不行，就来做一个修补手术吧。切口切口，那是切过的地方，它深处的筋膜未及长好又裂开了，父亲长长唉了一声。第一个手术连缀着第二个手术，第二个手术连缀着第三个手术，没完没了。我立时开启演员模式，告诉他：

"老爸，你又抓到了一个好阄。"

我真的没有胡说，发生切口膨出，所有可能的疾病中这真的是最好的一种。

那是一个阴天，医院园区内的杜鹃花树竟然开得那么璀璨。一树一树的，树干粗壮而有古意，叶片极少，花朵大片大片地覆盖着，是一色明艳的粉红，却又浓淡有致，远远看起来，云蒸霞蔚。辛波斯卡写道，"我知道叶片、花瓣、穗子、球果、茎干为何物，四月和十二月将对你们做些什么"，我且不管四月和十二月了，把这繁盛花事拍下来，分享给芮医生和蔡主任，他们都极为惊艳。

如花美眷

1. 新冠病毒

那管叫做塞纳河日出的唇釉一笔抹了开来，鲜亮的橘色琉光荡漾，这颜色太嚣张了，镜子里的眉头微蹙了一下，用另一管浅棕红的唇彩压一压吧。上下唇紧抿，对面相拥汁液交融，旋即分开，这一下你中有我我中有你。这个兑出来的唇色，专门为了搭配身上黄绿色系的衣装，橄榄绿的裙子橘红提花的腰封，还有芥末黄的外披。从镜子里回到现实。现实的世界虽然是左右翻转的，不过，习已成常。墙砖、门框、走廊、玄关，它们一个个把人迎住，又把人送出去。

我，这是要回去见亲爱的父母亲。已经一个月没见到他们了，这一切皆因那个带着美丽花冠的病毒。乘电梯时，一阵风把披风吹得飞起，电梯间钢板壁上的模糊镜像里，戴着口罩的那个我像极了蒙面佐罗，大概这是一个月来最具英气的时刻。

虽然这是一场病毒战争，却很快演化为信息战争，精神的疆域早就硝烟密布。我什么事情也做不了，每天陷溺于海量的信息里，被裹挟、被激发、被推搡、被拥抱、被刺伤、被掩埋，随之而来的是悲伤、焦虑、担忧、讶异、愤懑、欣慰、绝望，偶尔会有一瞬间的狂热兴奋，以为发现了人性真相和人类真理，但很快又重新低落，各式情绪在胸腔里含纳吞吐，有时竟是一锅乱炖。朋友圈里，同时生活着古代人、近代人和现代人。有人在深山修行，"山中无甲子，寒尽不知年。"有人被困在武汉围城，一边谛听死亡的脚步声，一边算计着蔬菜与米粮。有人偷得浮生片刻，赶抢去做自己喜欢的事，不时浮出水面炫耀一下。有人在文字的世界里站队出鞘，飞刀扬剑，战场上一派狼藉。这是一个考验人的时节，三观、内心质地、意识层次和精神面向，都在焦点事件中显微见著，同时放大的还有那些被有意无意隐蔽了的历历可数的皱褶。

这个世界，突然变得如此失控，而日常生活细节，每每让人觉出了自己的无知。

新冠肺炎期间，为减少在公众场合暴露，我上下班不再乘坐公车，而是由先生开车送去单位，我们的关系比以往任何时期都更亲密无间。每天上班为赶时间，两个人匆忙的脚步声霍霍同频，而且，所有动作配合默契，谁用纸巾去摁电梯按钮谁去开地下车库电动门谁在门页拉开的瞬间钻了过去谁去寻找最近的垃圾箱扔纸巾以便让谁腾出时间去开车。

所谓的配合默契，并不是一切都如程序般精准不出纰漏，而是意外发生时，演员见招拆招衔接无缝。这种日常格局中的琐碎，是需要共识的，比如，一张纸巾从一个人的手中传递给另一个人，哪一面是干净的哪一面是有病毒嫌疑的。有一次，我们在穿过电动门时碰上了邻居，也只耽搁了三五秒，既定程序便被打乱了，我接过脏纸巾时一般会顺势把它折叠下去，这时听到了先生着急的一声轻吼，显然地，我把带有病毒嫌疑的那一面弄错了。更多时候，我们是没有达成共识的。有一次我们一家三口坐在车里，先生把口罩摘下来，装在塑料袋里，然后一手把它塞入夹克的暗袋。我惊呆了。我是当过医生的，污染物周围的地带，一般算是半污染区，我想象不出他怎么可以放置在贴身的地方。他向我解释道，塑料袋封口之后，病毒就藏在袋子里，与外界隔绝了。听起来好像是妖怪钻进了瓶子里被念了符咒，永世不得超生了。还有一些，是我作为一个医生也根本不懂的。这是一种新的病毒，那时候我们根本不知道它在灰尘中、在地板砖上、在门把手上可以存活多久，我们的消毒制剂应该用酒精还是消毒液，当我们的鞋底把它带回了家，入门更换室内鞋时，每个人的活动幅度并不同一，那么，病毒是不是会在某一个人踩下的地方又被另一个人沾上，带到家里的任意角落，与我们亲密共处。它，几乎漫空飞舞，无处不在，很长的一段时间，我们被折磨得神经兮兮。我不知道，它到底是具象的还是抽象的。

与灾难携手而来的，名叫莫测，它们看起来就像一对难兄难弟。其实，灾难的肉身重，有深情在；而莫测，它是无情的，随时准备急遽变脸，或者抽身离去。

还有一头驴子驮着灾难而来，它名叫无力感，灾难的吨位太重，它早已被压得失去了元神。这是要停下来呢还是往前走，往前走呢是要往东还是往西。后来它索性不走了，蜷缩在人的心里颓靡不振，不时伸出腿脚，把人的心踢得一下一下地疼。

灾难是一个空间概念，它的样子无法复述，但我们所记住的灾难事件，一般会与某一个地方、某一个国家联结在一起。而时间性，它是在灾难结束之后打包封存才有意义的。灾难这个空间容器，是需要距离感的，远置才会引惹悲悯、同情，如果靠近安放了，人性之恶便如刺猬的棘刺，根根可以伤人。

在灾难来临时，我原以为亲密关系是可以抚慰的。错了。爱所栖居的层面太高，它对深重的灾难是鞭长莫及的。如果生存本身遭到了挑衅，爱便是珠光闪闪的奢侈品，喂不饱饥肠辘辘的身子。

在胡思乱想中，我失去了更多。这是一个无望的坏循环。

我们不知道死亡在何处等待着我们，我们随处都在等待死亡。对死亡的预谋就是对自由的预谋。

学会死亡的人便忘记了奴役。知道如何死亡，就可以从屈服与束缚中解放出来。

————米歇尔·蒙田

2. 父亲：献方

是父亲来开门的，他的状况看起来还好。但我并没有公开表扬他。每次表扬，他的表情都甚为复杂，小小的欣慰是有的，但要在至亲面前示弱、使小性子又没了依凭，这不免有点沮丧。我说还好，是带有妥协性的，不太胖不太瘦，脸色不晦暗精神不疲怠，便是了。

刚刚坐定，别的话题尚未开启，父亲便急切地问：

"有什么办法可以找到某某某？"

他提到的这一位，是抗疫中举国轰动的明星级专家。父亲肯定已经等了很久，难为他在电话里忍住了不提。问这话时，他眼睛里有极光，有热血，有熔岩，与他病后这一年来的状态完全不符。我知道，他想献方。每一个好的医生都有英雄主义情结。十七年前，萨斯流行时那位专家已经万家瞩目，父亲当时就动念要找他，被我劝退了。我虽不涉水也知水深，民间的药方子要登堂入室，哪有路子可通。父亲研究病毒性疾病许多年，有一张中草药方子，他坚信，不论是对于萨斯还是新冠，这方子稍作加减，是有效的。

我又一次打击他：

"献方是不可能的。"

他的眼光很快熄灭了下去。想必，这也在他意料之中。

在这一个多月里，他心里的光一定是明了又灭，灭了又明。我把内心的隐痛藏匿起来，不让他看到一丝希望。

3. 一座禁闭的公园

每天我绕着一座禁闭的公园上班。

这是疫情馈赠。因为要搭我先生的顺风车，掐着我们各自的上班打卡时间，折衷的方案是，我在金砂路下车，然后徒步一小段路到单位。这一段路，步行不到 10 分钟便到了，但我拥有至少 40 分钟的时间。这事情颇为耐人寻味，疫情期间家务工作量是增大的，不能叫外卖不能上馆子尽量不吃熟食，每日三餐的操持不能间断。提前出门、延迟回家的那一小段时间，是需要加倍干活来偿还的。而就在这一小段规定时间之内，我倒是天地间第一闲人。那种状态，颇似一种南方系小吃：炸鲜奶。

从金砂路到我的单位，刚好需要绕过一座公园，我有两条路可走，一条绕公园的东墙和南墙，一条绕公园的西墙和北墙。每次我打公园大门口经过，总是看到铁栅栏上张贴的那张粉红色的禁闭公告。当然，春天并不受禁闭，该发的树还发，该开的花还开。

禁闭性，是带着先天不足的。我在公园四周绕行时，总是觉得诸多场景和想象充满破碎感和分裂感。抬头望，云天与树，是被围墙平齐砍截的；低首处，落叶与落花，有几瓣落在我的眼前，另几瓣却落在栏杆之内，被清洁工扫成了一堆。我相信，它们的被砍截是某些外在势力赋予的假象，它们不管身在墙内墙外，应该没有分别心。

公园南墙外是一条步行街，以前看到的是她人声杂沓的样子，像倚门而立的卖笑女子，哪知道晨露未晞、人迹罕至之时，竟是静若处子，十分合适一个人漫步、沉吟。我从步行街的东门进入，一路细数着墙头的金凤树、木棉树、松柏树和竹子，一直走到西门。步行街中游处，有两株高大的木棉，姿态既伟岸又有扶疏古风，且一雄健一柔美，颇似一对情人。这在植物学意义上是无从解释的。每日顾眷，竟就对它们生了情愫，特别是这木棉女子，我总是觉得她似有难言之隐。日子一天天过去，我竟然发现，木棉女子的躯干上，长出许多根须来，远远望去，婆娑根须衬着一树大朵大朵的红木棉，倒是甚有美感，只是为何我心内生有不祥之感，总觉得这美感里带着病态，类似于十九世纪中叶，人们对于肺结核的罗曼蒂克化。事情在一天天地生长，那些根须，再也不仅仅是根须了，它们长出了细小的叶子，是的，木棉树的枝干上全部爬满了叶子，那些倒垂下来的藤儿也长满了叶子。整棵木棉树，所有的线条都增粗了，那个弱质女子，长出胡须与胸毛，像一个被误用了性激素的病人。我因焦急而愤怒：那个禁闭的公园里，到底发生了什么事情。

关于这座禁闭公园，我在朋友圈写过三次。

第一次是三月写的：

> 每天绕着一座禁闭的公园
>
> 上班
>
> 它的界壁我已走了无数遍
>
> 只看到，几株被墙头横断的木棉树
>
> 偶尔看见被栏杆切割破碎的风景
>
> 落花们不知有汉
>
> 一些落在公园里，一些落在我走过的路

第二次已经是四月初：

> 每天绕着一座禁闭的公园
>
> 上班
>
> 它的界壁我已走了无数遍
>
> 墙头横断的那棵木棉树
>
> 我陪她从落叶摇金，到盛大花宴，到花落成泥
>
> 禁闭尚未结束，她的全身便被侵吞
>
> 看不见的地方
>
> 谁对她做了什么

福柯说道，禁闭已成为各种滥用权力因素的大杂烩。这

个我是看不见的，我看见的只是围墙外的那一部分，它经常让我莫名地难受。很快地，清明节到来了，这是全国哀悼日，我在朋友圈最后发了一次禁闭公园的信息：

> 每天绕着一座禁闭的公园
> 上班
> 它的界壁我已走了无数遍
> 街边临时停放的镜像长廊
> 蓝天开阔明亮
> 树木挺拔自由
> 今天不必上班
> 我把它们的色彩扔掉
> 用来祭奠

这条朋友圈信息配了九幅黑白图片，是在公园西墙外拍的。每天夕阳西下，我走在金陵路上，这里停着一排小汽车，那些被围墙砍截的大树们，倒映在车窗玻璃上，每一帧都挺拔、壮阔而夐远，像海德格尔笔下的黑森林。围墙是看不见的，它们在影子里获得了本来的自由。我把关于自由的祝福送给罹难者。

在金陵路，还发生过一件小事情。那天是春分，阴阳相半也，故昼夜均而寒暑平，多好的日子。可是，我之所以记住这个日子，是因为武汉的一位医生被感染新冠肺炎，在这一天走了，年仅45岁。她的名字叫做刘励。关于她的信息寥寥，只知道她先生是肝胆外科主任，夫妻俩自从新冠病毒来临之后就一直工作在一线，她自己的身份是医院的医学伦理委员会成员。在医院里工作过的人都知道，这根本不算身份，很多人是兼职的。我在网上搜，怎么也搜不到她一张照片。这肯定是一个低调、谨慎，充满内敛之美的女子，甚至，她经常隐身在丈夫的后面。我为她难过了许久，那些伟大的名字的过世，我也非常难过，他们的过世是被世界记住的，但我怕有一天我们会把刘励忘记了。这肯定不是她在意的，可是，我觉得我们应当在意。那天中午下班，我头脑发昏地走过金陵路，在接近步行街西门的那个路口，一棵冠盖如云的黄葛树正下着芽叶雨。黄葛树的新芽是在一夜之间爆出来的，一开始是绒白色，很快变成了芥末黄，然后是嫩嫩的绿。那新芽倒不像芽，像白兰的花苞。那芽苞叶，也就几天的工夫，便齐齐脱落了下来。在南方，黄葛树是最春天的一种树。每次碰上芽叶雨，我都恨不得脱光了衣裳，跑进雨中去沐浴。那时，我把装着盒饭的保温提袋撂下，放在一辆共享单车的车篮上。芽叶雨是随风而下的，一阵又一阵，我仰头望向树枝和新芽们划满了记号的天空。那是一个阴天，一切都阴沉着，我想用自己的仪式送别她，双手抓握了满满的芽叶，向空中抛洒出去。黄葛树的芽叶，颜色极美，是恬淡的秋香色。

　　将离开时，我发现盒饭被人顺走了。如果有谁真的需要，那它倒是适得其所。不知怎么想起两句诗：床很窄，两边都是悬崖。

4. 父亲：秘方（之一）

牙周脓肿用单味蒲公英 40g，牙蛀加细辛 5g，火大加石膏 15～30g，胃气不好便加陈皮吧。

父亲念着，我打开手机，把方子记下来。他的记忆力已经锐减，有时一个药名想了老半天，我偶尔猜中了问他是呀不是，他便使劲点头。

秘方，像是一个带着民间秘密的锦囊，不知被谁封存，不知被谁重新打开。在古代，这是讳莫如深的。父亲向来对此并不故作神秘，亲戚朋友谁要了他都随意抛掷。这牙疼方，我也不知道何时会用上，但疫情期间，是真的有不少人被牙疼整得怀疑人生。我把朋友上演的大戏讲给父亲听，他笑得有点孩子气，他说自己也接诊过好几例了，就用这方子。

我是在步行街逛荡时，接到朋友的电话的。我刚刚发现临近西门的那几棵金凤树上，有一只大尾巴鼠在蹿上蹿下，看样子是松鼠，可是，城市里哪来的松鼠呢。我这朋友说话的气息有些喘急，显然地她经历过什么备受刺激的事情。我的眼光还在追着松鼠的尾巴走，心却静了下来。她说，她牙疼了，天崩地裂地疼。可牙科诊所都关门了呢。她说疼了两个晚上，第二个晚上尤其严重，似乎只有嚎啕大哭才能忍受，才能挨下去，挨到天明。到了第三天早上，她不得不去央求她的老熟人牙科医生帮她看看。牙科医生是从家里逃跑出来的，他太太和女儿都看管得紧。到了诊所，门前是居委会贴的停诊启事，居委会的老太太叉着双手在那里巡查，牙科医生只得偷偷把患者指引到了后门，等老太太走后才开始治疗。钻牙的过程，高速涡轮手机那个喊喊喊大叫，医生吓得不时停下来观望，一而再，再而三。整个过程，听起来比搞谍战还惊险。道理我们都懂，高速涡轮手机会产生水雾飞沫和气溶胶，若是携病毒的患者就医，那是极容易导致疫情蔓延的。很多时候，我们的应急方案都是奔着标准化、机械化而去的，小事件在大事件面前常常毫无道理可言，如果底下依然是活的血管与神经，碰到绞肉机，那便只有疼。

新冠来临时，关于中西医的论争又一次抛到大众面前，我发现，大多数争论当年在我们家里是演练过的。父亲是中医生，祖父也是，儿子长大后也读了中医院校，说起来，我们家算是中医世家。只有我，秉承了命运安排，诡异地读了西医，像一株变异菌株。

我与父亲关于中西医的论争已偃息多年。在日常生活中，父亲起的作用远远比我大。我因长年伏案劳作，患有腰肌劳损，最严重的时候两周起不了床。我去三甲医院骨科看医生，一位主任给我开了解热镇痛药西乐葆，吃一颗下去，全身瀑布汗出得十分惊人。后来用了肌松剂妙纳，恶心严重得像早孕反应。父亲说，还是用中医外治法吧，尝试过刮痧、浮针、推拿、拔罐、小针刀多种疗法之后，他发现，痉挛的肌肉深藏在髂后上棘的下面，毫针探入骨下，再配以夹脊穴，就可以了。每一个最好的医生，大致都会掌握病人身体的某些秘密。只有父亲知道如何治我，从哪里下手，进针的角度是多少。有一段日子，我的胃闹脾气，吃西药后减轻了，可是口苦，苦得啊那是有苦难言。这也是西医没法子的事情。我问父亲，他说，黑栀子10g，煎水服。单方独味解决问题。我第一次认识黑栀子，其实就是夏天里开着好香好香的栀子花的果实，用火炒黑了。查《本草纲目》，木部第三十六卷写到栀子，每一种病看起来都比口苦苦上十倍。凡人生活都是这么一地尘埃。我习惯了有一个中医父亲，可以解决一些像口苦这样说不出口的小毛病，也可以在西药罔效时解救危难。

年轻时，我曾是多么坚决地捍卫自己的专业，因为中西医思维的迥异，我与父亲争吵不断。对父亲的医疗成就，我一向是以科学话语来拆解的。他年轻时医治过一个化脓性脑膜炎，在当地引起相当大的轰动。患者在医院做了手术，一直呕吐、不能吃饭、半身不遂，被判了死刑，抬回家。出院后输一点营养液维持着，后来连液也输不了，奄奄一息。父亲给患者针灸，用十二井穴，第二天就能够吃饭，呕吐也止了，慢慢地，半边肢体也恢复了功能。像这种表述，我十分怀疑。其一，他真是化脓性脑膜炎吗，这个病一般是不需要手术的，除非是合并了脑脓肿；其二，输不了液，那可能只是因为护士的手艺差，并不代表他的病有多么重；其三，即便疗效真的这么神奇，那也是个案，它完全有可能是西医生误判，也有可能是各种偶发因素的作用，没有大样本对照，一个孤例有啥可说的呢。这种言之确凿的科学话语，父亲毫无还架之力。几个回合下来，我便飘飘如飞，经常对他指指戳戳。父亲也会回击的，弄几句《内经》《伤寒论》《金匮要略方论》，我听得云里雾里，只笑他酸迂。等到父亲把中医论文拿给我看，尽情的嘲笑和指摘更是阻挡不住：科学设计太简陋，没有对照组做统计学处理，不符合临床随机对照试验原则；只有引经据典，不曾提炼出自己的创见。等到他回顾性总结了对照组出来，把两组的一般资料做统计之后，发现那两组竟然是没有可比性的，我又指导他重新配对，把一些病例剔除出去。中医科学化一直存在着莫大的焦虑，这是整个学科的问题，并非独属父亲一人。中医医学论文被纳入西医的科学框架，统计学像一个死板、毫无人情味的论文管家，把中医的人间烟火气全部量化、标准化。修改论文时，父亲只有发懵的份。他看我的眼光，既有他作为自己的无奈和颓丧，也有他作为我父亲的一大部分骄傲和一小部分故作的不屑。

如今回过头看，我与父亲多年的纷争，其实，既有上下辈之间基本观念的分歧，也有医学专业思维模式的分歧，而且，这两者是有关联的。多年后我因各种机缘，阅读中医古籍，拜访中医高人，终于看出了一些端倪。举一个例子，孙思邈在其《备急千金要方》序言中说道："余缅寻圣人设教，欲使家家自学，人人自晓。"现代医学体系中，健康责任主体被认为是医生和医院，而中医一直强调，健康责任主体是在患者自己。这一观念十分地好。然而，接下来是这样说的："君亲有疾不能疗之者，非忠孝也。"像我这种接受现代思想的人，确乎已难以对此认同。儒家的伦理观念，在古代是全覆盖的，政治、文化，甚至科学。以致于中医理论与伦理是捆绑在一起的，这是赋魅时期的思想特点。至今，鲁迅、胡适、傅斯年等一批新文化运动学者对中医的贬责，依然是中医黑们明晃晃的武器。鲁迅在《呐喊》"自序"中写过"便渐渐的悟得中医不过是一种有意的或无意的骗子"，他针对的并非某一个中医生，而是整个中医文化。梁启超当年更有一段公案，他因血尿被协和医院误诊误割右肾，却为了中国医学前途进步，专门刊文向医院致谢，并呼吁大家别生出反动的怪论。他们都是祛魅先驱，在旧文化之巨茧中突围，得拥有多么强烈而极端的批判意识，矫枉而过正也不算不可理解。只是，当年革旧鼎新的洪流之中，那种以终结作为开端的方式，客观上开启了二元对立的思维，至今，类似的缠斗依然绵绵不绝。我一直在期待着一场中医的复魅，或许，把儒家伦理思想从医学剥离出来，正是复魅迢迢之途的一把金钥。

《内经》有一句话广为流传："上医医国，中医医人，下医医病。"与现代医学以"医病"为要义相比较，这是十分高蹈的思想。可是在古代，"国"与"天下"是相同范畴的概念，医国也就是医天下。而到了现代，"天下"并不是狭隘的国族，而是属于全人类，关于"天下"的伦理，其实是人道主义精神。瘟疫来临之时，疾病的世界性是更加彰显的。乌克兰前总理季莫申科患上新冠肺炎，接受中医药治疗并获得确切疗效，这境地，想必不属于古代的任何层次。

5. 俄罗斯方块游戏

炸鲜奶的日子终于成了习惯，疫情也在逐步好转当中。步行街的松鼠一开始只发现一只，到后来发现了三只，不知道是不是一家子。那只小孩子模样的松鼠，有一次沿着树干往下爬，竟然爬到了离地面只有尺盈高的地方。我在不远处站定了，怕惊扰到它，哪知道它还是警觉了，倏地又往上爬回去，那条蓬松的大尾巴刹那间逃窜无踪。

可是生活又有了新变数，我先生被单位通知，需要到岛县去下沉。生活就如那个俄罗斯方块游戏，一个转折便开始新的一场布局，各种形状的方块重新洗牌，倒转腾挪。

也就在这不到一年的时间，我们家的俄罗斯方块游戏已经玩了一局又一局。先是高三党在高考的轨道里各种折腾。这也还好，专业是早就确定了的。当初儿子第一次说要报医学专业时我大骇，我自己便是在卫生线工作，深知这个行业一般人很难胜任，而且在潜意识里，对于西医越来越细化的分科我有隐约的不安。见我极力反对，他反驳道：你是因为自己不喜欢读医，爸爸妈妈让你读的，你心里对这个专业有偏见，你的否定性意见是不对的。这逻辑太对了，我有点被说服，便问他为什么喜欢医学。他说，武侠小说里每到紧要关头都有一位神医出现。想不到一个严密的逻辑后面，跟随的是这么稚气的一个想法，我们都被逗笑了。我说，武侠小说里的神医，那是中医哦。中医这两个字一旦说出，各怀心思的一家人便开始暗自琢磨，结果竟然很快地全员通过。亲近的朋友闻知，都猜测道，心里最受用的肯定是我父亲。实际上，他表现得一派云淡风轻。接下来，便看高考成绩了。儿子曾经拽拽地跟我们说，高考并不是人生中很重要的事情。不知道这是为自己留后路，还是为了缓解我们的可疑焦虑。事实上，我们并没有太大焦虑。他的这对父母，由一个学霸和一个学渣组成，现如今，共用一个锅共用一把饭勺，协同做饭洗衣拖地板养育孩子，生活趋同。这都不重要，至少他们都成长为有独立思考能力的读书人。高考放榜了，成绩平平，也无欢喜也无愁，目标学校在山东，填报志愿之前，我对儿子说，大学数年的体验还是蛮重要，要不，你先去济南看一看是否合眼缘。小伙子觉得有道理，买了机票便上路。人生的第一场独自远行，他背起背包去为自己相学校。满意了，填报了，上学了。父母的一场漫长的必修课完成了，俄罗斯方块游戏重开一局。

已亥年的下半年，几乎是诗意遄飞的时光。那时，父亲术后身体恢复趋于稳定，儿子离家追求新学业，我和先生可以安享两个人的生活了。就那半年，我们出了几趟门，去沈阳看辽宁博物馆的一个特展，去扬州和镇江看银杏古树，这两趟几乎都是在闲聊中偶然提起，瞬间心动，半小时之内决定了成行。孩子尚小之时，我几乎都是独自成行的。多次独行竟然上了瘾。当重新回到两个人的旅程中，我是怀有极大新鲜感的，原来我还可以如此不为行程操心，不为行李操心。整个身心都空悬着，尽可以用它们去装盛天地间的流水轻尘、秋风里的草木滋味、随着古书画远道而来的艺术消息。我对先生开玩笑说，现在终于明白了，女性主义者是需要付出多么巨大的代价。

疫情来了之后，新一局的游戏开始了。在漫长的抗疫日子里，我们家的笼子里同时盘踞着三只受困的兽。儿子在大学刚刚读了一个学期，这是他出了乡关之后第一次返回。春节前小伙子一回到家门，便跟我聊中医，聊情志病就聊到范进中举，他说范进发疯是喜伤心，胡屠户将他打醒是恐胜喜，又五行推演一番，听得我一愣一愣。小伙子只说，这是人人都懂的。他大概是把我当做一个作家来进行科普，让我学学人家吴敬梓的字外功夫。从那时开始，我便知道小兽长大了，成了大兽。在这个无人看管的兽场，食物自然也是无人投喂。我摇身一变，又成为了家庭主妇。这是颇为诡异的事情，这个世界根本没有人要你履职，却也没有人觉得你可以逃避这个职责。这身份，就像脸有刺黥，一世洗不掉。是的，炸鲜奶的日子，我就是这么一边与松鼠玩，一边心急火燎地奔向菜市场，以十倍于往常的速度买菜做饭，投喂驯兽。鲜奶是那么平滑如缎，炸皮是那么爽脆似酥，它们融于一口。

如今先生要下沉，新的俄罗斯方块又忙活起来了。我连顺风车也搭不成，要勇敢地去坐公交车。那时候，敢于坐公交车的人还甚少，尽管我每次都备足了酒精棉纸，下车时消毒个遍，可是，同事们看我的眼神，依然有一丝闪烁的同情和规避。病毒的无形存在，比起它的实存，实在是更加地体形庞大，更加地留存久远。我在它的双重压迫之下，继续上班族＋主妇模式。先生前去下沉之后，发现这就是规定动作而已，并无多少实操意义。只是，规定性的本身就是强制性。人在水上行，焉能不靠舟。有一天傍晚，他甚至带回来了一只走地鸡。他说与岛民闲聊时，得悉他们村的走地鸡，肉质特别鲜美。城市里罕得吃到这么好的鸡肉，炖汤之后连轻易不开赞口的儿子也破例了。一切似乎也没那么坏，俄罗斯方块还在继续往下掉。可是，这游戏持续时间太长了，我腾挪的手已不堪其累。

牢骚肯定是有的。这是多么不智慧的一种抵抗方式，可是，智慧既不能把我解救，留着何用呢。牢骚的叠加虽然蠢笨，可它经常是会起效的。有一天晚餐，我先生说做饭洗碗由他全包了。天堂像是坐了直升飞机，一整个囫囵来到了我的面前。只是它仅仅停留了一天的时间。第二天晚餐后，脸带刺黥的主妇依然乖乖地去洗碗。巨大的厨房灾难就在此时开始呈现。我把围裙往身上一套，惨叫声把自己吓到了，围裙上沾满了走地鸡的骨血，星星点点，全部变成暗红，结了痂。我们在菜市场买的鸡肉，都是宰杀现成的，家里许久没有动过刀斧了。我心想，现在还愿意在厨房动刀斧的男人，太了不起了，即便不鼓励也不应该打击啊。他在客厅问发生了什么事情，我打哈哈说，没事没事，围裙溅到了。估计，他是可以把这话重新理解的：水龙头的水流急了，把围裙溅到。这很好，我没撒谎你也没受伤。我打开燃气灶炒菜，却怎么也点不着，我发现，就在昨晚，我先生把炉头全部拆出来洗过了，然后，安装的时候没有正常对位。我把大锅取下来，正想拆开炉头重新装上，没成想那炉头在试火时点了几次，钢皮已经烫了，我是戴着粉红的橡胶手套的，手掌虽避免了一场烫伤，可是，那双手套却蹭破了洞，玉殒香消。我的内心戏继续演下去，人家那不是为了洗炉头嘛，服务多到位啊。手套是买得到的，再怎么贵能贵得过一段珍贵的关系吗，我得继续忍。可是看到那块心爱的砧板时我彻底崩溃了。那是一块黑胡桃木，把手雕镂成鹿角的形状，整块砧板的纹理线条、木色深浅搭配都美好无比，像一件艺术品，可是眼下，它身上被剁出的刀痕一道又一道，深深的，横七竖八的，那该死的走地鸡啊，那该死的新冠。

6. 父亲：秘方（二）

父亲治疗新冠的方子，成了我的一块心病。人家用了那么多年的时间，才研究出来的抗病毒方子。

病毒与人类的关系有些微妙，既相互依赖，又相互斗争、相互改造，从远古到当下，莫不如此。我一直觉得，病毒之所以比其他微生物更不可捉摸，其实是源于它的单薄软弱。再没有比病毒更简单的结构了，它连细胞也没有，只有一个核酸长链和一个蛋白质外壳。如果是两个具有独立生命能力的人，或生物，他们斗气来到了山垭口，那是可以看看谁能够先过去的。可是，病毒不是，它根本就是把人类当成宿主，当成随意赊账的银行。新冠病毒只是给我们提出一个警醒，更多的病毒，古老的，新异的，还在我们肉眼看不到的四面八方。

父亲年事已高，想着这方子也不能失传了。我告诉他：

"方子我先记下吧。"

父亲也不多言，任由我打开手机在微信上记录开来。这场景，怎么看都不像是一个老中医在向他女儿私授秘方。

叶下珠、重楼、黄毛耳草、牛黄……

父亲打断了我：天然牛黄太稀缺，就用人工牛黄代替，总比仿冒的强些。

这张方子我虽不熟，有些草药却是极熟悉的。就像叶下珠，小时候是当玩具的。现在想来，许多的童年细节皆与中草药有关。那时候，母亲在一家药店当药剂员，家里如果没人带，我便随她去药店上班。一位腼腆的大姐姐特别喜欢我，每次都去药柜里扒东西给我吃，有时是一根甘草，有时是两颗枸杞，有时觉得我乖得不行，偷偷去罐里取来一根白糖参。奶奶的家教极严，从小教导说不能随便吃别人给的东西，只有这小小的冒犯，似乎是无妨的。父亲的叶下珠，我是当成含羞草玩的。两种植物长得极像，矩圆形的好看的叶子，互生，叶下有扁圆的小果果。可是白天的时候，我去碰触叶下珠的叶子它总是不合拢啊，我就叫它不害羞的含羞草。父亲天生有着诗人般的激情，做事情颇具煽动力，双臂一呼应者众，他要研究马钱子，家里一袋一袋的都是马钱子，他要研究叶下珠，屋前巷后便铺满了叶下珠。我的母亲，永远是他最得力的跟班和执行者，洗净的洗净，去皮的去皮，磨粉的磨粉，永远有干不完的活。他说，对叶下珠的关注开始于当年在邻县饶平农村当医生之时，是当地农民给教的。他们说，家里有人头烧额热、红眼病，都是扯了几株去煮汤喝。上世纪六七十年代，个体行医是不被允许的，我们家有故交在饶平，便招呼父亲去那里行医。许多草药，父亲是在那时结缘的。

儿子读了中医学专业之后，父亲说要把自己的验方记录下来，送给他。惜乎记忆力已衰退，写得极慢，有时我问他出处，或是相关典章，也已经说不出来。新冠肺炎来了之后，我接触了大量的中医信息。名老中医邓铁涛当年在萨斯之后便写过中医诊治经验，他认为中医辨证施治不把着力点放在对病原体的认识上，而在于病原体进入体内后邪气与正气斗争所表现的证候。中医虽无微生物学说，但细菌、病毒早已概括于"邪气"之中。而且，中医的治疗不是只知与它们对抗，而是既注意祛邪，更注意调护病人的正气，并使邪有出路。正所谓"正气存内，邪不可干"。道理讲得明白通透，令人信服。此时，各地中医人驰援武汉，也已佳音频传，我便常与父亲分享讨论这些信息，他听得激动不已，末了，却显出一种过雁寒笛、廉颇老矣的悲壮。

父亲不知怎么发现的，他说病毒性疾病与蛇毒有着某些相似之处，新冠方子里，有些药物便是治疗蛇毒的药，比如重楼。在医学治疗史上，不管是中医还是西医，都流传着一些颇为有趣的发明故事。现在，西医用于治疗冠心病和心绞痛的硝酸甘油，当时是用来当炸药的，而且一开始的发明者便是瑞典化学家诺贝尔。据说在诺贝尔的炸药生产车间，工人们常会出现周一综合征，他们返回工厂时会感到脸上发烫，还伴有严重头痛，而周末回家，症状会明显减轻。药理学家们研究发现，原来硝酸甘油可以扩张血管，炸药车间充盈着大量的硝酸甘油，工人们在没有防护的情况下中毒了。这事件促成了一种药物的诞生，硝酸甘油成了缓解心绞痛的常用药。这不知是人世间的大幸运，还是大不幸，已知的太少，而未知的太多，科学的每一步都在试验当中，经历、想象、联想、体察、内观，几乎所有的精准科学都走过月色朦胧的小径。

问过父亲，祖父传授给他的是什么。父亲一时想不起来，竟自沉吟。母亲在身旁说，化脓灸就是啊，你当实习生时不是还露过一手。母亲有两大魔法，一是记忆力好，二是家里谁的东西找不到了她一准能够给揪出来。她这么一说，我便恍然笑了。我在西医院实习时，确实曾因懂得一点中医皮毛狠狠出过风头。有一次，一个慢性结肠炎患者去做肠镜检查回来，发生了严重呃逆。这不算什么病，就是膈神经痉挛而已。可是，他就那么一直呃呃呃，好像要呃到地老天荒，而且越呃越严重，似乎每一次都要把整个人提起来吊打。到了后来，他自己产生了恐惧。整个大内科有的是人才，教授、主任医生便有几位，还有博士、硕士一溜儿，所有人都没有办法。我看得难受，弱弱地问带教老师：我们用艾炷来熏好不？带教老师看着这个文明社会里的野丫头，不敢造次，去问科主任。科主任竟然同意，他的意思是，即便无效，这也没什么伤损。我吩咐患家去买的是那种艾叶蓬松的艾条，用三根艾条一齐点燃，然后放在鼻腔下，让患者猛吸。乖乖，呃呃竟然越来越稀松，竟至于完全停止了。带教老师到处去夸我，用粗线条的箱头笔不断地把这事情勾勒涂画，终于把我夸成了一朵花。其实，这根本就是一个民间法子，土得掉渣，也毫无技术含量，只是，在一个特定的聚焦点上，它恰好解决了问题，便成一个畸形的美好幻象。此后护士姐姐们常围住我问讯，似乎这个野女孩可以包治百病，哪知道我连三脚猫都算不上。不过，像所有的情节喜剧那样，巧合发生了，护士长姐姐咨询的一个病症，竟然是我可以治疗的。他先生年轻时打篮球撞伤，后背一直疼痛，每到春天湿气重便越加厉害。这是陈旧性软组织损伤，拍片拍不出毛病，西医是唯有止痛药的。我看过父亲用化脓灸一次性治愈的先例。当时不知道借了谁的贼胆，我单枪匹马去了护士长姐姐家。定位、消毒、局部注射麻醉药，然后，捻艾粒，烧了四炷还是五炷，把皮肤逼得轻微红肿，艾粒周围结疤，便大功告成。野丫头传奇又记了一笔。医学院派教务老师到各个实习医院走访，这些野事迹便被他郑重庄严地记录在本子里，然后带去别的实习点宣扬。

父亲说，他从祖父手里接盘的，就化脓灸用得最好。

7. 麦田青青

克尔恺郭尔说，衡量一个人的标准是：在多长的时间里，以及在怎样的层次上，他能够甘于寂寞，无需得到他人的理解。能够毕生忍受孤独的人，能够在孤独中决定永恒之意义的人，距离孩提时代以及代表人类动物性的社会最远。

在灾难来临时，孤独接受了双重考验。灾难是需要信息的，需要人际交往的，孤独遭遇了从未有过的坏环境。接着，在大量信息降临之后，人际发生了极大的分裂，分裂的严重程度也是前所未有的,孤独之鹰找不到一个可以诉说之人,也找不到一块可以停歇之地,只有不停地飞,孤独地飞。

而且,现成的面包是没有的。

幸得还有麦田。

所谓的麦田,便是书。在一开始精神极度焦虑之时,是阅读伴我度过的。立春那一天,我们原定有一个阅读社日活动,只是大家的情绪基本都为疫情所役,便把原定话题抛弃了,重启阅读瘟疫文学的计划。在当时,这事情于我是借壳还魂。加缪的《鼠疫》和萨拉马戈的《失明症漫记》是被选择最多的两本书。重读《鼠疫》时,我受触动最大的倒不是始终秉持着伟大的人道主义精神的里厄医生,在文学上,这个线条太简洁单薄了。我发现塔鲁才是小说至关重要的人物,他坦言自己就是一个"鼠疫"患者。十七岁那年,是他生命价值的极大转折。他去看检察长父亲审判一个罪犯死刑,死刑犯已被吓得不成人形,而那些从父亲嘴里窜出来的像毒蛇信子一样的审判词,让他备受刺激,他无法认同这么卑鄙地处死一个人。死刑之所以可怕,就是因为它是一种合法的谋杀。从这一点来看,每个人都有谋杀他人之恶,却如鼠疫患者一样在人群中传播而不自知,这也是鼠疫的重要隐喻。

在文学的复杂性中迷失,不论内容涉及的是灾难、倾轧、死亡、疾苦,还是与它们相反的另一面,或者根本就是不同面向的拉扯与杂合，都极可能是迷人的。只是，它的体悟是隐蔽的，混沌而难以言说的。常常地，我们会被拉回到初始层面的那个坑。

> "据医书所载，鼠疫杆菌永远不会死绝，也不会消失，它们能在家具、衣被中存活几十年。在房间、地窖、旅行箱、手帕和废纸里耐心等待。也许有一天，鼠疫会再度唤醒它的鼠群，让它们葬身于某座幸福的城市，使人们再罹祸患，重新吸取教训。"

这是《鼠疫》一书终结的一段话。多么令人绝望的循环往复，它与晦暗的人性几乎相互表里。我却是在这时推开了书本，同时推开了弥漫在我周身的灾难哲学。它让人从一时一事一生一世之中挣脱出来，生命的时间价值似乎获得超越之维。山穷处，才有飞的可能。耽于文学的复杂性是内卷的，而这一次，它敞开、溢出，向无比开阔之地进发。

一个人的阅读体验，与一个人的恋爱体验，大抵是相仿的。虽然都可以讲述和分享，但肌肤轻触时那种至为幽眇的感受，鼻息吹过毛孔，手指掠过口唇，对外人，怎么说。

读《鼠疫》，与其谈一场恋爱，读《失明症漫记》，又谈一场恋爱，却发现这两者的关系非同寻常。对《失明症漫记》来说，《鼠疫》更像是他精神上的不苟言笑的单身父亲，他用前半部书的篇幅来完成对《鼠疫》的因循与叛逃。

在立春阅读社日我与朋友们探讨《鼠疫》时，曾旁逸出一个话题，女性为何在这本书里缺席。这是加缪作为男性的自足和傲慢，还是他故意制造一种失衡，用以暗喻鼠疫来临时的病态环境？这几乎也是无从拆解，大家只能把《鼠疫》归结于加缪的男性哲学，以供无限阐释。《失明症漫记》前半部写得极其呆沉、无趣，而且，加缪的影子时隐时现，似是一种父权的隐喻，我数次萌发了把这个窝囊的"男朋友"放弃的念头。幸好最终没有放弃。萨拉马戈用一个细节向加缪致意之后，便解除缰绳扬鞭而去。或者，这更像是对于父权的决裂。下半部，医生妻子作为永恒的女性，开始引领人类上升。在一个失明症蔓延的世界，医生妻子是唯一看得见的人。上半部她只是眼睛，到了下半部，她蜕变成了一个人，是萨拉马戈精神主体性的化身。如果说加缪重在以哲学的名义锻造人性之光，萨拉马戈则是以雕刻刀剜刻出人性的幽深与驳杂。在盲人集中营，恶棍的霸凌与现实世界一般无二，他们抢占所有的饭盒，要求其他宿舍的女人去服淫役。

　　"这些女人现在双倍地快乐，这就是人类灵魂的奥秘所在，因为她们即将遭受凌辱的威助从各方面来看都近在眼前，这唤醒并激起了每个宿舍里的人们因长时间在一起生活而萎缩了的性欲，仿佛男人们都在趁女人们被带走之前疯狂地在她们身上打上自己的烙印，仿佛女人们急于在记忆中填满自愿

经历的感受，以便更好地应付只要可能就加以拒绝
的欺凌。"

一种精神自慰，被荷尔蒙的霞光所包裹，至今想来仍有
彻骨的心酸和冷。

精神的救赎，是在两场洗澡和一场读书中完成的。第一
场，是在盲人集中营，医生妻子用极其稀缺的水为服过淫役
的姐妹们洗净身体。第二场，失明症大流行之后，集中营的
围墙倒塌了，世界处于停摆状态，医生夫妇把几位难友带回
了家，刚好下一场瓢泼大雨，妻子和另两位姐妹在阳台上接
雨沐浴，并洗净衣物。前一个场景，有月光嚼碎的味道，后
一个场景，听得见肉身的餍足呢喃。最后，他们在灯下坐成
一圈，医生妻子展开书籍，为大家朗读起来，正是此时，有
人发现自己复明了，天堂里的玫瑰次第绽放。

8. 父亲：命运的秘密

父亲说他一周岁时便有记忆。那时候，他被祖母抱着，
与祖父一起到东里镇车站搭车。他们一家就此搬迁到县城。
他说，东里车站的卖票点只有一桌一椅，上头遮着半片蓬
棚，旁边有一只被遗弃的吉普车，那明黄又脏又凋败。听起
来竟是真的，这种场景式记忆，不像来自祖父或祖母的转
述。奇怪的是，他给我讲过这个场景之后，它便成了我看过

的场景。仿佛他的一周岁也是我的一周岁。

现在，我与父母亲最亲密的连结，其实是在药。这是我在隔离期冒险回来的最大缘故。我需要把他们的药带回来，每月我去医院里为他们开一次大处方，续药就是续命。母亲把药瓶子药盒子从袋里掏出来，茶几上堆成了小山。母亲有十多年的慢性病，而父亲，一年多前因直肠癌做过两次手术，在现代医学的指标上，坏掉的肠子切除了不复发就是痊愈。只是，那一截肠子，与钢管、与塑料管毕竟不同，那是肉身，会流血，会疼痛，会恐惧，会反应。手术后，他一下子老了，是一个真正的老人。这个变化，如果写在手术并发症里边，不知道是否有人会因此放弃手术治疗。瞥了一眼茶几上的那座小山，我又后悔了。当药物与他们搁在一处，我便得到强力提醒，药们是要进入他们体内的，既是治疗也是毒害。我又一次问父亲：不能少吃一些吗？可是在医院做完手术之后，父亲把自己弄丢了。

出院后，父亲把自己身体的处决权全部交了出去。他事无巨细地要我去向主刀医生咨询，连过敏性鼻炎发作是否能够用扑尔敏都让问，可主刀的是一位腹部外科医生。我一而再地提醒他，你应该成为身体的主人了。直肠癌术后，他的肠道功能一直未能重建完成，便秘、腹泻轮番而来，有时与客人聊着话，半途便不得不急匆匆奔向盥洗间。他的生活已分不清面子和里子，皱褶里尽是虱子与螨虫。肠道血管、神经的重建，西医并没有什么法子，我不断地唠叨：要用你最擅长的中医啊，要用针灸哦。父亲身体里的那个医生终于弱弱地复苏过来。他选择了足三里穴位注射。过一阵子，我们发现疗效是有的，但他经常拖沓着不愿意继续治疗。母亲偷偷告诉我，他怕疼。这真是让人大跌眼镜，在我们家，父亲类似于阿喀琉斯，他一直是骁勇善战的，我们从未发现他的致命之踵。我甚至嘲笑了他，就像当年他嘲笑我那样。我还是小女孩的时候，他教我针灸，扎完了白萝卜就扎自己的身体，我怕疼。在潜意识里，我对父权的抗争肯定从未停歇过。以致于我的嘲笑显得那么理所当然。可是后来有一天，我与同行在聊天，说到癌症术后病人普遍地发生免疫力低下，我突然眼泪盈眶。刹那间我明白了真相，父亲怕疼，那是因为他整体体能已经下降，痛阈降低了。

去年，我们送儿子去上学。这是第一次到山东，即便在陌生之地，我们借助网络的大众点评系统和手机地图，还是在第一时间寻到了适口的鲁菜馆，片片鱼、酱骨头、泰山炒鸡等菜式一道道端上了餐桌，我却在此时接到了父亲的电话。他问我，天气冷吗衣服带够了吗？我得承认，每次我哭的时机都不对，所以很怕被对面的人察觉。那泪竟然是啪嗒啪嗒滴落下来的，这一次把我弄哭的到底是蒸煮蔬菜的蒸汽锅，还是父亲的操心。其实，我并不是被感动，这太矫情了。父亲的这种操心已经持续了许多年，有两次出行前夜因为他的唠叨我把衣裳调整了一个档次，当然，是往更厚更暖的方向，结果，去到外地刚好气温回升，被热出汗来，只得就近买了凉薄衣衫。在他还没有很老时，他的操心是有力量的。而这一次，他操心的话语里带着一种前现代气息，与我们的生活场景根本已不同频，它像一只无力而摇曳的风筝，不知在哪一棵树上挂了。那时，离他手术出院已有半年，惊涛骇浪虽已平缓下来，但我确信，他与母亲的活力已经停止了。在过去这二十年，科技像魔法一般，修改着我们的生活程序，很多人被旋风裹挟穿堂而去，而他，被阻挡在老旧深院，相对于外部世界的急遽前行，他已然是在不断后撤。在以往，年龄是经验积聚的容器，一个七八十岁的老人，他脸上一道道深刻的皱褶是可以盛满智慧的。可是父亲，他除了医学专业知识，作为一个老人的生活智慧，早已被这个时代消解。后喻文化时代的焦虑是有传染性的，一代代垂直传染。他的今日，也是我的明天。我的悲哀长了牙齿，常在阒寂之夜听到啮啮之声。

父亲对这个世界最初的印象，东里车站那凋敝的一幕，经常会在我面前出现。我突然发现，一个人对世界的最初记忆，其实是一种命运的预言。

9. 人间知了

四月以后，我开始复仇一般地买衣裳。那些飘飞的裙袂再也不管它到底是否会沾染上病毒，那些因病毒而被遏制了的欲望像手指一样伸出窗口，那些窗口一个又一个，列满了天空。

聚集在知了群的，是二十多个这样的仙女。不对，还有一个服装牌子的首席设计师，一位 24 岁的大男孩，他姓柯，我们叫他柯神。在七月，他创建了这个微信群。我并不是一个屈服于品牌的人，奇怪的是，这是我穿这个牌子的第四年了，它依然令我如此热爱。四年前，我在逛网店时，看到买家评价的后面有一条卖家回复，那竟然是朱光潜的谈美语录：美感经验是人的情趣和物的姿态在聚精会神、物我两忘之中的往复回流、交感共鸣，它和实际人生是有距离的。接着翻看下去，卖家的每一条回复都是独一无二的，或谈美学，或谈色彩学，或谈服饰史，或谈哲学，我惊出了一身冷汗。

穿这个牌子已经四年了。即便喜欢，即便进了群，我也没有泡群的习惯。有一天夜晚，突然看到知了群有一位仙女在晒"背标"。我翻箱倒柜去找一件墨绿色的旧袍子，背标写着"古木倚寒岩，三冬无暖气"，这三年间每次穿上，默念一遍，心中像装上了一桩心事。柯神说，这是第一代的背标，没有车线的，野生的样子。他说这一系列背标的内容是五年前在京都的大德寺受到的启发。大德寺有不少塔头寺院，保留了自唐朝以来日本禅摘录的中国妙句，他们用五十音做了注解。当时，是连注解也没有删去的，保留了两种文化曾经交谈对话的瞬间。难怪我对背标上旁注的日文小字甚为诧异，默藏多年的秘密一朝解开。仙女们纷纷把旧衣裳上的背标翻出来。一位仙女的背标是一首偈，来自释智鉴："世尊有密语，迦叶不覆藏。一夜落花雨，满城流水香。"另一位仙女的，写着"无不是药者"。

此后关注知了群，成了我日常生活的一个链环。

仙女：这件交襟领裙子需要表扬，钩花纱线超级好。对于懒人来说，机洗后平整如新的钩纱是多么强大。

柯神：这是蕴纸棉，由棉花、可循环纸和木纤维制造而成。

仙女：这个神奇的材质是哪里来的呢？

柯神：日本常年喜欢绿豆糕的那一对夫妻开的厂做的，专门致力于有机纤维和生态纤维的研发。

这几十年，日本纱线的设计和改良不止实用性考虑周到，对全球资源和能源问题也是有态度的。我们西部沙漠地区和戈壁，这几年也做了一些纤维再造，用纤维团装的小环境进行固水培养生态圈，上次参观拜访之后，非常感动。

植物生长，需要一定水分和矿物，只要植物的种子能在微观环境下生根，并且，类似拟南芥这种远古物种进化来的植物可以逐步繁殖，那么一部分纤维组建的生态圈就可以慢慢给植物形成局部培养基。像棉花、麻，还有桉树纤维都是纤维素纤维，可以自然降解，在一定条件下可以成为微生物的生存环境。钧花用的蕴纸棉，还有现在用的极光草，都是未来生态改造中的士兵。对，它们都是士兵。

仙女：柯神，看过你一个帖子，背带裤竟然不是舶来的吗？

柯神：这个在正史典籍几乎难以觅见，看样子与我们现在的"背带裤"无异，算是"袏腹"与"裤"（阔腿裤）的结合形态。魏晋名士喜着宽大"氅衣"而内搭"背带裤"，以内在的思辨风神和精神状态来表征自我。这种组合一直流传至唐、宋，甚至辽金元时期，但明清之后再也难觅其迹了。

仙女：这件裙子你们是选什么颜色呢？我有选择困难症。

柯神：这个紫色的料子，很耐穿，耐洗。是用乌拉圭紫水晶那浓郁的紫色去做的色卡，矿石色。天冷了，秋冬的紫色是矿石的颜色，夏天的紫色，是花朵的颜色。

柯神：已经定制的仙女看过来。上层已经是满染了，吸了很多蓝染花青素，饱饱的。最近染缸的发酵情况很好，透着金黄色的油光。

仙女：哇，这下面是隐隐的云朵啊，我该嘚瑟了。

柯神：这个效果，是用手泼溅来染的。不断地不断地泼溅，形成泼染的霜纹。这个，是按照工艺品的想法来琢磨，与大货的思路完全不一样。没有约束。

柯神：@仙女 最近佩兰是不是喝得气机顺畅了？我今晚用佩兰磨了很多粉末。佩兰的味道很君子，不争不抢。

仙女：我是整条方子喝的，甘苦芳香。现代人避苦就甜，避臭就香，这是有问题的，这两种味道必须补全。

柯神：现在社交关系也是如此，避苦就甜。

这几天一直在使用佩兰，试过佩兰和藿香一起煮水，藿香非常有侵略性，掩盖了一切味道，而佩兰的味道是隐藏起来可以慢慢释放的，有君子的隐忍和坦然。

仙女：掐丝银饰为何全部升价了？这款银饰还能上架吗？

柯神：三哥走了，他是真的放弃了，之前补的单，也不做了。

仙女：再找合作的师傅吧，贵州的银饰师傅还挺多。

柯神：那边的银子质量，不少人掺和了其他金属成分。他的银子，泛着雪花的光泽，很少有纯度这么高的了。其他的师傅做的大都是机械抛光的，花丝的工艺也没三哥好。

这一堆，今天全部熔化了，回收成了银块。

仙女：是不是变成银块，马上可以变现？

柯神：是的，五万元。新冠来了之后，他更难了。他要去杭州当建筑工。

仙女：在我们，只是在收藏一件两件饰品，可是在三哥，他祖祖辈辈在大山里，已经困守多年了。也许他不愿意拘泥于祖辈的生活方式，他要换一种活法。

仙女：让他走吧。不然，心不甘。

仙女：我的耳线，我的银饰项链……

仙女：今天，心情很糟。得知有位同事的老公前天走了，才40岁，从确诊到走才20多天。

仙女：意外和明天，不知道哪一个先来。

仙女：柯神，你设计的那款石榴银饰项链，流苏部分不是东方风格哦。

柯神：是参考了拉普兰地区的一枚胸针，当地的婚嫁用品。我到芬兰图尔库时，当地的一位朋友带我去的那家数百年古董店，这枚胸针静静地躺在那里，已经躺了七十多年……安徒生童话《冰雪女王》写过一个拉普兰女人，她在一条干鳕鱼上写下几个字交给善良的女孩格尔达，这个女孩一路奔波要去解救心爱的男孩，他的心被冰雪女王嵌入了两片魔镜的碎片，变得冷酷无情……

柯神：分享一条裙子的设计灵感。它的名字叫做"黄芪人参汤"。亚麻米白的胚布，上面的刺绣就是这些中药：人参、黄芪……前不久的夏天，打算约朋友去岭南的山中观察草药，想想这也是又辛苦又有意义的事情。此款的设计，得益于这些年在岭南生活的感悟，更是对这个汤方的作者一种发自内心的敬畏。汤方诞生在几百年前那个兵荒马乱的年代，李东垣在饱尝人间种种情味之后，依然为后人留下来诸多医学著作，这也在岭南本地的补土流派中流传下来。

仙女：一条裙子，非要去做这么深沉的话题吗？

柯神：穿透生命的设计，一条裙子也许可以不止是陪伴，也可以有共鸣和启发。尤其是在今年。

10. 如花美眷

我穿着这条名叫"黄芪人参汤"的裙子，回来看父母亲。

事实上，自从他们老了之后，我每次回家都打扮得十分用心，我必须以最美丽的女儿的样子来见他们。当时，父亲毫无征兆地出现眩晕住了院，我先生返回市里帮我把行李箱带到病房。那个行李箱，本是为远行而准备的。一个参加戏剧节的人与一个陪护者，该有多大的差异。我的阿姑，看我每天穿得搭配考究，明艳照人，心下有些纳闷，也有些佩服。我却意外发现，父母亲每次见我都精神大振，即便身在病苦之中，仿佛也减轻了一些些。

父亲像个小孩，在我的裙子上辨析中药：黄芪、升麻、人参、麦冬、苍术、白术、黄柏、五味子……然后像对接暗号般对我说：

李东垣。

父亲取出一个墨蓝色线装的小本子给我，翻开来是五行笺。

这个才是祖传秘方。是我祖父留下的。以前听父亲说过，祖父去世多年之后，走在大街上还有人会拦住他，要求收藏祖父的墨迹。可是，家里也就这个小本子写了几页，再没有了。

在我四五岁时，父亲开始规划我的人生，希望我能像祖父一样，当一个可以用毛笔开处方的医生。

那本五行笺的内容，除了治吐泻神效散、胎衣不下等方子，还有一些看起来颇为奇怪的民间验方，比如，拔牙齿神方：取白茄根一把加入马尿中。让人想起前些时候被群嘲的一件事，印度用牛尿预防新冠。这种说法其实也有民间药学的依据，印度阿育吠陀医学认为，牛尿可用于治病，而怀孕母牛的尿液则更为特殊，据说它含有特殊的激素和矿物质，喝了对人体大有裨益。而根据印度药典记载，牛尿在麻风、发烧、消化性溃疡、肝病、贫血和癌症的治疗中很有帮助。

未知的世界比较大，我们常常高估了已知世界的占比。当然，用已知来胡乱解释未知以求获得理解和传播，也是未知的灾难。

父亲说，祖父这些方子以前也没听他说过。但五行笺上，多处写着：经验多效。

父亲出生之前家里是开米店的。祖父留下的那张照片，一看就是文弱书生模样，我不信祖上有做生意的基因。父亲说，不是仓廪富足的米店，规模很小的，所有的米像沙锥一样堆在两个竹匾里，就那么多。他用双手比划了一个圆，再怎么比划，一双手臂的弧度还是那么有限。我一边替他们难过，一边觉得，这与祖父的悲情命运倒是更为匹配。

家里的生意做得不好，一没本钱，二嘛，街坊邻舍一个样，并不是什么富贵之家。眼见着生意萧条祖父便转了行，卖香烟。读书人哪里会制作香烟，都是道听途说学来的，晒干了的烟叶切丝，喷上白糖甘草水，用自制的土家伙卷成烟的模样，然后，在烟仔壳上下功夫，起一个名字，印一张封面图，这算是祖父擅长的。父亲说，香烟生意也不好做的，祖父只能不停地更换包装，不停地换烟仔壳。大家图新鲜，每换一次便上当一回。这拙劣的把戏，是由一个严谨的读书人在操弄。

23岁那年，祖父逼仄的生活裂开了一道缝，光和砂砾一起泄漏了下来。一位南京的针灸医生来到东里镇办学习班，祖父去报读了。父亲强调说，当时，南京的针灸最为出名，上海是比不上的，北京更是籍籍无名。这倒不令人意外，南京当时是首都，自然人才云集，令人意外的是，父亲对那段历史的疏离感。对一介小民来说，大历史莫非是剥离在生活之外，面目模糊的，或者，升平日久，他是可以轻易把那动荡忘怀的。这个时间段刚好与新文化运动对接上了。当时，在民国政府当政的，多是欧美留学生、日本留学生，他们舶来的科学话语带着凛冽的权威感，传统医学被批评为落后愚昧，而现代医学则御风而行。不止是鲁迅、胡适了，是人潮汹汹。在1920年代末，甚至有人提出"废止中医案"。最终虽未践行，中医却是由此备受打压与摧残。在大历史纵贯的河流之下，在我们肉眼不可及的河床的皱褶深处，潜藏着多少尘埃、病毒或秘密。那是一个流动性极差的年代，那位迢迢南下的南京医生，谜一样开始了他四个月的授课。他是带着家国壮志肝胆赤诚，还是济世无门悻悻孤愤，抑或什么也不是，只是为了养家糊口？东里溪的溪水顾自流淌许多年，没人知道它是否识得东风还是西风。祖父读完学习班发了一张毕业证书。父亲说证书极其简陋，是钢板誊写的，但盖有印章，不知道是不是番薯印。在当时，这是新生事物，毕业之后也没有什么从医门道，但祖父从此开始疯狂读医书，乡邻有了病痛，也都找他搭脉开药。

历史河流中的一条小虾，后来有了虾儿子，后来有了虾孙子。

一个人对世界的最初记忆，其实是一种命运的预言。我对这个世界的最初记忆，到底是什么？那时，我是在船上的，船外是灰蓝灰蓝的溪水，或者海水。我被大人抱着，不知要去哪里。我身上好像一直在痒痒。母亲的记忆向来是最好的，她记得他们要带我去饶平海山岛探访亲戚，我全身皮肤过敏了，一到晚上更加难受。可是，当时我只有四个月大。她和父亲都不信我在四个月时已有记忆。

这个话题很快被闪过。

其实，这一趟我是来向亲爱的父母亲辞行的。我告诉他们：

我要去武汉。我还要去写一本关于中医的书。那背后有许多许多的未解之谜，既是这个世界的，也是我的。

这本书扉页上就这样写：

> 我的名字叫渊液，这是一个不太出名的穴位。当父亲翻着经络穴位书为女儿取下这个名字时，我的生命肯定植入了某种密码，我是必得做这件事情的。

出花园之路

儿子十五岁那年，分明是下了决心要办一个出花园仪式的。所谓的出花园，是潮汕民间的一种成年礼。以前，是仪式感满满的。十五岁生日当天，孩子是主角，耳后别上红花，穿红内衣，着红屐，腰间别有红肚兜，装盛十二颗桂圆和两枚"顺治"铜钱。晨起要沐鲜花浴，采集十二种鲜花，泡在宽脚的桐油木桶里。洗涤过这一回，便算换了一副心肠和体魄。家里要备办家宴，大请亲邻，小主角破例坐在上位。经过这一场，就算出花园了，可以把这个孩子向整个世界放行。大凡仪式，都有着日常所无力完成的意义，像一枚硕大的标本，写着门纲目科属种，供后人参照比对。或许，它又是有着承先启后功能的，前面的日子打包了封存了，或者换一张签证，重新开启旅程。而这个瞬间的意义，又是独一无二的，在之后漫长的岁月里，它拥有不可替换的缅怀地位。

当今，城市里为孩子办出花园的已经很少，孩子们愿意过洋节，在不合时宜的节日气氛里懵懂地爱上外面的世界。

儿子在这方面有点特出，他是不受洋节诱惑的，连带的洋文化也一概鄙视，他只喜欢古典文学，只喜欢去杭州，倚在西湖的亭畔写古体诗词。初中时，班主任专门安排一个英文成绩出挑、立志出国的男孩与他同桌。两人倒是狠狠好上了一阵，每周末相约在这座城市穿街过巷，吃一种叫做肠粉的小吃，自行制作城市地图，标注肠粉店铺的分布图。可是，两条河流急遽汇聚之后又各奔东西。初中毕业之后，该同学循着志愿去省城读国际班，前程远大，儿子则在本地上了高中，情趣不改。

可是，不过洋节并不意味着他愿意迁就旧俗。每次回老家过社日祭公祖，他一例是勉强的。在新旧之间彷徨、趑趄，不是没有引导没有劝诫，终是没能够把结解开。慢慢地，我才明白了，这个彷徨和趑趄，非他独有，实在是源于我们自身。

就如这一年的出花园，分明是下了决心要办的，可是，被其他事务叉开之后就流产了。事务当然是重要的，是我们家一位老亲戚意外亡故了。他虽然是父亲的叔辈，但只比父亲大了四岁，少年时玩得投合，此是有情；当年父亲家贫，他来到父亲所在的小城求学，节约自己的用度，很是帮衬了父亲一把，此是有义。他的亡故使得父亲无比痛伤。我们去小城载了父亲前来吊唁、遗体告别，这一天过得恍惚而沉重，别无他念。

儿子的十五岁生日，就这样，连一个最普通的生日仪式也没。还好，留下了我们提前备下的生日礼物，一枚人名印章。是请我的篆刻家师弟刻制的，不论是艺术价值还是印石材质，都值得珍重一辈子。边款上刻着：黄小隐乙未年壹拾五岁，家乡有出花园习俗，是谓长成，父母亲录曾子语以赠：日三省吾身，望自省自警自立自励。这枚十五岁的印章，我们希望它的意义是：我可以签上自己的名字，我可以对自己负责。

这个边款的寄意坚硬而严肃，用力之猛不太像是我们的做派。只能说，过正之事必是缘于矫枉。当时，儿子的叛逆、不配合、不沟通已经愈演愈烈，我们只能寄希望于他的自律。

一个青春期男孩的复杂心思，对我来说，像是家中上空的一场场军事演习。我家小区就在空中航线之下，每逢演习，间断或不间断的一阵阵轰鸣，由远及近，又由近及远，让人头疼莫名……他的桀骜不驯和无厘头抵抗，都在碎杂的日常里，一地鸡毛，无所不在，捡也捡不起来。他需要独立，甚至独断，他需要自由，没有遏制的自由，他需要背叛秩序，一切固有的秩序。这并不是不可以。可是他哪知道，为了这些，是需要付出无与伦比的代价的。他肩上的担当，还弱。

有一段时间儿子痴迷上化学，在各个化工店疯狂找寻化学试剂，软硬兼施让我去网购钠离子。我千叮万嘱一定要先研究剂量与反应程度的关系，他虽然答应了，却偷偷截取了一小块去学校里炫耀，没忍住与几个同学去男厕里做强碱反应实验，结果，一束火光倏地在水面逃窜，旋了一圈才打住，火势的迅猛和游走路径的强劲把几个半大不小的人儿吓得面如黄土。他倒是沉住了气，这消息对我是封锁的。可是，就像那束火光一样，倏地游走一圈最后还是把我找到。首先是他的同学沉不住，把风声放给他妈，然后是他妈找了班主任，班主任再来找我。好吧，这锅是得由我来背。现如今，学校只求升学率，动手能力是可以忽略不计的，连这么一个朴素的实验都需要渴求和冒险。不过，那束游走的蓝色火光带着少年的恐惧与豪情，后来成为了他心目中的美学标杆。

像这样的钠离子事件，有惊无险，还有此后绵长的念想，算是功德圆满的了。而更多的战争，总是长空万里波澜不兴地，突然间导火线就被碰触到了。这些导火线，小到吃饭、冲凉、睡觉的时间，大到学校教育、家庭范式、人生规划，根本看不到它里头包缠的黑色火药，看不到助燃的芯线，常常是随便说起了一句什么话，嘭地一声，便点燃了。解释、安抚、规劝、诱导，当十八般武艺用尽之时，一个妈妈的无能和失败便呈现了出来，它可以是惊怵，是疑虑，是愤怒，然后，高分贝大规模的战争开始了。只记得有一个夜晚，不知道为了何事，就是这样开始的战争。等到结束时我万念俱灰，对儿子说：我们需要分开一下，大家好好静一静。然后，我收拾包袱去女友家过夜。女友只道是夫妻吵架了，结果发现，这个半夜离家出走的女子，是丈夫车载过来的。

其实，他从七岁就开始了漫长的叛逆期。我父亲当年可是虎父一名，不言自威，作为外公竟是没辙。印象中，只有一位长者曾经慑服过他，是著名的评论家何镇邦教授。那年我们一家去北京过春节，何教授招呼我们一起吃年夜饭。打出租车时，他对七岁的孩子说：来，何爷爷抱你。对此我惶恐不安。这种与陌生长辈近距离的躯体接触，是很考验人的，儿子不是那种自来熟的孩子，而且，他对京城之行还有一种怯，凭我对他的了解，要任性要耍赖都是再平常不过了。可是乖乖，他竟然跟着何爷爷跨入了副驾驶室，被抱在膝盖头。那晚吃的是浙菜，颇合他的心意，吃完桂花甜莲藕，他离席去玩，顺便把包厢门口的一幅对联记下了，附在耳边念给我听，在我复述给大家之后，心满意足摇头摆尾。回来还写了一篇日记。这是颇为有趣的事，他的暂时性妥协是由何教授的威严连同京都的味道、浙菜的甜共同酿就的。后来与何教授电话里聊到，他很感兴趣，要我把儿子日记发到他邮箱。这事情过去十年之久，细节模糊了，我去邮箱翻检半天，发现何教授当时的邮箱是雅虎的，早就清光了。

那些年，儿子说过许多出人意表的话，常常是听得我头皮发麻。比如，他说自己一点都不喜欢羊、马、鹿等草食动物，他更喜欢的是虎、豹、狮子。我的惯性思维是，草食动物都是弱者，不喜欢弱者的太不善良了。比如，他说自己一点都不喜欢狗。我的惯性思维是，狗是人类忠诚的伴侣，你不喜欢也就是放弃了对忠诚的诚意。想必，我当年是费了大量口水去说服的，他不再辩驳，却也从未屈服。等到十一岁那年，他终于来找我解释缘由。三四年的时光，对于一个十一岁的小孩来说，何其漫长。汉高祖被围平城、冒顿单于致书调戏吕雉，对于匈奴的嚣张跋扈，汉皇朝一直也没有忘记，终于等到了汉武帝威武长成。儿子也是这般，等到了有能力解释的这一天。

他说道，草食动物在人类眼里显得温柔、合作，可是，他们对同类是极其凶残的：两只公山羊是以羊角抵死对抗的；马是以最具威力的后腿对付同类，他补充道，马的后腿是怎么样的威力，用它来踢一头熊，重则致死，轻则脑震荡；两只长颈鹿远远地看过去，以为是在优雅舞蹈，谁知他们是在殊死搏斗，它们的心脏就在长脖子的中间，相互在猛烈地撞击……这太不可思议了。他天天看动物纪录片和动物小说，没想到，整合出来的信息这么骇人。突然，他举了另一个例子：有人把三只发情期的和平鸽放置在同一个笼子里，一雌两雄，结果，两只雄鸽打斗之后，其中一只已经认输，另一只尚不肯罢休，把其羽毛一根根拔光……肉食动物呢？它们看起来凶猛，可是对同类大多是竞技性的，点到为止，老虎圈山也只是用一泡尿。这知识肯定是贩卖来的，这观点也未必就是原创，可是，这逻辑的严密和立场的坚定，我当时是服气了的。

关于狗的讨论，是在几天后。那天早上，我带他去上学，刚好小区里有人牵着一只宠物狗走过。他说：妈妈，这种依附于人的动物，它在动物中的地位是很低的，像奴仆一样。我从未想过动物地位这个问题，或许在我眼里，狗已经不算动物了？！我眼前浮现了无数孤独人与狗相伴相知的故事，只回他：人类需要它们陪伴啊，形成共生关系了呢。儿子继续反驳：

"可是它作为一只狗，不自己觅食，只依附别人，这是不对的。"

"它已经被驯化了，没有能力觅食了呢。"

"它如果不出去试试，怎么知道自己真的不行？它如果不出去试试，那么它的后代也就永远只能做这样的狗了……"

那时候，我肯定是一个人类中心主义者。但从这里，这个思想有了破溃。

儿子尚未出生时，我有严重的性别歧视，只希望生养的是一个女孩。女红、戏剧、情调、艺术的鉴赏、女性的自主性……一个好女孩的培养基似乎是现成的。这种性别歧视，其实是胆怯，只能说明我对男孩毫无把握。在他十一岁向我展示动物认知之后，惊讶有之敬畏有之隔膜有之，这样的男孩子果真犀利而陌生。

这世上，人与人的灵魂有多么不同。每次看到微距下的摄影作品，我总是没来由地想起灵魂这回事。有一回，与朋友在杂志社聊天，为了签一本书我们移动了电脑桌，那个丑陋的杯脚印记被发现了，是某一次的饮品残渣，虽然没有馊味，但显然地它已被时光酵解。当时，朋友已把抹布取来了，快要扔下去之时，停手了，她转而操起了相机，添加了微距镜头，然后，一帧帧既有紧致几何美又有俏丽结晶纹的图案便在镜头里定格下来。搞摄影的人，她的眼球天生有一种微距功能，当然了，写作者也一样的，只不过，摄者的微距功能作用于物，写者的微距功能作用于人性和灵魂。很多物事，在我们粗疏地以肉眼来权衡之时，谬误已经开始，而当我们用微距来过度权衡之时，真实也已远离。对于灵魂的审视，不知道美与真，哪一个更为重要。

偏偏母子之间，是那种至为复杂的灵魂关系。美与真，在这里是不明朗的，也不重要了。它已进入腹地，潜行在血脉的内部。分明是懂得的，一脉相承的，却又是命定地必须抵抗，以抵抗来获取成长。战争发起于越深层，那一击越发伤筋动脉，越发致命。

当然，一个妈妈如果与孩子并置在同一个平面，不能超越其上，她本身就是输家。一个熟谙心理学的朋友给我出主意：每次，碰到孩子与你意见相左、一意孤行时，你先把自己的想法收起，闭目，回想。回想你少年时候，你与父母和老师意见相左时，他们对你的曲解、碾压和制服，要深入地回想，回到情景当中去。

这一次，是在周末。儿子自从住进寄宿学校之后，电子设备是不让带的，憋了一周，周末的反扑气势汹汹。午餐后放下碗筷，他就黏在电脑前，四个小时，昏天暗地地玩《英雄联盟》。身体呀视力呀，这些理由算什么，在英雄主义覆盖的精神世界里，身体是多么渺小和无知。中间我有数次的暗示和提醒，有时是被当成耳边风的，有时是被粗鲁打断和抗拒的。这种状态，不是第一次，也不会是最后一次。

我走回自己的房间，长长的帘布被一窗南风鼓荡着。坐在窗前，我闭上了眼睛，使劲地回到十五岁。

这么多年，精神上一路奔跑，生命当中的枝枝桠桠都被抹煞了视而不见，慢慢地，它们似乎真的不再存在。可是，苹果有了，苹果花当然开过，开在当年的春风里。

那年，有一女同学与我走得很近，她常来找我，在我家院后的芙蓉树下一起做作业，还一起集邮。那时的集邮是真集邮，一枚枚邮票从信封上谨慎揭下来，泡在水里去浆、脱掉信封纸，镊子取出来晾晒，走过千山万水才得完成。学校门房里永远坐着敲钟的明伯，为方便寄信，他出售8分钱一枚的普通邮票，偶尔来了特种邮票，都被一哄抢光。写信的人不少，有远方收信人的其实却不多，这个差额是因为校园内暗恋者众，他们寄出的信封右下角永远写着"内详"等暧昧字样。后来，明伯的生意做大了，他开始卖一整套的新邮票。我们都是被蛊惑而开始集邮的。还记得一套四枚的辽代彩塑刚在门房的橱窗上挂出，学生们便把门房围成一个蜂窝。取自山西大同下华严寺薄伽教藏殿的金色菩萨像，丰腴俊美，眼神却极具女子媚态。那时，我对他们的性别和美感怀有含混的质疑和喜欢，只是说不出口。最高面值的那枚是7毛钱，狠了狠心还是买下。集邮是很容易引起狂热的，身边有人同时在做狂热的事情，便相互蒸煮起来。那个女同学是家学渊源，父亲当教师，本身也是集邮者。她身上，不止邮品丰富，还有贩来的二手信息。这对我是有诱惑力的。可我父母亲不待见她，觉得她"破格"。破格大概缘自八字推命术语，在民间却是极常用的。大概是看某一个人的细微动作不合眼了，便料定破了个人的格局。父母亲说她破格的一个下意识动作，我看着也颇为蹊跷。她是长得颇为秀美的，身材颀长，可她每天走着走着，就会把右腿叉开，手指探到下身去搓一下。动作频率的疏密是没有定数的，有时半天没见一次，有时却像做杂技一般，连续两三次高难动作。那个镜头很美的，一树芙蓉花开着单瓣的无邪的粉红，一个少女在树下聊着下华严寺女性化的金身菩萨，可是，那个下意识动作让我一次次愣住了。时至今日，我也没弄明白，她的青春期到底出了什么问题，抑或什么问题也没有，她只是喜欢而又难以抑制而已。

每个人的青春期，似乎都是一口深井。外人看到的，是圆的方的八角形的井口，沉在井底的一汪水。至于井底有多深，井水是历经了多少磨难才流溢至此，又从地表带来多少爱欲情恨，这些，是无人知晓的。那时候，我喜欢上了一个同龄男孩，没日没夜地在稿纸上写他名字，希望把那个签名写得越来越帅，仿佛那才是我自己的名字。除此之外，也没有太出格的冲动。这种表达方式伤口小，隐蔽性甚好，连那男孩也一无所知，然而，井口的窥探者却觉得伤深了，惊慌失措。是的，那是父母亲，他们慌不择路去找我的语文老师。有情怀的语文老师总是最得有情怀的学生青睐，可以想象得到，她是如何在父母亲殷切的眼光之下智慧许诺，并很快地付诸实施。她来找我谈话。谈当时我正在读的《简·爱》《呼啸山庄》和《飘》，不屑地轻诋一下斯嘉丽。饶是这样，一切都还是和煦的，春风化雨的。可是，这种突如其来的文艺腔还是让我不踏实，果然地，她开始貌似云淡风轻地谈早恋。在心内我肯定尖叫了长长的一声，以至于她说的我一句也听不见。

　　我拒绝用早恋之类的语词，它的身上有着太多涂抹，像小时候伤口上的红药水和蓝药水，看起来妖异惑乱。等到儿子的青春期，轮到我做那个窥探者。这是两代人之间无法回避的连环游戏。关于这一桩少年心事，父母亲是在伤口撒过盐的。我算是打过疫苗，心中有了自动免疫的机制。收拾房间时，看到了儿子为宣泄苦闷而写下的小说，用那种封面不起眼的本子，一本连着一本。只言片语一瞥，我便明白了，赶紧收叠好，归置到无人得见的角落里。他是聪明内秀的孩子，选择的也是隐蔽性极好的一种方式。另有一次，一大家子吃午餐，他说几位同学在组织假期旅游，然后补充一句：如没女生同行我就不去了，我喜欢跟女生在一起。空气顿然凝固了，汤勺停在半空，筷子碰到了碗壁，咀嚼的肌肉忘记了拉动，我的母亲他的外嫲忍不住了，尴尬地说：这不行的，人家女孩子的家长一听这话，会怎么看你！我把汤水大口灌下去之后就清醒了。儿子说的是实话，这句话其实是纯洁的，不纯洁的是我们的连带想象。在一个大多数人都丧失了与自己真实内心面对的时代，他的话由真变谬，并惨遭压制。我们无意间都站在了他的对立面。

两三年前，我买过日本作家石田衣良的小说《十四岁》，塞在他的书柜里。日本的幼儿文学和儿童文学，我没怎么怀疑过。有一次，乱翻此书却发现了一个惊人细节。这本小说是四个十四岁少年的故事。其中，有一位生病了情绪低落，在他生日那天，其他三位好友把一件神秘礼物送到了他的病房边：一个少女雏妓。我愣住了，这个山峰太险，我没能扛得住，趁他不备把书藏匿起来。一个妈妈的宽容度，不知道尺度在哪，拿捏之间，常常是湿了手心。

还有一段陈年掌故，依然与父辈的行为方式有关。在我们那一代，很少人会在童年时代就有人生理想的，导向是在父母亲手里的。当时，我们也会用理想这个词造句的，但那些理想是从书本上学来的，隔得很。芙蓉树下那个与我一起集邮的女生，就曾在课堂上大声说：我的理想是当一名科学家。话音刚落，哄堂大笑。那时候，科学家对于一个生活在小县城的孩子来说，遥不可及。她后来当然也没有当成科学家，中专毕业后早早嫁人。我的理想胚芽更是偏门，那时候偷偷写着潮剧剧本，大概是希望当个编剧。后来又操办了油印刊物，写些小诗小文，这些与写作都算是关联的。当然，作家也是遥不可及的事情。父亲是一门心思把我当成一个医生来养的，家中衣钵，到此三代。他也从未对此有过指令，仿佛它早就是我此生的使命和宿命。高考志愿单，清一例是医学院和中医学院。我把人生最灿烂的年月全部交给解剖课和尸池，交给福尔马林氤氲的医院，之后，逃离了出来。是真爱，哪个时候都不为时过晚。我还是回到写作的路径上来。在这一点上，对于儿子，我有足够的宽容。我可以接纳，甚至忍受他选择的任何行业。之所以说忍受，其实，是包括了许多我个人可能厌恶、反感、莫衷一是的门类。

在他沉溺于网络游戏时，我与他探讨新兴的网游专业问题。总不能因为我们观念老朽，耽误了孩子的真爱。谈话之初，他就对我的措辞提出了批评：妈妈，我们现在玩的是"电子竞技"，不是"网络游戏"。我接受了。在老套的观念中，电子竞技与网络游戏是没有区别的：成瘾性是一样的，无用性也是一样的。可是，他觉得电子竞技参与了他们这代人的成长，它不单单是一个游戏，他们有团队、有进取、有荣誉感。他举了一个例子，就像他们在网络上打篮球赛一样。如果打得好，这个竞技可以一直晋级，打全国赛打世界赛。事实上，这个游戏是有专业团队的。我跟他探讨的新兴专业，包括当一个专业团队的队员，还有网游主播。他曾以无比欣羡的口吻跟我聊过一个网游主播。他以前就是一网瘾少年，父母离婚，与奶奶生活，每天只吃两三块钱的速食面。后来，玩《英雄联盟》上了手，加之说话幽默有趣，当网游主播之后快速走红，玩家的打赏每天数千元计。我问他：做这个职业，得有什么准备？玩家中能够生成的机率有多少？他当即否定了：我没这个意思，口才不行。他讲这个故事，有另一层意思我倒是听懂了，这孩子三观还是很乖的，网游主播之路之所以值得欣羡，那是因为他结了一个善果。关于专业团队队员这个职业，他拒绝跟我交流。我估计，他自觉没有胜算。两周后，倒是主动回应了这个话题，他说刚好在学校图书馆看到一篇这个专业的介绍，水太深了，"我们还是走正道吧"。他用的"正道"这个词，让我有些内疚，我以为自己是一个开明的妈妈，没想到，他对这份爱好是有内疚的，一边喜欢着一边把它当成歪门邪道。在潜意识里，他最直接的压力肯定来自我这里。

兜着一怀南风的窗帘，把我拂了一下，闭着眼睛，那一拂，仿佛是有宗教意义的，有一道圣洁的光透过，它来自观音的柳枝。

他心里都明白着，只是，有些时候，他自制力不足……就像妈妈有时候自制力不足一样。

除了早恋事件和理想问题，我的十五岁好像还算乖觉，抵触和叛逆，都是细水微澜的，甚少有过正面冲突。有一次，应该是我顶撞了父亲一句话，母亲在旁，用塑料桶冲我头部横扫过来。母亲很少有暴力行为，这一次颇为反常的。

现在想来，有微妙在焉，或许我当时只是无辜羔羊。还有一次，四个女同学相约了去其中一个家里过夜，主方和客方的另三个家长都同意了，到了我父母亲这里，遭到了抵制。他们只接受同学来我家过夜，不让我去别人家。我应该是与另三个同学同来的，她们就在门外等我取睡衣，软磨硬泡之后父母亲终于答应了，说是下不为例。当年虽然懵懂，现在回放来看是明白的，那是因为主方的家庭状况他们不放心。说白了，是养女孩子的警觉。看来，我的少年时期还是被养得好好的。嗯，我的儿子，他应该也会好好的。只是，出花园的路无比漫长，它需要我们耐心地一路慢行。

新兴的网游专业被否了，那么，他的理想是什么？自幼儿时期开始，理想的序列大概有制鞋人、白老虎饲养员、篮球运动员、王阳明的徒子徒孙、园艺师、有神奇技能的中医师……这个单子似乎还在延续。

最后一次去学校开家长会，去早了，签到的志愿同学问是谁的家长，我说：黄小隐。一个娴静女生活跃起来：我们正想看看黄小隐的家长。我问：为何呢？她说：他很特别呀。与他们聊过几句，所谓特别，大概表现在两个方面，语文素养和篮球水平，而这两个方面又是如此拮抗。用娴静女生的说法："我们语文老师喜欢他，快把他当儿子了。"语文老师很年轻，儿子背地里偷偷喊他"小宁哥"。有时，小宁哥会让出一节课给儿子，请他给同学讲古体诗词；有时，小宁哥讲着杜甫的诗，讲着讲着说，杜甫的爷爷也是诗人，名字忘记了，哎谁知道杜甫爷爷的名字，全班就喊：黄小隐——，小宁哥就把眼光投向了他……最后，娴静女生拉着我的手，带我去看一件东西。她从教室侧壁拉出一块大板牌，摊开来一看，原来是同学为小隐画的画像。她说，打篮球班赛时，我们班举着这牌子去为他加油。我有些受宠若惊：是每个篮球队员都有画像吗？她说：只给他做，他打得最好。那一刻，分明有水样物质在我的眼眶里流溢。他们班的篮球队好弱，儿子为这桩事无比苦恼，寒假时，很多个凌晨他都是五点多起床，坐最早班公车去时代广场练球。虽然，他们在班赛中并没有获得好名次，可是，在女生心目中，他依然是一个英雄。我把那画像拍了下来，画像中的人戴着眼镜，眉毛粗浓，一圈小胡子，有人看了说像鲁迅，有人说像李大钊，我便笑得不行，就这形象打篮球，果真怪异。我特地去会过了小宁哥，三几句交谈下来，便知是一个有情怀的人。我告诉儿子：今后有心事，你就找小宁哥吧。他们的私下沟通，一汪井水清津津，肯定会比妈妈尴尬的介入更好。

许多人问我，为何笔名为小隐娘。自从生了一个叫做小隐的儿子，这个身份便是终生的了。当然，也与少年时阅读唐传奇的聂隐娘有关。这个脑室里藏着匕首的女侠客，既能飞刺鹰隼，又能刺恶人于都市，人莫能见。她的身上藏着无尽秘密。

出花园之路，堪比出埃及之路。既是他的，也是我的。

往生之路

　　我把两条薄荷香烟搁下。每次看外嬷总是带这种手信。走到小房间她的床前，我停住了，这一床瘦瘦的被，像一张被信手揉皱的纸，竟然可以包藏一个人？一个九十一岁的老人，她是有缩骨术么？我有些失措，张惶地望了望二舅的客厅，确认外边空无一人，确认外嬷并不在别处。表妹去楼下接孩子，门边匆促交代的，外嬷就在午休。屏住呼吸，我的手指有些颤抖，快触到被子时又止住了。我是不是该先呼唤一声呢？可是，外嬷已经耳背了。我想，被子是应该有轻微颤动的，那种熟睡的呼吸的颤动，可是，细瞧了一阵，它竟然一直是静态的。刹那间恐惧攫住了我，全身的血液停止了流动，咽喉被锁住了，血流和气流都壅住。如果有一个人在对面，他看到的肯定是一张煞青的脸。我挣扎着破了魔障，紧迫地想弄明白。被子终于从头部的位置揭开了，外嬷斑白的头发一寸一寸地露出来，我一边俯下身去看她的呼吸和脉息，一边把被子像供品一样褪下来。"外嬷——"她徐徐地张开眼睛，转身朝向我。内心里有一股巨大的喜悦在涌动，以至于我的眼角渗出了不规则的泪。

外嬷很快认出是我，然后，我们在欢快的称呼声里再次隆重相认。于我，似乎经历过一场阴阳之隔。我把她扶起来，穿外套时，我发现那条长绒领是额外缝缀上去的。外嬷说，是呀，以前的旧衫拆下的，丢了可惜，我把它缝上了，暖和。她又指了指被子说：年前论斤买来的，十八元缝了三床被单哦。她沙沙的笑声一出来，我心底便下了春雨，小小的野花噗噗噗地开遍原野。

外嬷的女红极好。手艺不能细致了，岁数大视力是有障碍的。一对眼睛先后患过白内障，一只做过手术一只还是模糊的。我问过她怎么穿针的，她说：现在有"针骗"（穿针器）真好啊，我不断地插，插着插着就把它骗了……这话淘气，说完，又是一阵沙沙的笑声。她的好是在创意。有一件湖蓝的开襟圆领羊毛衫，她说缺了两个插兜，出门逛街没得放钥匙，就自己编织了两个贴袋缝上去，同色系的湖蓝线匹配不到了，只得采用撞色，米白色是安全的，可是，两只米白色袋子在凛凛的湖蓝中显突兀，她就用这米白色线加织了一条翻领，这一来，上下顾盼生嗔。二妗常说，家族内外一众儿孙当中，只有我是得她真传的。其实，我与外嬷相处时间甚少，要说传承，除了基因遗传，再无别途。

小时候，去外嬷家是讳莫如深的事情，家里人似乎都默许的，但不能往明里说，有时需要放低音量，有时需要相互看一下眼色。最为难的当数母亲，其中缘故我是长大之后才明白的，婆家和娘家当年家庭成分不同，在历次运动中，是分属两个阵营的。爷爷的人生有过不良记录，而外公根正苗红。据说大舅年轻时曾经跟着威风的工作组来过我家，虽然他只是一个小跟班，虽然他一言不发，虽然这一场恐吓也仅仅是恐吓，但我阿嫲心里种下的那株怨怼之草，一直葳蕤，她斥过响声，家里是不欢迎他们的。外嫲却是极欢迎我的，每次总是给我零食和零钱。零钱是两毛五毛的纸币，回到家，便上缴给母亲，添补家用。当年的零食也简单，几颗地球糖，或者一只老玉米，玉米舍不得一下子啃掉，把玉米仁一颗颗抠下来，装在衣袋里慢慢吃，一整天心里那个美意泛滥。在孙辈当中，我是年龄最大的，在我之后，每年都有一个表弟表妹出生，队列整齐。漫空星辰的夏天夜晚，外嫲坐在后院番石榴大树下的藤交椅上，把家族里的人头数一遍，说道：十二生肖当中只缺蛇了，凑齐了就好。我问她：如何好？她也说不上：以前老人说的，只要家族里凑齐了十二生肖，什么都好。当时，只有细舅尚未婚娶，我们便用他的岁数算了算，看能否娶个属蛇的细妗回来，或者娶个细妗生个蛇小孩也行。结果发现，难度有些大。外嫲也不偏执，沙沙地笑，笑过就算了。在我的记忆当中，外嫲的笑似乎一直都是这样的，有一定的年龄感，有无边的包容。其实，大舅为人大气、和善，阿嫲过世是在一个下着霏霏春雨的子夜，他不计前嫌前来帮忙，在父亲心里，这段姻亲关系便算恢复了。历史的积怨，终于在民间强大的世道人心中烟尘消散。

从此之后，外嬷成了我毫无障碍的外嬷，她肚子里有好多的潮州歌册和潮剧故事，怎么掏也掏不完。

有一次，父亲被湖南一家化工厂聘去当技术员，当时，个体行医还是不被允许的，医生不得已转行当了化工技术员。父亲天生有一种化学才能，他最为拿手的技术是调制塑料鞋的珠光粉。那一段岁月，我天天穿着最新款的塑料鞋去上学，被动地成为一个时髦鞋模。因为父亲的专业做得太漂亮，为厂方获得巨大财富，为表感激，厂方邀请父亲带同家人前去广州旅游，坐飞机，见识大世界。当时一张机票二十八元，乘客非常少，一踏入机舱就被贵族一般伺候起来。当然，现在回想起来，那么小的机型危险系数应该挺高的。这事在邻里颇为轰动，我备受诱惑之后竟然还能淡定下来，理由是，我需要上学啊。那只有请外嬷来陪我了。外嬷是带着小表妹到来的，白天倒是糊涂度过，到了夜晚问题就来了，三个人该怎么睡才能摆平。我与小表妹都要与外嬷挨着睡，可是，如果她睡中间两个女孩睡双边，势必有一个女孩是危险的，半夜说不定就像冬瓜一样咚地一声掉到地上。争执几个回合没有好法子，只好横排着睡，虽然头脚抵着床沿好不舒服，终究是两个女孩都挨着外嬷了，她讲的故事我们可以一字不漏地兜住。那些个夜晚，是故事和想象的狂欢节，坐地夜行八万里，倒是比乘坐飞机去见识外面世界还过瘾。

在我们这里，猪哥精的故事颇为盛行。当年，家家户户养有家猪，为了繁殖，有人专门养公的种猪，挨家挨户去配种，被人们称为猪哥。一头好的猪哥，彪悍、俊美、繁殖力强，很得人宠爱，连猪哥主人也脸上有光。猪哥精应是猪哥的拟人化，介于半人半妖邪之间。最常听的一个猪哥精故事，是发生在一个小孩和猪哥精之间。这小孩是个孤儿，靠捡柴草和蔗渣换番薯充饥。这天，他捡了满满一篮蔗渣，路遇猪哥精，猪哥精拦截了，说要把蔗渣留下擦屁股。小孩不肯，猪哥精说：今晚三更，我要去咬你。小孩一路回家一路哭，遇到了卖针的、卖螃蟹的、卖烟筒的，他们送给小孩几样东西，结果，猪哥精半夜来犯，捶打大门时被针刺到了，去水缸清洗血迹时被螃蟹咬到了，去井台上抽烟筒时，扑通一声掉井里了……这种故事的道德教化浅显而稳妥，中途不管如何诡异莫测，终极都是善恶有报的。民间想象力就在这种格局之下随意衍化，猪哥精故事有无限多的版本，小孩碰到的好人和货品，不断地更迭和增添，无穷无已，类似于《西游记》中孙悟空和二郎神的斗法。更甚者，猪哥精成为了一个邪恶、愚蠢，又有点憨的民间典型，是一个箭靶式人物，所有的故事和传说都如箭垛般往他身上射去，慢慢地，这个形象竟出落得血肉丰满、气质含混却对人充满诱惑。那时，猪哥精几乎是我们除了亲邻之外最重要的人：孩子如果不乖，猪哥精今晚三更一定会找上门来。这事情既恐惧，又充满期待，类似于爱上一个不该爱的情人。这一点颇有意思，不管这些故事对他如何贬抑，猪哥精都是有着某种超能力的，令人可望不可即。不知道这种文化的集体潜意识，是否缘于原始的性崇拜。

外嫲也讲猪哥精故事的，她不动声色的平缓讲述，配上沙沙的笑声，竟使得我和小表妹的想象恣肆汪洋起来。当时我家的房子是一座"下山虎"宅院的右厢，大院有公共门，后面房子又打通了一扇门，我担心不已，不知道晚上三更猪哥精来捶的是哪扇门。仿佛知道了他进入的路径，便可从容应付。可是，小表妹比我更怕，她拼命往外嫲怀里拱去，我的情绪也受了感染，从另一边拱，边拱还边问：今晚三更，猪哥精真的过来吗？真的吗？外嫲又是沙沙地笑，张开双臂一边揽住一个：戆仔，来了我们有办法啊。坏事，我们要的是保证，猪哥精不来的保证。外嫲给的答案显然不具安抚功能，他还是要来。不过，有外嫲在，自然不怕的，她的招牌笑声，本来就是安顿灵魂的梵音。

外嫲这种招牌笑声，或许与她长年礼佛有关。可是，晚辈对长辈的认知，永远都是有缺憾的。之前好长一段时间，我一直认为她此生吃过的苦少。我生儿子那头两年，与朋友们如火如荼做着亲子文化网站，动了意念要做一个三代人的亲子关系研究，便带着诸多问题去采访外嫲：孩子的出生是否自己的意愿？家族的、父母的、夫妻的关系是否对此造成压力？家庭当中，是谁在带养孩子？对孩子有什么期望？孩子的饮食如何？玩具是什么？……外嫲接住这最后一个话题，沙沙笑出了声：哪里有什么玩具呀。胡链兵团进城来了，抓壮丁呀收粮食呀，一圆的金元券本来可以买十斤大米的，一夜之间，全市场造反了，贵得离谱，一圆券连一粒米都买不成了，你大舅就用这些作废的钱币当玩具喽。外嫲这一开头，我便觉知了自己的幼稚，我们这代人的思维模式，对于他们所处的年代根本就是无效的。我干脆放开来，任由她自己讲。天地悠悠，江水长流，她这一讲，便掉进了悲情的岁月里。

生养第一个孩子时，外公被狗咬了大病一场，当时并未采取恰当的治疗措施，以致病症迁延，丧失了劳动能力，外嫲不得已出去给人当奶妈。一个月后回得家来，大舅整个变成了一只皮包骨头的瘦猴，只有一双眼睛滴溜溜地转，人是认不得的。外嫲几近崩溃，边奶大舅边做决定，再不去当奶妈了。生活无着，她只好起早摸黑去做买卖，卖薄壳。东南沿海这一带的人都懂，薄壳这种海产品，只能卖个新鲜。那一天，如果外嫲归来早，钱肯定赚薄了，如果日下西山还未回，那一定是薄壳滞销了。外嫲好容易回到家，进门就听到她婆婆在院子里骂人：三九二更，姿娘唔归家啊。叫骂声、孩儿的啼哭声、家禽饥肠辘辘的扑腾声……外嫲讲着，兀自泪流满胸。

听母亲后来讲，外嫲自嫁过门，便与婆婆有隙的。那时日本人进犯家乡，外公家贫，他弟弟有胆量有力气，被雇去炸掉下埔桥。活儿虽然干得圆满，但后来有汉奸向日本人告发，外公的弟弟被抓走，被杀的那天，据说他穿戴着白衣白裤白毡帽，特别帅气。那时，外嫲当新妇过门还不到四个月，她婆婆念叨道："带阳山，死大官（家公），带阳叉，死大家（家婆）"。这是民间流传的谶语，责怪命硬克死家公家婆的女子，可是，这家子发生不测的是细叔。民间的误解和怨毒一直都是这样的蹊跷。从此之后婆婆对她那个凶。关于细叔，母亲说起他亡魂显灵的故事。细叔死后，细婶改嫁到别家，细叔亡魂来找人，从外面直直地走进卧房，倏地闪到眠床后，每夜每夜地，结果新丈夫不敢要人，两下散了。按理说这是细婶的隐私，传言游走到前夫家族的可能性并不大，估计当年这事情的动静挺大的，以致于满城尽知。我只是纳闷，细叔公果真灵应，他如此重情之人，应该为嫂嫂解掉魔咒才是。可是，当年的世界，战乱、兵荒，所有的肉身都局促不安、苦难重重，谁个的心灵能够逃脱。外嫲的婆婆其实也挺悲惨，她还生有一个软瘫的女儿，汕头失陷那年活活饿死，生也可怜死也可悲。她的悲情在狭小的庭院上空，遮天蔽日，覆盖力强大。

　　每年洗晒换季衣裳配饰之时，母亲如果刚好过来，总是说，这阵势，只有你外嫲可以媲匹。常常是，去年我们印象中外嫲买的是紫红腰果花的圆领短袖衫，今年却是同样花纹的长袖翻领，乍看之下，以为自己认错了，结果，她根本不抵赖的，买的确实是同一系列的两件，就喜欢这款花纹啊。外嫲从细舅家搬到二舅家，母亲与二姨帮忙去收拾行囊，狠狠替她扔掉了三大袋。婆婆虽苛，所幸共处一屋檐下的时日有限。外公却是对外嬷极纵容的,他比外嬷大了一轮,整十二岁,有足够的成熟、肚量和宠爱。连外嬷抽烟的习惯也是外公宠成的。在外嬷的后花园,植有一株任性草,它只膺服和践行内心的审美准则,一旦外界阻障祛除,它便兀自丰茂起来。母亲还抖过外嬷的糗事,当年土改时没收地主的财物,发放给贫民,家里派外嬷为代表去领东西。第一轮上去,她选了一只很像碧玉的石头碗,第二轮上去,选了一柄袖珍的汤锅,根本煮不了一家人的汤水。

这一癖好,不仅仅在日常,连她备下的丧葬用品也是如此。这应是很多人避讳的话题。外嬷七八十岁那段年月,常随佛友去各地寺庙上香祭拜,布施祈福之后带回的物品装了半个柜子。有一回,我小心取下一个经袋,是一领白色底金黄色边框的绢缎被子,按外嬷的说法,叫往生被,是盖在亡者身上入殓的。我顿时心中充满了肃穆感。那领往生被,是用红色墨水书写的,上面一行篆书,写着“光明真言法曼荼罗”,但光明真言二十三字顺时针书写成的圆形字轮,却是用的藏文。中间画一莲花座,下面是竖行四行:“若人求佛慧,通达菩提心,父母所生身,速证大觉位。”这几句是汉语楷书,很见书法功力。我对此被啧啧称奇,不料外嬷说:往生被我有好几领哩,比这领更美的,不过,师傅说这领有我名字,其他的都转送有缘人了。话语里是无尽的惋惜。我翻过来又看,果真在二十三字藏文的中间夹着三个小小汉字“许弘云”,这名字好陌生的。外嬷让我指给她看,沙沙地笑起来：这是我法号。

越到中年，越发喜欢外嫲。那一株任性草，估计是隔代移植了。最近出版了两本文集，身边朋友问我接下来的创作打算，然后就势问：你准备写长篇小说了吗？似乎长篇小说是一个写作者的必修课，我却心内犯了嘀咕：这并不是一种可以任性的文体，它太顾全大局了，妥协会比其他任何文体都大。在形而下层面，我更愿意把任性理解为，一种充满个人情趣的判断能力。

外嫲见我夸奖这领经被的书写者，便说，韦初伯写的。韦初伯我认识，开启这一段尘封的记忆，扑扑簌簌的粉尘掉了一地。韦初伯是一位居士，在小城办有居士林。印象中，剃光头，有时穿海清，有时着便服，我每次见他都是笑着的脸，不知道是一直如此，还是见了人就自然拉动笑肌。按理说礼佛之人是值得信赖的，我却对他有轻微惊惧。这事情的肇起却是我阿嫲。阿嫲栽花种果特别能，在房子的晒台上种下了大朵大朵的紫红色玫瑰和嫩黄色玫瑰，还有一排好多盆的元宵兰，潮汕民间喜欢煮青草水压火，家家户户常种有蛇舌草、飞天蜈蚣、荷包兰等草药，阿嫲当然也不例外。门口的棚架上还有永远摘不完的百香果。就这些，足够了。阿嫲每天早晨，天刚蒙蒙亮，就把最好的花果和草药采摘下，让我给韦初伯送去。外嫲信佛，周围不少佛友都在韦初伯的居士林修习，韦初伯的同居弟弟过世之后，佛友们怕他年事已高无人照应，外嫲家男丁多，除了上山下乡的三舅，家里还有三个大男孩，便撺掇外嬷送二舅前去陪夜，二舅结婚之后，又送细舅去承旧职。这么密切的关系，我阿嬷不可能不知道。阿嬷自己是不礼佛的，她和外嬷性情风格迥异，况两家有历史性恩怨在前，竟然愿意趋拜这同一座山头。在我们小城，韦初伯当年肯定是一个了不起的人物。韦初伯住在澄城戏院旁的那条小巷，我一路小跑过去，把几朵紫红的玫瑰花护在胸口，深怕有所闪失。阿嬷说的，礼佛的玫瑰花要最好看的。路上行人不多，他们的步履和神情与路上景物都和谐的，不和谐的唯有我，那个带着玫瑰奔突的小女孩。及到了韦初伯家，惴惴不安地拍打那扇小门，从雕花木门往里张望，黑魆魆的，韦初伯不知是耳背还是步履迟缓，又要穿过一条窄小的花巷才来开门，我便在门外焦急地等。常常地，他开门接过了玫瑰花，我便掉头走了，不敢多作逗留。多去了几趟，他便对我熟了，也仅仅是熟了而已，他并不是一个特别亲切的人。终于有一天，接过了一篮百香果之后，他邀我进门去，我刚跨过门槛就后悔了，更糟的是，我进门之后，他把木门咿哇一声关上了。我跟在他身后走过那条窄小的花巷，它长长的似乎抵得过信徒们的朝圣之路。到了客厅，他抓了一把地球糖塞给我，我像得了赦令，赶紧返身朝花巷跑去……

这许多年，因为灵魂的安放问题，我多次向宗教趋近，一次次地进入，又一次次地出走。

毫无疑问地，很多宗教的教义都提醒人，生命的取向要高，要有超越的力量和境界。一是舍弃俗世的享乐与名利，淡泊于世，这是解决现实和当下；一是在小我中发现真我，出离生死烦恼，走向永恒，这是解决精神和未来。我私下以为，这些道理如果明白了，信仰也可以是一个人自己的信仰，与别人无关，与外界无关，与信徒们的传道无关。

只是，道理一直悬于长天，人却行走于地下。春秋两相似，虫豸百种鸣。百样人生便有百样思虑。比如，死亡。有一位朋友，怕无常怕死亡，竟至于连飞机也不敢坐，如果是一个小格局、猥琐或者胆小之辈，这倒不足为怪，考验人的是，此人有宗教情怀，人生纵横捭阖独步江湖，身后忽喇喇一片风尘，是真汉子也。交往多了，那个北方乡村的童年镜像才逐一展开，当疾病、车祸、自杀、矿难、械斗频发在亲人身上，当夜半清霜走过村庄的坟堆，亡人的面影和老树上昏鸦的扑翅声一起在身后追逐，死亡的原始阴翳再也难以褪去。在所有的死亡毒药中，惊惧是毒性浓度最大的一种，并且没有解药。

生在医生世家，我对死亡没有太大惊惧。阿嬷过世时我年纪尚幼，父亲的医生身份，使得他对阿嬷的病况应付裕如，理性来看，谅必他心中没有遗憾。那天我背着书包去上学，遇见一位亲戚：恁阿嬷病体怎么样了？我欲言又止。凌晨一点多我被父母亲叫醒，去见阿嬷最后一面。然后，乱哄哄的人们在家里进进出出，我被丢弃一边。可是，我并不懂得死亡是什么，没有人告诉过我阿嬷过世了。我告诉那位亲戚：阿嫲睡在客厅里，脚尾点着一盏灯。

这世界待我足够温柔。此后，在我尚未长成的十年时光里，死亡并未前来叨扰。等到它再次叩门，我已然也是一名医生了。每一种职业，都会有自我保护模式，当你进入其中，传统的河流已经裹挟着往前奔腾。那身白大褂是有业力的，一穿上，便如甲胄。这是外人看得见的，看不见处，还有软胄。在医院里，长期的非常生活酝酿出一套行话，比如，介绍某一个亲戚去同事那里就医，人家会叫你为"医中"，就是中人的意思，双方之间的见证人。再比如，在你手头死了一个病人，你沉重地在病历上写下最后一个医嘱："尸体料理"，大家会说你"收了一尾咸鱼"，调侃着把这事情打发过去。这种陌生化和游戏化的行为，其实是一种心理戒断，对疾病、对死亡。

虽然后来不当一线医生了，但一直还在卫生系统。生死事听多了见多了，便形成自己的生死观。那位惧怕死亡的朋友，曾批评我没有宗教情怀，言下之意，似乎我是一个毫无敬畏心的人，或者，竟就是无明之人也未可定。我想，到底到哪里为止，每一种信仰或许都有自己的边界，敬畏与敬畏不一样。在我看来，无论是上帝，还是佛陀、安拉、梵天，都非具象之人，而是一种道，一种天命，一种自然规律，它一直高悬着。我的敬畏在这里。我常常为它低头、揪心、恸哭、悲悯……而对于自己的生命，我做出了一些既遵循自然规律，又充满个人意志的安排。两年前，我便吩咐过儿子，如果有一天我遭到不可逆伤害，需要呼吸机维持表象的生命，那么，请一定放弃这项抢救措施。尊严如已丧失，生命何需苟长。私底里，我与朋友盘计过，如果无常不来惊扰，我们限定的年龄大概在七十五岁。从身体的自然规律来看，这个生命长度是合适的。过了这个岁数，对身体便无需主动积极了。见病治标，遇痛止痛，保持一种良好的生活质量，然后任它自由来去。既然到了秋天，就不要阻止树叶从枝头坠落。

外嫲的生命状态无疑是让人羡慕的。两年前，她搬与二舅二妗同住之时，我有过隐隐担忧。老树迁徙，阳光、水土与人情，无一不是问题。之前，她一直与细舅同住，细舅病逝之后，细妗又去外地帮忙带孙子，外嫲的迁徙变成必然。顺道说一句，细舅虽然没有娶得属蛇的细妗，隔年也没生出一个属蛇的儿子，却在数年后生下了一个属蛇的小女儿。一大家族终于凑齐了十二生肖，外嫲的心愿算是满足了。可是，命运之手翻覆无常。大舅、细舅均于五十七岁英年早逝，白发人送黑发人，外嫲在两场大悲恸中成长为一块坚硬的磐石。两年过去了，每每去看外嫲，总是感受到一种乐天安命的大自在。即便在日常生活里，她的小智慧也常令人动容。她说，每天上午十点外，人就困了，如果睡去的话，就会错过一家子午餐，她便在此时做起了手工，做着做着，精神头就来了。她说，一开始对这个淋浴室用不惯，不意买到了一件浴袍，真是好用哦，用浴袍罩住了，回房间可以慢慢穿衣，她一气买下了同款睡袍三件。二妗说，外嫲不计较不干预，一辈人做一辈人的事情。二妗说，外嫲每天看电视，耳背的，眼睛一半明一半晦的，但她讲的故事从未有过差池。有一次，把外嫲的经袋搬出来，逐一清点，留有文疏和礼物的，有九华山、南普陀山、河北柏林禅寺、饶平洪洲永福寺，是寺院奠基、专门佛事的各种积德信，普佛、焰口、法会的各种功德文疏，还有牒什预修、度亡功德文疏。母亲说，远远不止这些的，只是，外嫲不识字，根本不知道去过哪里修过什么，无从考证。

于她，这当然是无需考证的。她的世界里，芝兰茂盛，眷属安和。

第二辑

女子镜像

巴别塔看云

拉开北窗，傍晚如果天气好，暮云总是如期而至。时薄时厚，时浅时深，时疏缓时汹涌，时素颜时彩妆。我住十六楼，对面那幢房子已是顶层，欧式城堡造型的房顶，主人在晒台上种瓜果种绿植，远远地看，像一个穿着复古高腰裙子的女子，腰间镶有绿丝带。只是，在云彩的盛大演出中，她永远只能当伴舞。舞台是在西北方向。在汉语言最为通用的地理版图上，我居住在东南方位，对世界的眺望、想象和误解，几乎都是向西向北，恰好与对这个舞台的瞭望是一致的。有一次，天空是湛蓝的，云是透心的白，从西北边一直往我跟前快速翻滚过来，波纹细碎，云路却是井然的，轰隆地，翻滚之势顿变成了风雷，眼见得碾了过来……

一个人看云，常常是看着看着就陷进去。

如果云仅仅是云，不看也罢。

如果这么推开北窗就可以看云，不看也罢。

其实，我的意念世界，这云，是必得爬上通天塔才能看到的。

我一直想爬通天塔，去看云。一路上，碰到人便问：看云吗？

——云？哪里有云？

——彩云易散，没用的，不去了。

——看云？哪有这工夫，赶路要紧。

……

自己走吧，路上终归还会碰到人。

看云吗？

——好。

相互是有惊喜的，结伴同行。暮色苍茫中，归巢的鸟雀在塔周焦躁地飞冲，人也跟着莫名焦虑，沙着嗓子转身向同行者说话。

一开始是定睛看，接着是眉头紧蹙、手脚跟着比划……终于明白，竟然是听不懂的。

这是《圣经》里的故事：大洪水劫后，人们来到平原定居，上帝是许过愿的，他以彩虹作为凭信，确保不再发大水。人类想必是安静过一段时日的，日久却生了恐惧，抑或野心，他们决定建一座城、一座塔。那时，所有人讲的是相同的语言相同的口音，众志成城呀，城池很快建成，通天塔也修得越来越高。轮到上帝慌了，这群人好成一个人，他们法力无边。上帝当然有法子，他使了一个坏，让这群人说上各种各样的语言，彼此听不懂，通天塔终于建不成了。所谓的"巴别"，就是"混乱"。

夜读汉娜·阿伦特，恍然明白了她对海德格尔的爱：在那人迹罕至的狭小栈道，他们相互听得懂。

年轻时不懂事，会把他们往单纯的情感关系那里推。这一来，为阿伦特不忍、憋屈。十八岁的女孩子，被她三十五岁的老师表白了，这个老师，在当时的哲学界已负盛名，他上的课有魔力。天下女孩最容易被点中的穴道，莫过于这么一句话：第一眼就爱上了你。从此，她飞蛾扑火整个身心投进去。那座诗意地栖居的小木屋，是海德格尔独有的，既是现实的居所，又像是他为自己设定的一个暗喻。那是在托特瑙山黑森林中狭长的谷底，对面是或平缓或陡峭的山坡，农舍像星辰一样点缀着，远处有草场和牧场，一直延伸到老林子里。高古的杉树葱茏参天，时有雄鹰盘旋，舒缓而自在，在空中留下力量和激情，海德格尔脑海中的思想便伸开翅膀拍击起来，遥相呼应。城里的家是空置的，他更愿意在小木屋居留，像当地人那样挑水、砍柴，过简朴的生活。山的重量、岩石的硬度、冷杉缓慢而从容的生长、山泉在长夜的冲击，这些东西，在许多人那里是外在的物化的，在艺术家那里是审美的艺术的，于他不是，它们进入、经过、穿透他的身体和日常生活，是细胞是气息，是带着个人体味的汗腺。既然是日常生活，这意味着，他的一家子都在，他与妻子，还有两个孩子。一个强大、成熟、家庭稳固的男人，对花苞一样年轻的情人，他能够不是俯视、掌控和施予的姿态吗？阿伦特年轻时，美，生命力焕发。当然，我们有理由相信，像海德格尔这样的男人喜欢的女子，光有这些是不够的，她还得拥有一双仰视的眼睛。那时节，手机是没有的微信是没有的，连通信都需要海德格尔的允许，每一场幽会，还要小木屋的灯光作为暗号。阿伦特穿着海德格尔喜欢的绿裙子，往林子里赶去，心中的波涛，载满柔情、绮思，走到拐弯处，忐忑的心在一番更大的动荡之后，终于温柔归位。小木屋的灯亮着，她被允许了继续往前走，这一走可以走向天堂。可是，万一，万一小木屋的灯不亮呢？每一次，天堂与地狱、与炼狱，只有一步之遥。

四年。不对称的爱。

爱与爱是不一样的，就如墙与墙不一样。有的墙，就如海德格尔与妻子的关系，它是有现实功用的，必须构成一个屋子。海德格尔的一壁面向世界，尽可展示非凡与瑰丽，妻子的那一壁，只要面向屋里就足够了。而海德格尔与阿伦特的这一堵墙，两个壁面都有各自的纹案，它只能是华丽丽的一堵耸立的墙，无用之墙。像古岩洞里的天书，我揣测过他们俩在这堵墙上各自的纹案。海德格尔需要的是年轻貌美的异性，身体和崇拜。年轻女子的肉身自带芬芳和诱惑，在激情似火放纵之后，他回到一个餍足的哲学家状态，这时候，连哲学也带着迷离和甜腻的气息。他说的每一句话，犹如有重量的小石头，投入阿伦特那平湖秋水般的瞳仁，溅起阵阵水珠，有时是共时性的，两人对望之下，眼光可以对接打结，有时是会滞后的，那是因为她迟疑思考了一下，回响却更加激烈。偶尔地，阿伦特有轻微的挑战，但也到此止步了，不能再往前。实际上，即便阿伦特在欧洲声名鹊起的多年之后，海德格尔也对她的著作反应淡漠，甚至缄默，不管其如何优秀，他的思想屋都未曾为她敞开过一扇窗。悲剧的根系庞大而深刻，在地底四下伸张。而阿伦特当时，精神的幼兽刚刚睁开惺忪的双眼，待哺的小口嚅动着，只要有给食，它就急迫地窜出来。更何况，那个深沉而冷酷的人，不止会讲哲学，还会精心掂量分寸写一些抒情放荡的情书。总会有这样的时刻，身体的快感和精神的快感同时来袭，她在这场情感中精疲力竭，却带着外人无法觉察的一些骄傲。

爱情，原来是一个人的事情。每个人都在自己心目中幻想和描画那个对象。想象力越丰盈，投入精力越彪悍，画中人和地上人可能相差越远，镜像摔破之后越是难看。

大凡不对称的爱，都呈现这样一种关系：一个人骄傲地做着自己，另一个人做着这段爱的维护工。骄傲做自己的人，通常都是自我中心主义者，他也不是一无付出。太忙，这让他不能给予太多；太高，这让他能够给予的爱常常是不及物的。就如海德格尔，他在这段时间完成了《存在与时间》。存在性就是第一性，就是延展性，我们恒常地把自己抛向未来。这段爱，遑论它是没有未来的，即便身在其中，也是虚幻的，不确定的。有一次，阿伦特竟然拿着海德格尔的字样，去向字相学者请教，这个人到底有没有结过婚。在我眼里，字相学大概有类于我们古老的占卜，是占凶不占吉的。她没有弄明白，这个把情书写得流出巧克力的男子，他怎么又能够与别的女人在一起。如果爱，且深爱。这是阿伦特第一层的痛。作为一个有思想的女子，关于爱的思虑是痛的另一个层次。这场爱，没有见证者没有共享者，现实与幻觉的边界根本就是漫漶不清。两个人的个性是怎么样，身边的人是如何分别与他们共存、共享，他们是如何走到这样的地步，他们还能够怎样走……这一切，对于阿伦特来说，是吞噬性的。她在着魔似的爱着，却在爱中倍感孤独。可以想象得出，当深更半夜，当孤独从时光的裂隙里渗出的那些时刻，疼痛就像啤酒泡沫一样，从身体里不听话地往外冒，越冒越澎湃，可是，泡沫总有消散之时，那疼痛，却越加深入，有时是锥子扎，有时是锤子打，有时是梅花针一把齐齐撒来，有时是兽牙撕开了拉出长长的皮瓣，血珠很快洇红了口子。当然，麻醉剂会来的，止一阵痛一阵，止不住的可以放声痛哭。

饶是这样子，还是没能维持。海德格尔决定应该结束。

在阿伦特所撰写的拉赫尔传记中，拉赫尔失恋之时，给伯爵未婚夫写的是这样的话：

"我跟你说，我正处于呻吟的垂死状态……之所以能够忍受这些痛苦，只是想再见到你一次。"

这病，看起来跟任何失恋女子的症状毫无二致。它绝对不仅仅属于拉赫尔，更属于阿伦特。如果说，藉由别人传记来表达还是云遮雾罩，那么，看看她自己写给海德格尔的信：

> "你指给我的路，比预期的更加漫长、艰险。它
> 要耗费整整一生，漫长的一生。……这是活着的唯
> 一可能。"
>
> "如果我失去了对你的爱，就失去了活着的权利。"

落款处不再是"你的汉娜"，而是这样写道："上帝保佑，我死后更加爱你。"

那个在精神世界可以引为知己的男子，在情感世界，竟是全然听不懂她的语言。我们早已习惯了阿伦特作为政治哲学家的身份，其理论贡献中关于集权主义的起源、平庸之恶等观点，甚至可以在公共领域普及。在公众视野里，她就是一只高空翱翔的猛禽，可是在这里，我看到的是一只受伤的夜莺。

夜莺与猛禽之间，到底隔着怎样的一个海洋。

这部书名奇长的传记，正是通往海洋的透明入口：《拉赫尔·瓦伦哈根：一个德国犹太女人在浪漫主义时代的生活》。

拉赫尔生于十八世纪末，一百三十五年后阿伦特才出生。拉赫尔不太富有，不漂亮也不高雅，其知名度缘于在世纪之交的十几年间，她在柏林的猎人街顶楼创办了一个浪漫主义沙龙，社会名流云集，包括当时的大诗人歌德。而后她

不断地讲述、重复自己的故事，出版有日记、书信、回忆书系。她把人生变成一件艺术品。

按理说，阿伦特与拉赫尔并不是同一思想频道的女子，常态下不会在她身上聚焦多久。把她们连接起来的，多半是因为失恋。这种推演并非毫无根据，拉赫尔所打造的猎人街沙龙诗意、唯美、主观，独立于世界之上，可是，这一切在未婚夫煊赫的家世面前不堪一击，阿伦特在传记中，用了大量篇幅描写拉赫尔作为一个多情女子的爱情挫折。当然，仅仅有失恋是不够的，重要的还在失恋之后。心理学上有类似的费斯汀格法则，失恋发生时，它只占一成，而对此客观事实的反应，占了九成。这才是戳中阿伦特内心的尖喙，拉赫尔以感情的痛苦为檄书，竟至于在一个人的内心战争中为自己扩大了存在疆界，她尝试着把个人的孤独与这个世界上更广阔的孤独联结在一起。她们恰好都是犹太人，穿着同一款的民族外衣。

写到这里，阿伦特郁结、苦闷的心已渐疏解。在拉赫尔历经内心战争的那个战场，阿伦特穿好战袍，佩剑而来。剑锋霍霍，她并没有放过拉赫尔。拉赫尔的个人追求飘摇而缺乏定桩，或许她只在乎一种悖论。猎人街沙龙更像是一个出离社会的外部空间，只为迎合艺术家脱离世俗的憧憬。阿伦特更喜欢另一个拉赫尔，被叛逆和忧愁折磨着，追求无法企及的目标。而且，她终于有勇气严厉批评自己的骗术：所谓的伟大爱情或许根本就是一个弥天大谎。关于这点，我会有稍微不同的阐释。我发现在爱情的中心，很多人天生会焕发出一种表演性，由着心中的爱，连同可能衍生而来的疼痛、惆怅、伤悲等情绪，不断地推进，臻于极致，美丽动人。当然，每个人的表演天赋相差甚远，这种能力是否能够后天拾得并长进也相差甚大。不管是阿伦特笔下的骗术，还是我所表述的表演，有一点必须承认的，拉赫尔因此而把自己与名字、与生命拉开了距离，她心中有一个幻觉，这个幻觉就在眼前、在身外，仿佛这生命不是她的经历。拉赫尔于我来说，本是陌生无比的一个人。现如今，我目睹阿伦特借其躯壳，完成了一场体内代谢，那伤人至深的生命悲剧终成代谢产物，往体外排泄。而阿伦特也藉由拉赫尔的人生体验，确立自己的犹太人命运，并从生物学意义上挣脱出来，走向真正的自由和独立。伤害、怨恨、疼痛、黑暗，在阿伦特对海德格尔的爱中，这些都是可能的，更为辽阔和深邃的可能是，她把这些全部当成中性词，沤熟了养育出思想之花。

可是，这种分析法是否可以把一切消弭，我心内还是质疑。它只是扩大心智，发现自性，或者单纯地看，并没有删除功能，病灶还在的。必须回到海德格尔身上。

离开海德格尔，像大多数情感走到尽头一样，它必须重新寻觅，阿伦特走进了婚姻。第一任丈夫也是一个海德格尔的拥趸，根本不可能带她走出阴影，这注定了他们的失败。直到三十岁那年，她遇见了海因里希·布吕歇尔，四年后，他成为了她的第二任丈夫。

"我一直明白——还是小丫头时就已明白——只有爱能让我感到自己真正的存在。……现在，我还是不能完全相信，我既能享受'博大的爱'，又可以不丧失自己的身份。的确，我必须拥有其中的一样，才能拥有另一样。我终于认识到了什么是幸福。"

这女人，到底是夜莺还是猛禽。她丈夫在信中这么说："我拥有两个你。作为一个人，你就像我欣赏的一样独立、自由，而作为一个女人，你又像我希望的一样小鸟依人。"

原来，这才是那个能够相互听得懂语言的人，不管是精神世界还是情感世界。从不写作的布吕歇尔写下的每一句都是经典：

"我们彼此为对方确保孤独，我们俩都喜欢的面对世界的孤独——这两种孤独都建立在我们心照不宣的'二人存在'的基础之上。"

走到这里，我确信阿伦特的世界春草离离，芳菲围拥。

这世上有没有一个布吕歇尔，能不能遇见布吕歇尔，这都是命定的。在命定之外，阿伦特还能有何作为？那个病灶一样存在的海德格尔，她如何解决。

事实上，在她既爱着又孤独着的那些时光，她与海德格尔的精神分野已露端倪。阿伦特所难以忍受的孤独，正是海德格尔的意向所在。他把与常人的共在称之为沉沦，其开放性仅仅是朝向大自然，朝向杉树、水泉和岩石。阿伦特对海德格尔的精神成瘾，有点类似母语的作用，她是在牙牙学语之时遇见的海德格尔，他的语言几乎就是她的母语。沿袭也好反对也罢，她都得从此处跨过去。这是她的宿命。可是，阿伦特在这种氛围中越来越抓不住周围世界，也越来越抓不住自己。破除海德格尔强大的精神魔障，于她年轻的生命和思想来说，绝非易事。与其说是缘于现实的处境，不如说是她对于自己心中法则的坚执维护。即便在自己尚且弱小之时，她也不愿被巨人羽翼所覆盖。决意承担起做一个犹太人的重负之后，在精神上，她已然脱离了海德格尔的林中空地。

大时代之中的人，渺如沙粒，风暴中跌宕、历险，毁灭或者成长，去往应该或者不应该的地方。阿伦特走的路颠簸崎岖，她远离故国，流亡他乡以逃避屠杀，曾旅居巴黎，最终去到美国。而海德格尔走了一条有负天下人的路，他成为希特勒的狂热崇拜者，为纳粹效命。后人谈及海德格尔这段经历，多从其哲学思想与纳粹信条的某些契合来看，纳粹是某种极端的民族社会形式，更重要是，海德格尔当时几乎是一个妄想症患者，深信自己的思想可以成为纳粹主义的灵魂，自己就是希特勒身后的哲学王。任职期间，他举报打压一大批知识分子，连恩师胡塞尔也没有放过。在其反常人格被全人类唾弃之时，载誉欧洲的阿伦特像仙女一样来到他的身边，那已经是 20 多年后。时间在他们这段爱中扮演了一个古怪的角色。她为海德格尔多方开脱，还在美国捍卫、宣传他的思想，抵制对他的攻击。她的笔记以及写给丈夫的书信，是用"狐狸""骗子"来称呼海德格尔，对于这个人，她早就看透了的，可是，这份精神之爱，迁延了一生。她在同海德格尔谈《人的条件》一书时写道："这本书没有题词，我该怎样在上面为你题词，我如此亲近的朋友，我终该为谁忠，亦抑不忠，既然我从未停止对你的爱。"当然，她也从未停止对狐狸设下的陷阱的质疑。她的辽阔而深邃的胸怀和思想，竟是与此病灶相伴终生。

小时候我在父亲身边学过针灸，有一种特殊疗法叫做穴位埋线。在穴位的皮下埋一段羊肠线，任由它慢慢地刺激经络、平衡阴阳、调和气血，对于慢性病、疼痛病患者，常有奇效。我怀疑，精神上的某些暗疾，同样需要埋线治疗。

有一天傍晚，我拉开北窗看暮云。一群乌云声势浩大地聚集，嗡地在城堡上空幻化出狰狞的妖异，眼看着就扑打过来，我本能地闭上眼睛，神便定了。对付妖异，倒不是太难的事。

这一闭眼，却胡思乱想起来。海德格尔有一句广为传颂的名言："故乡处于大地的中央。"在哲学家当中，海德格尔是将其对地方的爱融化在思想里的，而康德等人并不强调地域的这种影响。我忽然觉得，他对纳粹的效忠，在某一方面讲，可能是对于故乡的效忠，对一种偏狭和局限的效忠。这是挺可怕的事情，不止在于这句话本身，还在于传颂过程无意识的集体强化。就如我，一直觉得，在汉语言最为通用的地理版图上，我居住在东南方位，我的眼光一直向着暮云的方向，向西向北，可是，如果打破语言的疆界，我们使用的是一个更大的地理版图呢？是不是应该——每个人处于大地的中央。

想起阿伦特童年时，妈妈为她记下的一些笔记。父亲和爷爷先后走了，她对妈妈说，不该去想悲伤的事，没必要让自己悲伤。在葬礼上，她也哭泣的，但她后来告诉妈妈，之所以哭泣，是因为歌声太美了。

我是一个倾向于理性生活的人，想起这些，也莫名地想哭。忽然很感激一个人，是阿伦特的爷爷，他在阿伦特父亲患病瘫痪在床，家里阴霾笼罩之时，每天坚持带着阿伦特去散步，给她讲故事，忧伤的日子重新有了快乐。

每个人处于大地的中央。

此后，不止北窗有云，我的四周到处都是。

文字瘿木

近午的阳光金灿灿地，浸了一整个院子，如海一般，沉静而又热烈。海面上漂浮着东一簇西一簇的花，雏菊、报春、茶花、三角梅、百万小铃……一众大红玫红深粉浅粉，只有百万小铃最是五色斑斓，灿烂得听出笑声，是三岁小女孩嘎嘎的那种脆笑，阳光慷慨地为花们和笑全都勾了金边。

我坐在阳光海的岸边，荡秋千。一时有些恍惚，这竟然是在定海，在三毛的祖屋。

同行的作家们都在一个小屋子里，看的录像，是三毛在三十年前回乡祭祖探亲。那时候，她差不多是我现在的年纪，不太老也不太年轻。如果把中间相隔的三十年缩略掉，我们在这里相遇，也不是不可能的。刚才在门口瞥见了一个镜头，她正用水桶从井箍里把水拉上来，看样子，她是十分激动的，这是她第一次返乡，那种激动极有感染力，我似乎听到小屋子里有眼泪扑簌的声响。我从小屋子逃了出来。除了知识性、场景性的影像，我抗拒被诱导而观看，在公众场合，我也很难与任何情感产生深层次的共鸣。数年前，看俄罗斯塔甘卡剧院的舞台剧《我们存在》，一进剧场，那些买了连座的情侣们就惊呼，他们的座位竟然是间隔的……原来，这出戏的剧场设计颇为奢侈，坐一位空一位，每个人都有独立的空间。看到同一个情节，观众的反应是不一样的，有人哭有人笑，一刹那的真实流露，最是应该呵护和尊重。那是一出舞台纪录片，在德国剧作家布莱希特的代表作《四川好人》首演五十年后，塔甘卡剧院把它台前幕后的故事搬上舞台。布莱希特戏剧是世界戏剧史中的一个重要学派，其最具划时代意义的戏剧理论即"陌生化效果"论，《四川好人》正是以中国元素践行其戏剧理念。沈黛的人生前后分扮两种角色，善与非善，只在一个面具之间。可是，她的两条道路都被堵死了，神仙们可以哼着曲儿回去天上，只有沈黛留在无助的人间。时隔五十年，这一切似乎也没有改变，改变的是我们呈现的方式，还有接收的方式。我一个人观看的《我们存在》，舞台上一忽儿放映的是老电影片段，一忽儿是舞台演员与老电影同台飙戏，一忽儿是老电影演员讲述故事，剧场配发的耳机里，八声道的声音此起彼伏，整个世界时而繁复交叠，时而安娴清静。我尝试着，把耳机摘下来，刚刚近在眼前纤毫可辨的世界，恍惚间飘远了，飘回到了舞台上。我一次次迷失在关于距离的旅行中，时间的，空间的。

　　我以疏离来走近三毛，而类似的旅行，发生在我荡秋千之时。

十几岁时读三毛，正是三毛作品在大陆风行之时。自小，我便是一块不愿随波流转、又硬又臭的老石头，同龄人读金庸和琼瑶，听罗大佑和费翔，迷高仓健和崔健，这些，我都没有。风潮所至，其势汹汹，青春期的逆反，想必是给予了人足以与之抵御的力气。读三毛，算是一个意外，也或许，是一个必然。

青春期就那点破事。胸前发生了突变，走路时不知道该挺直还是佝着遮掩；每月有了周期，穿浅淡裙子时，蓦然惊觉，后幅裙裾上梅花落满了南山；心中有了朦胧情爱，穿心箭是不是双双穿过了我的他的；身体有了欲望，幻想吧自慰吧，它把人带往未知的销魂峡谷，只是一如崖边的惊弓之鸟，即便荒谷无人，也自有千百只眼睛窥视；理想么，不在身边，在天边……就这些，在当时可谓是冬雷震震夏雨雪，只是，过了便觉索然淡然，抑或，也会下意识地消弭掩盖。

读三毛也是如此，在青春期完成启蒙之后，我便把她弄丢了。我一直干这样的事情，一路跑一路丢，以致于镶嵌在生命深处的很多东西，不知所自。可是三毛，我知道的，她确凿地来过。《稻草人手记》《撒哈拉的故事》《梦里花落知多少》，三毛的文字里，有行走，有爱情，有自由不羁，有远方的梦想和神秘异质。旧秩序捅破了口子，索性掰开了，把看不顺眼的东西一边掏一边扔。而那莫测之地，又筑起爱情围墙，铜墙铁壁，蔷薇成架。青春期解药的所有潜质，它都具备了。

来定海之前，我是重读了三毛的。每次写小说之前，准备个六七成，就开始提剑出门。来定海会三毛，怎像是要写小说一般？

大多数流行文化的使命是有时效性的，这意味着，重读是一件近乎冒险的事情。这一步，我走得颇为迟疑，颇为忐忑。

> 结婚以前大胡子问过我一句很奇怪的话："你要一个赚多少钱的丈夫？"
>
> 我说："看得不顺眼的话，千万富翁也不嫁；看得中意，亿万富翁也嫁。"
>
> "说来说去，你总想嫁有钱的。"
>
> "也有例外的时候。"我叹了口气。
>
> "如果跟我呢？"他很自然地问。
>
> "那只要吃得饱的钱也算了。"
>
> 他思索了一下，又问："你吃得多吗？"
>
> 我十分小心地回答："不多，不多，以后还可以少吃点。"

这一段对话，出自三毛的《大胡子与我》。又土又俗，还抖小机灵，它到底哪里打动了人？写小说的人都知道，对话是最难写的。三毛可是一点都不难，这肯定是他们的生活实录。八行的文字里做了一个道场，里边有现实与理想，有男人与女人两性之间的小博弈，有无形重压之下的男人心事，有女人的妥协、隐忍和俏皮，而最重要的，一个爱情至上主义者穿着率性的袍子，光着脚丫，明晃晃地从文字里奔出来。

此生情爱如珏，不是合而为环的半圆形玉珮，而是独立的两块玉。三毛寻寻觅觅的是那另一块，她这么写道："偶尔的孤独，在我个人来说，那是最重视的。我心灵的全部从不对任何人开放，荷西可以走进我心房里看看、坐坐，甚至占据一席；但我有我自己的角落，那是：'我的，我一个人的。'结婚也不应该改变这一角……"可是，珏是有匠气在的，三毛的爱情却是野生的，不近世俗人气，或许，它更像是长着锐角的石头。两块尖锐的石头，刚好楔入的话，便像极了她和荷西的样子。

这喝水可饱的爱情，不解有之嫉恨有之，怀疑便接踵而来，它到底是真的吗，还是，根本就是海市蜃楼。

当年看三毛，我是信了的。十几岁的女孩子，心内涌动的河流一直在寻找出海口，奔下去了一定是奋不顾身的。过了狂热期，狐疑也是迷糊来过，来了之后不走，也不响，搁放在小阁楼里，随往事尘封。三十年后重读，这桩心事才被揭开。

它是真的吗？

这过去的三十年，我自己也掉在文字的泥淖里跌打滚爬。一粒砂子的虚构，对于精密型的情感感受者，依然是会硌得生疼的，而同样作为一个写作者，这一粒砂子的套路，

太容易识破了。读散文，我极不喜欢大部分小说家写的那一
种。一个小说家，他对散文的赤诚是有限的。在心理上，他
惯于蛰伏在各种人物的躯壳里，说什么话做什么事到何种程
度，那通通无妨，杀人、劫掠、意淫，他的行影几乎是没有
边框的，这让他拥有一种富足的虚构能力。在技法上，他太
熟谙写作套路，以致于其赤诚也被小说式的美学意图绑架而
达成，思路奇崛而又打磨平滑。这样圆美的作品，收割一大
批读者当然没问题，然而，那些在情感上对精密的量级、赤
诚的量级要求更高的人，它是无法打动的。我更喜欢的是，
赤诚它本身带有的毛刺，以及它源自生命深处的未经掩饰的
呼吸声。三毛的文字，是可以通过这种检验的。它裸裎，我
们裸对，即便为毛刺所伤也在所不辞。如果，非得穿了衣裳
出来说话也不是不可以。三毛六年的爱情生活，自始至终是
逻辑自洽的，她在文本上的呈现一以贯之，一座沙漠一座城
一座岛两个人，还有他（它）们深入土层的根系。没有一个
谎言是孤立的，如果造出一个，它会衍生第二个、第三个，
谎言与谎言之间需要眉来眼去，需要寻根究底，它们最终织
就一张网，掺在事件当中，只有这样，它们才像是真的。
三毛的系列书籍，从一开始便没有做写长篇小说的打算，未
曾统筹构思，到了最后也没有整饬统稿，她只是顺着生活的
河流而下，可是在文本上，我们并未发现穿帮和纰漏，并未
发现那张网上对接不上的残端，大至人生观念和灵魂诉求，
小至生活场景和家常对话。

　　我不相信三毛对于文本的虚构书写，可是，对于她爱情生活的狐疑未能消除，特别是，看了她和荷西在撒哈拉沙漠的家的照片之后。三毛的铁粉们，常会循着她的行走路径去旅游和探访。要窥视她的撒哈拉生活，随他们前往便是。

　　时间过去四十年，阿雍并没有好到哪里去，也有水泥路了，可是，粉刷成砖红和土黄的破旧的双层房屋，卷着口子的铁皮门，老脏的电表和变压箱，蜿蜒蛇行、措不及防便垂坠下来的电线，所有场景都是黄沙漫漫的样子。把时间平移过来，我孩提时生活的小县城，那境况竟是比它还好了若干倍。作为一个女人，我第一时间便把自己代入进去：如果是在这样一个地方生活，你会愿意吗？我不愿意，一点都不愿意，身边的男人再帅再爱你那也没用。这个真相对我有双重打击：三毛在阿雍的处境跌破了我的底线；而因她作为一个参照系的存在，我被打回了原形。

　　其实三毛没有蓄意隐瞒，她在文字里把一切和盘托出：几十个千疮百孔的大帐篷、铁皮做的小屋、沙地里几只单峰骆驼和成群的山羊，家的对面，是一大片垃圾场，房子顶上开有一个天井，风起时沙子便落入家中，家里是没电的，浴缸的水龙头打开之后，流出的是绿色的液体……她甚至并不讳言，因为山羊从天井里坠落下来，又啃食她辛苦种养的绿植，她曾为沙漠的生活泄气以至流泪。

　　那么问题来了，为什么这些客观上的困顿和不堪，并没有被正视起来，它们更像是幻影，或者是退隐为有着异族色彩的花边，而我们看到的主体，全然是温暖的、明亮的、美好的、烂漫的。

三毛喜欢绘画更甚于文字，我怀疑她把自己对色彩的感受移用在了文字里。她赋予文字的感觉，是一种暖橘，有覆盖力，有轻灼感。这几乎成为了文字的一种腔调，如果日常生活是 C 调音阶，它升高了一个调门。我们只长于行走，而它既有势能又有动能，它是能够低空飞翔的，不眠不休。一个人的身体里，哪里来这么多的热量？即便有，又如何在世俗中持续供养？我怀疑，写这一批文字时，她一直处于精神上的低烧状态，37.5℃。太高，肉身消受不了，梵高和尼采们，应该有 40℃。如果太低，这个腔调又没了，归于平庸。当然，她的低烧状态是与爱情呈正相关的。三毛说她从未热烈爱过荷西，电光火石，只在一瞬，正是低烧，才可以绵延整个婚姻期。三毛的一生都在困扰当中，把她困扰住的是什么，童年的阴翳，孤独、迷茫、凋萎、我执，以及后来荷西的亡故，一切都是，一切也都不是。得到救赎，大概也只有荷西在身边的那数年。为什么是荷西？这个比她小六岁的西班牙男孩，他工资微薄，还经常失业，他是大男子主义者，不做家务，他虽然又帅又壮硕，可是这能当饭吃吗？她对这个男子的心满意足，到底为何？看多了天底下各种样式的爱情，大概是可以明白的，很多爱只是爱的本身，或者被当成了道具，它看起来分明是玫瑰，可是一阵雨过后花瓣里露出了薄薄的铁皮，它会伤人。荷西的爱，若说它有动人之处，唯在一点：他给的，正是三毛所要的。三毛要去撒哈拉沙漠，他辞职先去阿雍安扎；三毛意外获得木板材，他按照她的要求敲打成了床；结婚那一天，荷西把一个大块头搬回家送给她当纪念，那是一个骆驼头骨……不得不感叹，荷西的爱商在男人当中是非常之高。当然，一段美好的爱情，单单有爱商还是不够的，最重要的还在于，两个人的爱情峰值是否匹配。一个人到达波峰之时，另一个人迎面走来，情感上进行肉搏，精神上有了增殖，每一个拥抱或者角力，都是苯基乙胺的味道。峰巅对决之后，四野寂寂，两个人含情脉脉地牵手下山，多巴胺和内啡肽在血液里弥漫、奔流。荷西的意外亡故，为这一场爱情留下了一个谜。三毛独自留在了半山腰。也正是这个谜，才使它如断臂的维纳斯，更加美丽动人。抑或，也有多少难言之隐，随着荷西的离去，从此黄土掩埋。

有一段时光，我喜欢上瘿木。瘿，即树瘤，是树木的一种病态增生，能够来到人前的，具皆纹案奇丽，山水纹、云彩纹、虎斑纹、葡萄纹、花枝纹、鬼脸纹……没有人知道，长成这样的瘿，这棵树经历过什么，它受的是虫侵、菌染、刀伤、霜冻还是雷劈，又或者，竟是与异类的一段意外爱情，蚂蚁、蜂还是鸟。有的人走阔道走坦途，有的人走小径走的山路十八弯，生命密码，便藏匿在那一截瘿木的纹路里，缄默千年。我喜欢过一块非洲花梨瘿木，剖面保留着浅卡其色的瘤皮，瘿中有深褐、棕红、蓝褐，几种颜色铺卷、渗合、交缠、决裂，竟至于如山势、如急水、如流云。

我问师傅：它是怎么长出来的？

师傅说：这得问神。

我又问：未剖开之时，是不是像开玉一样，是没有把握的？

师傅点了点头，说：我能够做的，很少。

这一件，我给它取了名字，叫做"成为"。

这一辈子，到底是如何成为的？要成为什么？不是破木的师傅，如何看得到它的纹路？这么说来，木头自己是无从知晓的。

一位电视台记者前来找我采访，秋千架还在惯性晃动。面对话筒，我有些失语。瘿木的故事我应该告诉她吗？我发现，对瘿木的喜爱我是有条件的，它只能是一个他者。在我自己身上，其实有一种低烧潜质，可是，我的身体里自带两股力量，宽纵也是有的，不多，更多时候我会用理性的钢水把它浇灌，浇灭。

我被记者带到三毛生平陈列室，像一枚提线木偶，我被指引说了什么。在公众面前，个人常常蒙受遮蔽。其实，我最想说的是，我尊重和理解她所有的选择，包括人生的最后一役。或许，可以用茨维塔耶娃的一句诗来为她解释："她等待刀尖已经太久。"

从监狱的偏门走近卢森堡

　　手里拿的是罗莎·卢森堡的《狱中书简》。这书是朋友推荐的。在此书之前，我对卢森堡的认识停留在高中一年级历史教材的平面。那是一章关于一战之后资本主义国家的革命运动，卢森堡和与她同时遇害的卡尔·李卜克内西，作为德国工人阶级优秀领袖在教材里配有一个头像。此后，卢森堡成了一个坚硬的、男性化的红色名字，与那一册深棕色的《世界历史》教材一道，被抛得远远的。我想象不出自己与她之间可能有什么属于个人内心的交集，这许多年来一见卢森堡便绕道而行。先入的概念是如此之可怕。

　　而今天，我看的是卢森堡自己的文字。我只能对这一机缘表示感恩了。走近卢森堡，我走的竟然是监狱的偏门。从茨威考监狱、华沙女子监狱、魏玛"国家监狱"、柏林巴尔尼姆监狱、佛龙克监狱，最后到布累斯劳监狱，一路随她辗转而来，一开始让人惊讶的是她在狱中制作的长春藤标本，接着是手绘的水彩画，再接着，我便在文字里深陷进去了。是谁跪在一只冻僵的野蜂身边，用嘴里呼出的热气，令它起死回生；是谁为仰翻在地的粪甲虫打抱不平，与蚕食着的蚂蚁群奋力搏斗，在粪甲虫拖着残腿逃脱的时候黯然神伤；是谁一声不响地走进葡萄园，静静地躺在种葡萄农妇一家的旁边，一边嘴里嚼着一片草叶，一边看着他们尽享普通人的天伦；是谁在信简里强烈地要求，自己的墓碑上只能写"Zwi-zwi"这两个音节，除此之外什么都不要写，这原是一只大山雀的叫声啊，因为她能够模仿得很像，一听到她的声音，大山雀马上就会飞来……

这个被后世誉为职业革命家、理论家和社会活动家的女人；这个在政治会议上，毅然站起身来为自己的对立方当翻译，发表攻击自己言论的女人；这个在时过七十多年之后，因为苏联和东欧的解体，让人感叹其当年批评惊人准确的女人……在她身上，我竟然看到了别样鲜活的灵魂。正如她自己所写的：

> 我有时候有这种感觉，我不是一个真正的人，而是一只什么鸟、什么兽，只不过赋有人的形状罢了；当我置身于此地的这样一个花园里，或者在田野里与土蜂、蓬草为伍，我内心倒感觉比在党代表大会上更自在些……你知道，我仍然希望将来能死在战斗岗位上，在巷战中或者监狱里死去。可是，在心灵深处，我对我的山雀比那些"同志们"更亲近些。

在这97通洋洋洒洒20多万字的书简中，没有听说过的动物何其多，没有听说过的植物何其多……有时，她还会在信函里教朋友如何分辨旋复花、菊芋和加拿大一枝黄等几种菊科植物。而在某一天，卢森堡突然说：我现在正埋头在地质学方面……它大大地扩大了我的精神视界，使我对大自然获得一个如此统一的、无所不包的概念……

我太明白了。一个兴趣如此广袤又如此纵深的女子，她却将生命投托在另外的事情上。汉娜·阿伦特为她写过的一篇传记可谓一言中的，如果不是这个世界冒犯了她对于公平和自由的感受的话，她更宁愿埋头在动物学、植物学，或者历史学、经济学抑或数学之中。

写到这里，我记起了她在一封信里告诉过友人，她那段时间正在研究鸟类的迁徙，鸟类之间虽然充满了弱肉强食，但在迁徙的时候，凶猛的鸷鸟和夜莺等小鸣禽是可以和衷共济飘洋越海的，她竟然有着这样的美好预感：我们正跋涉的整个道德的泥潭，我们正生活于其中的疯人院，可能突然之间，譬如说，在今明两天里，好像被魔杖一指，立刻化为一种与之相反的东西，变得惊人地伟大和英勇……

这个世界终归没有如此美好的魔杖。她的公平和自由的感受还是被冒犯了。而在她走远之后，我们当中的很多人也因为误解她而冒犯了她。我正是其中的一个。

乌鸦的夜晚，都是怎么呼叫的？卢森堡的描述，让人叹为观止。她说这叫声跟它们白天猎逐食物的贪婪、刺耳的

"呱呱"声迥然不同，是沉抑的、柔婉的，好像乌鸦吐出一粒金属的小弹丸似的。许多乌鸦一个接着一个地从喉咙里吐出这种"咯咯"声，仿佛它们在彼此戏掷许多金属小弹丸，这些小弹丸子在空中飞舞着，划出一条条的弧线。

我就是那个只听到乌鸦"呱呱"叫声的人，而直到今天，我才明白乌鸦还会像抛掷金属小弹丸一样叫。从此之后，卢森堡还是那个卢森堡，但她在我心里的画像，已经不同了。甚至，她修正了我关于革命这两个字的理解。

这位被誉为"比男人伟大"的女人，如果人们津津乐道的只是她的政治思想，只是她所领导和参与的革命风暴，那么，我更看重的是这些东西后面的丰盈的人性之美。"自由始终是持不同思想者的自由。"卢森堡终生追求和秉持着的这个思想境界，我相信，与粪甲虫、与乌鸦的叫声有关。

孤独之绳

锣、鼓、镲、钹、唢呐、咚咚奎、大号……似乎又一一在耳边响起，一群土家阿哥和阿妹又开始了他们新一轮的排练。走廊里风真好啊。初秋的天气，有桂花的香气暗暗传来。

坐在走廊里看书，眼睛斜斜地就可以穿过雕花的木椽，瞥见祭祀堂颇具规模的土木建筑，以及堂前大红柱上盘绕而下的两条白龙。我的闲适和祭祀堂的庄严形成了一种不可调和的矛盾。我手上的书更加不搭边界，那是薇依的《重负与神恩》。这个行程的行李包上带着的唯一的书。

大鼓推下了堂前的埕地，近午了，埕地白晃晃的，祭祀堂的影子可以荫蔽的场地非常有限。土家的阿妹们披头散发地奔了出来，开始用她们动情的舞姿擂鼓。土家的舞蹈有着一种强悍的野性，挥舞的幅度非常大，却在最不可预期的时节突然收梢，或转换了方向。擂着擂着，阿妹们干脆跳着跪到了大鼓上，手臂的用力更加恣肆。这时，鼓声有变，一群土家阿哥从四面八方涌了上来。

那个真正的舞者就是在此时被我的眼睛捕捉到的。土家阿哥皮肤都是黝黑的，而他，已经不能用黝黑来形容，完完全全是土著一个。他呲开的牙齿因此看起来森白森白的。或许我该给他起一个名字。我想起了——毕兹卡，这个词的意思就是土家族。以一个民族来称呼这个民族里名不见经传的个体，不管有没有先例，我只是觉得他受得。对了，这是白天。他们在排练。社巴节的表演夜间才有。他们的表演因此变得时断时续。

"爱是我们贫贱的一种标志。"从这句话开始，我爱上薇依。这话里有我们深刻的悲哀，也有明白真相之后的淡定从容和感恩心态。对一个人的爱很奇怪，一开始可能根本与大义大节无关，也许只是喜欢一棵桃树上的一片叶子，柳眉儿一样弯弯的，与众不同的。但不知怎么的，后来发现，这柳眉儿一样的叶子，原来是因为长在桃树上才会让人喜欢到这样的地步。一直很怀疑自己，一个全然没有宗教信仰的人，怎么会爱上薇依的基督徒文字。很幸运地，我得到了朋友寄赠的另一册薇依的书，那是11年前三联书店出版的《在期待之中》。这本书收入了薇依的书简和论文。我在这本书里通过薇依自己的文字对她有了更直接的了解，而不是通过别人中转的解读。薇依曾经在给教父的书简上写道："我认为只有那些高于某种精神层次的人才可能参与真正的圣事。而那些低于这种层次的人，只要他们尚未达到这样的水平，不管他们做什么，确切地说都没有入教。"薇依只认酒，与装酒的瓶子到底是流线型、细高瓶型、蜂腰型或者勃艮第瓶型通通无关。她是一个真正的品酒者。闭上眼睛，单凭嗅觉的品酒者。这应该可以解释了，为什么她用自己的生命和思想创造了一种生动的基督思想和哲学，却终生拒绝加入教会，甚至在某些文章里把教会视作"集权的猛兽"。这种俗世眼里的相悖，行动起来是需要底气和勇气的。薇依这个身体单薄的女子啊，她需要多么强大的精神？！

我开始翻看《重负与神恩》，在土家族的大鼓声中。书中的文字是薇依的友人摘自她的笔记。少则一句，多也绝少超过半页。一句话一段字就是一种彻悟，一种境界。而且毫不连贯，可以随时中止。这样的阅读非常合适我当时的状态。我其实是一个游客。我所在的城市叫做张家界。土家风情园就在张家界市区的南庄坪。张家界这三个字所带给人们的联想是原始森林，是那种走马观花式的旅游。而我与这样的联想相距甚远。也许真的只能归结为缘分。我在土家风情园的走廊里闲静地坐了大半天。从上午十一点钟到下午四点钟，阳光刚好在我的头顶走了一条美丽的弧线。

来土家风情园之前，是不是已经有了寄望和预感，才会把《重负与神恩》这本书塞进背包里。这种寄望和预感带着什么元素呢？其实，在走廊坐定之前，我有点孤独。远离家、远离爱人，远离人群的孤独。这个风情园其实是一个开发不久的景点。园内的导游正带着一个台湾旅游团，她斜眼看了看我这个奇怪的独行者，然后顾自用她高扬而冷漠的语调解说着土司皇宫，那座建造在山上的吊脚楼，楼高48米，名叫"九重天"的智慧建筑。盘旋而上，九重12层。木板楼梯其实有点窄，一个旅游团的人推推搡搡的，上下之间都是熟人了，开点玩笑。他们说的话是闽南语系，从大的语言支系来看，与我们潮汕话是同宗的，但我听不大懂。因为被语言和情绪所排斥，我在这个参观的过程显得零余。这种孤独实在是最外在化的。因为很多真正孤独的人都是在人群当中却感到了孤独，那种孤独更加锥心。我是很难忍受那种孤独的，如果这个人群使我孤独，我一定想尽办法远离。事实上，我也甚少在各式各样的人群里浸泡。我始终相信，像我这样害怕孤独的人，根本不可能成为真正的孤独者。这可使我重返俗世的大轮。

　　大锣大鼓又响了起来。毕兹卡像上回一样奔了出来。现在，我的眼光只追随着他。大锣和大鼓的结合，有着一种涵盖一切的气势，空气、花香、秋天的况味、人的呼吸仿佛都变得不再重要。而我所追随的那个土家阿哥，在这种背景下却依然像浮雕一样凸显出来。他的装扮与他人无异，穿着土家族自织的靛蓝溪布，外托肩、无领的那种。右衽随衣襟和袖口滚着两道宽宽的白竹布边。左上结着两个铜扣，腰间系着一个荷包。头上裹着的巾帕没有了，披散着一头长发。鞋子是黑色的，两片合起来，头上翘，鞋底很厚，远远看着鞋口似乎滚了什么。他们在跳"摆手舞"。行列的前面有一个导摆者，行列之间有一个示摆者，行列之后还有一个押摆者。毕兹卡什么也不是。他排列的位置毫无煊赫可言。他只是一个单纯的舞者，与仪式无关。方才的休息时间，我看到排练勤奋的演员还在举着舞械操练，只有他坐在堂前的台阶上若无其事。可是，音乐响起来的时候，毕兹卡顿时像一只被抽了鞭条的陀螺，全身的骨头和细胞都旋转了起来。舞蹈里有农事生产，也有山中猎狩。祭祀堂隐去了，时间在回溯。也许是一千年前。毕兹卡双膝微屈，左脚前跨一步，双手顺势摆了一摆，当双手逶迤摆向后面，右脚跟着进前半步。接着，更多的肢体语言出来了。他开始掘土，开始烧灰，开始积肥、开始种苞谷、开始薅草、开始插秧、开始割谷、开始打谷，这中间，他停下来望了几回太阳……太阳里是不是有着他淳朴而长远的梦想？土语演唱的摆手歌唱响了起来。当毕兹卡手持树枝标枪冲出来，开始猎狩的时候，锣鼓狂热地打着"十二月"、"龙戏水"等鼓点，而毕兹卡的肢体，比所有的音乐具备着更强的高亢、阳刚和原始的音律。

这样的舞者，与技巧无关，与操练无关。

这时，有杂沓的人群踩上了走廊的木质台阶。旅游团。他们中的某些人开始挡住了我的视线。老年人。但气息都挺好的。女人们的脸都是精心保养和绘画的，烫着的发型千篇一律。看风格是韩国人。导游是一个酷哥，正在接手提电话，嘻哈着告诉电话那头的人他正要卖相片。很快地，那些旅游的相片就从他的斜挎包里掏了出来，都是在所谓的最佳景点拍下的，背景如一，每一张换一个人头而已。典型的到此一游。那群傻傻的韩国人开始争先恐后地掏钱。

他们不止挡住了视线，还挡住了更多。我探头望了一眼天穹，万里无云。这初秋的天气还是出奇的好。看书吧。

薇依真是一个特立独行的女子。她生活在法国巴黎一个文化教养很高的中产阶级家庭，却有一种渴望体验世上苦难的天性。她的体验不是虚饰的、表浅的。她不顾一切地摆脱特权地位，深入到社会底层，融化其中。她甚至像真正的工人、农民那样从事重体力劳动。在一个大庄园里，这个文弱且没有劳动习惯的女子，坚持与强壮的农民一样收割葡萄，她开始头痛，有时觉得像在噩梦中干活。她对朋友说：一天，我问自己是否已经死去，不知不觉入了地狱，我问自己，地狱中是否也要没完没了地收葡萄。

看到这样的情节，所有的人都应该心头为之一振。所有的怀疑都可以冰释。在融化的过程中，她竟然忘记了自己的过去，也不期待自己的未来。她甚至想象不出自己可能从这种疲劳中幸存下来。

可是，这又是令人心疼不已的。这个世界轮到我去收割葡萄，轮到这些韩国人去收割葡萄，轮到那个赚旅游钱的酷哥导游去收割葡萄，甚至轮到那个舞者毕兹卡去收割葡萄，也不应该薇依去。

但她确实去了。之后她对所有的社会活动都有了理论总结。她写了一本又一本的笔记，内容涉及哲学、宗教、历史、政治……34岁那年，薇依死于伦敦郊区修道院，因为饥饿，因为重病。

薇依的一生，回应了她的宗教思想：

> "信仰从本质上讲不是安慰，而是一种重负。"

这对于有着宗教信仰的人，多少颠覆啊。

看薇依那些触及宗教的哲学文字，其实，只要把某些字眼换下，比如把"上帝"、"基督"换成与其相匹配的，也许会是另外的一种同样高贵的信仰。而如果把其换成"天道"，那么我们眼前的路子一定更宽更远。

原谅我。这是一个非基督教徒的胡闹。但这也是我从另外的一扇窗口窥探我所陌生的宗教。薇依用她博大的思想为我拔开了紧闭着的那扇窗户的栓子。

人群离开了。走廊恢复了宁静。毕兹卡们的舞蹈也暂时停歇了。他们每个人捧着一个盒饭在吃午饭。祭祀堂的西侧，在走廊正对面的地方有一株紫荆树，开满了桃红色的花，树下有一座 IC 电话亭，一阵一阵的有电话响起。每一阵响，大家都探出头，等着接电话的人点名。想来，这电话线就是他们与老家或者外界联通的七彩桥，行所当行，止所当止，什么时候该来电话什么时候不该来也都达成共识了。几个要如厕的演员从我的眼前走过，偷偷地回过头瞅了我几眼。也许我们之间，已经互为风景。

我不饿，进园之前刚吃过饭。还顺路带了一袋子翠鲜的葡萄。我开始剥葡萄。

有一个常人装束的人穿来梭去在他们中间教训人，应该是导演。"导摆者"显然是一个小头目，很迎合地点头哈腰，刚刚放下饭盒，就急不可耐地拿起木鼓棒，噔噔噔地勤奋起来。回头看毕兹卡，他正懒懒地睡在台阶旁，手足伸张着。

> "排队取得食物。同样的行动，若动机卑下倒
> 比动机高尚更容易完成。卑下的动机比高尚的动机
> 蕴涵着太多的能量。问题是：如何使卑下动机所含
> 能量转移到高尚动机方面？"

或许薇依一生研究的都是这样的课题。看薇依，很容易使人自卑。不止自卑，简直是怀疑自身的价值。爱薇依经历了几个历程。第一阶段的爱很草率，像喜欢一片柳眉儿一样的桃叶，只是因为很小的局部合了眼缘。再近一步，便觉得高山仰止，寒气逼人，爱的氛围在消退，爱的勇气也被隐匿。最后再翻阅，居然发现了她的孤独。

薇依说："我愿意在自己所爱的人心中不占任何位置，以确信不给他们带来任何痛苦。"

而她的朋友说："她身上有一种可怕的自发性，使她性格中不讨人喜欢的一面外在化，而要体现出自身更好的东西则需要花费时间，需要情感和克制羞怯。"

可以想见，她在人前人后的情态。

我为这些不安。为她的孤独不安。

忍不住，又爱上了她。

爱上薇依，也许会是痛苦的事情。或者只是为了精神的索取。幸亏她从不吝啬。我把书本推开。葡萄已经快剥完了。突然我发现了一个很有嘲讽意味的事情。葡萄。薇依在痛苦地收割葡萄，而我在这里闲适地剥葡萄。

祭祀堂是怎么热闹起来的？我认出了那个韩国旅游团。有两个老者，一高一矮的刚才还在走廊里唱着他们的小调，或许是童年的什么歌谣吧。游玩了一圈，现在他们对祭祀堂前的那个大鼓非常感兴趣，边擂大鼓边把小调唱得异常昂扬。同团的人都在喝彩。喝彩的声音大了，把演员们的好奇也吊上来。他们分别准备了锣、镲、钹、唢呐、咚咚奎、大号，这是他们的全部家当了，他们为那韩国的老者助威伴奏起来。场面是热闹的。韩国小调和土家音乐的配合是搞笑的。所有人的开心是酣畅的。我看不到毕兹卡，以为他混在人群里边。如果不是他的翘头鞋斜逸出来一角，也许我会回到书里。现在我对他比对书本更感兴趣。助威的人群疯狂了。土家的阿哥阿妹们开始扭动着舞蹈。谁的大裙腿舞动了一下，露出了毕兹卡黑炭一样的手臂，紧接着，谁的臀部扭动了一下，又露出了他森白的牙。是他了。最后，我看到了他的毫无表情的脸。他在望天，就像"摆手舞"里望着太阳的那个远古的毕兹卡人。

我禁不住发了短信去骚扰我的朋友：我爱上了一个孤独

的舞者。

或许，只有这样张扬，我才能明确我在这个瞬间的闪电爱情。"爱是我们贫贱的一种标志。"而孤独，是所有的贫贱中最容易导致爱的那个分枝。不管是付出还是索取，它绑住了很多心灵。

离开园子之前，我走上祭祀堂去找导演，咨询一些关于土家族"社巴节"的常识。他的回答清白得不像一个个中人。倒是身边有一个"导摆"的土家阿妹帮我释疑一些。我回头瞥了一眼毕兹卡，他离我很近，背影，微风过处，靛蓝的衣袂在嗦嗦细响。我走下了祭祀堂的台阶，走过了一片暗香浮动的桂树，走出了这个土家的园子。

薇依的书还在我的背包里。忘了说一句，薇依的照片太美丽了。一个人怎么可以思想如此迷人，颜容也如此迷人。

第三辑

日影离披

故乡：前往与返回

乡 巫

咖啡厅二楼

透过窗口望出去

是城市那条长长的河流

每一个行进中的波浪

他们仅仅会信仰远方　可是

上岸的时候

就如此刻的我

前方又在何方

1

农历二月十九，这一天是奶奶的忌日。奶奶如果还在，应该九十九岁了。这是一个颇具深意的数字。奶奶离开我已经三十余年了。三十余年的光阴里，我顺风顺水地走过，很少为既往停留。年近不惑之后，我才把往事一件一件地翻检，这一翻检，奶奶便常在我跟前晃荡起来，以至于，我刻不容缓地想去会会她。

阴间的路是怎么走的？谁能够援引我？鹤，还是其他什么灵异的东西？我和奶奶已经两相改变，我们能够顺利地相互辨认吗？

多番踌躇之后，我决定去乡间找红花婆。红花婆是一个巫。

2

还未真正见到巫之前，我对于巫的理解是蹈空的，又有些暧昧和惊怵。它们来自童年记忆、史书、影视作品和亲历者的口口相传。

女性的若干重要特征与巫不谋而合：幽深的躯体、莫测的情绪、超乎本能的第六感，秘而不宣的经血……我认定巫是一个女子。她披着变色的神秘斗篷，唱着古老的巫歌，爱着，恨着，癫狂着；或显露，或隐匿，或撩开半幅面纱；时而诡异时而媚惑时而体己……

我想象着某一日会遭遇这个女子。她口念咒语，翻白的瞳仁向我投射过来，眼前突地铺就了一条开满鲜花的路，那些花，长得美丽而妖邪，香得酥骨而不祥。我喊不出那些花草的名字，也无能为那些花香命名……

3

在我们潮汕平原,在乡间,巫的磷火明明灭灭,一不小心,就被哪一根火柴擦燃了。

我们这代人孩提时候,还见过一些整人的黑巫术。我先生是农村长大的,他说,以前农家都养猪,切番薯叶的刀俎就在门口现成摆放着。有时会看到哪一个老农妇,手中的切菜刀凶狠地频繁地切着,口中念一声手里切一记,细听了,原来是在咒骂人。这种互感巫术因为不受时空限制,用得颇为泛滥。我小时候,还在街角看到过"神思仔",一种木偶人,浑身插满了针。我伸手想去捡来玩。上世纪七十年代中期,玩具还是很奢侈的东西。可是,被母亲遏住了。母亲怎么也解释不清什么是"神思仔"。或许,不是不能,是不愿。"神思仔"是由我们潮汕方言说出来的,我至今不知道这几个字写对了没。但它在我心中留难了许多年。直到识了字断了文,我才知道原来这就是巫蛊术。用桐木雕刻上仇家的模样,写上他的姓名,把锋利的针尖刺向他,巫师施展法术之后,这一切就应验了。商代以后三千年的时间里,不管是贵族还是民间,都惯用这种术法,史不绝书。汉宫的巫蛊之祸,后宫争宠权力倾轧,更是令人叹为观止。那是多大的仇恨呀!只是,可恨之人,自有雷同的可怜吧。那一具具扭曲的脊骨,撑起的皆是斑斑血衣。

奇怪的是，那些从数千年前远道而来的黑巫术，在我们长成之后，奇迹般地销声匿迹了。它看起来更像是一个人心智发育尚未完成之时做出的勾当。它是真的绝迹了吗？还是被埋藏得更深，抑或被驱逐得更远？

相比起来，民间的白巫术潜行得更加生机勃发。在我们这里，一个村庄，总有这样那样的巫。他们不叫巫，叫神仙。女的叫公主、仙姑、某某婆（外间只统称为落神婆），男的叫千岁、老爷，你问他是什么千岁什么公主，他自己也是不懂的。大概是生过一场大病，遭过一场车祸，恍惚间，神仙就自动降落到头上来了。这一来，也便不走。偶尔有一个神仙走人了，那也是事出有因。听一个朋友讲过，村里有一老实巴交的农贩子，高烧，昏迷数日。那些日子，有一位老爷不停地拿经文给他看，不是梵文不是藏文也不是洋文，反正是豆芽韭菜的，一个不懂。他推却了却推不去，只得镇日听讲经文。昏迷醒来后就说老爷附身了，很是显灵了一阵，家门前求访者络绎不绝，仓廪富足。但后来老爷走了，他又恢复常人之身。乡里传说纷纭，一说老爷在身之时，他吃食太过奢靡了；一说他在老爷跟前，与女人有过狎昵之举。不管哪一个原因，大抵意思是老爷嫌恶他的身子了。听起来，这更像是一个关于灵魂与躯体的哲学故事。后来，这位朋友曾与他一起当过建筑工。问及这段旧事，他只是讳莫如深。

这些巫们，各有各的绝活。有"巡家门"的，显的是各路神仙；有"拖死鬼"的，显的是自家的亡灵。在农村几乎家家户户都问过巫，得过其恩庇。城市里的生活似乎离巫很远，那些能够代表城市的特征，现代化建筑物、广场、路灯、笔直宽敞的大道、咖啡厅、宾馆、调酒器、计算机、手机、互联网……所有的意象都不利于巫的孵育。可是，说来稀奇，城里人也有心里打结的时候，十里八里外，他们不时会慕名寻访了来，穷乡僻壤只当作神仙殿堂。

红花婆是拖死鬼的。据传闻，在红花婆那里，只要心诚，哪一个亡灵都可以会到。他们会降落在红花婆的身上，用自己的声口自己的仪态跟亲人聊天，宛如在生之时。外人听到亲历者的逼真转述，常觉阴风瘆瘆，毛骨悚然。

红花婆眯上眼睛，口中念念有词，就把亡灵拖来了。亡灵先与大家寒暄几句：家宅大门口的左手边有一把老椅，年代久远了，还是他爷爷在世时用的。右手边有一个潲米水的搪缸，缸水深，阴气重，回去以后撤了吧。院子中间的莲花缸，这两年的莲花总也种不好……在场的一众蓦地就愣住了。神，太神了。心下便相信了十二分。亡灵如果是新丧的，儿女们见得阿父阿母出来，任是铁石心肠，聊着聊着也会哭成一团糨糊。媳妇们的哭反而是节制的，有要紧的事体需要她们过问呢。阴间的日子过得好不好，忌日和年节吃得到祭祀吗，寒衣尺头是否足够了，三年祭还要多烧一些吗，有没有碰到不讲理的厉鬼需要阳间帮忙来打点……阳间是强势的，可以明白给予的。而阴间是柔能克刚，亡灵虽然幽眇，却胸藏万象，手眼通天。建筑新厝与邻人口角了该不该退让，阿弟的泥水工生意稀了是否要转行，三妹受了夫家的气回来掉眼泪阿舅是不是该出头？这些都是要亡灵来指点的。城里人会没有为难的事吗？错了。衙门里职位大换岗何去何从，谁谁拉了一宗大生意风险不小接还是不接，一年一度晋升职称的时间到了，阿爸能否助我一臂之力。很多人只消在红花婆这里一转，心便定了，即便事有不谐，红花婆吩咐了，初二、十六在家祭拜地主爷（就是土地爷）的时候加个什么仪式，她会下力帮忙的。这人暗下里就底气十足了。辞过红花婆，出了小村庄，从哪里来还往哪里去。庄稼人取了化肥往田头去，城里人钻进小汽车，汇入到城市那条长长的河流里……

巫所给予我们的阴间世界，竟然如此充满人情味。这个阴间是半敞开的，半透明的，可以到达、亲近和改善，可以共勉和相互关怀。这个世界，给活着的灵魂以自由、从容的死亡。宗教也对死亡引渠沾溉，而巫不是，它是水到渠成的。

4

第一次听说红花婆是从我婆婆的口中，那还是多年以前我刚刚怀上儿子的时候。按照婆婆的说法，我得这个儿子还得拜红花婆所赐。那时候，我半点不信灵邪的东西。我父亲虽然是行医的，但到了他这里，医巫已经截然分开了。而我是学西医出身的，手里拿过解剖刀，更兼少年血气，直愣愣的思维就像初夏的冬瓜藤一样茁壮而冒失，与民间的一切传统习俗格格不入。潮汕民间每月初二、十六有祭拜地主爷的惯例，我与先生把小家安在城市之后，连这个也省略了。婆婆干预无效之后，也便默认。聪明的农村婆婆总是实行"一家两制"。

婆婆有过一个心病。为此她去红花婆那里托过一位先人，是婆婆的婆婆的婆婆。婆婆生有三男一女，在农村那是相当风光的事情。可是，孙辈一直男丁稀缺，女孩子倒已经有五个了。这是遭人诟病的。我听大院内的婶娘们私下说过，婆婆与太婆婆干架的时候，太婆婆便数落她：是你心肠不好，连一个男孙都没有！太婆婆的这一招是很有杀伤力的，婆婆被一针穿心。实现愿望落在我这个二媳妇的头上，我们已经结婚六年。那一次婆婆从红花婆那里回来，眉眼间是喜鹊登梅的样子。她有点神秘地对我们说：先人婆婆答应了，替我们牵一个男孙回来。婆媳之间，隔代相亲呀，婆婆与太婆婆关系不谐，但她心内有事，求的却是先人婆婆。我与先生对望了一眼，忍住了没露出笑意来，那时，我刚刚做过早孕试验，是阳性的。但从科学的角度来看，这么浅的日子，胚胎的生殖系统是不可能发育完成的。

婆婆不管这些。孩子来了，还真是男丁，在家族里，他是长孙。这就足够了。婆婆认下了先人婆婆的人情，认下了红花婆的道行。婆婆的受伤和痊愈用的是相同的逻辑处方。从此她再也没有不良记忆和烦恼，从此那个理直气壮……

5

这是一个叫做百二两的村庄。一路逶迤而来，时光的恍惚是很让人着道的：这村庄与我小时候生活的小城太相似了，高高的木棉花开满了树，树下有卖水果的人，行人的脚步不急不躁，眼眸里有些做旧有些凋敝。三十年的光阴，一座小城慢慢地城市化，一座村庄慢慢地城镇化。大家都在往前走。而今天我是倒着走的。

这是一个狭小的空间，红花婆午觉未醒，我们先来这里等候。外间氤氲着一股庙的气息，陈放着一个香案，供奉的不知是何方神明，侧旁还有一尊观音瓷座陪同着。不知红花婆信奉的是道家还是佛家。壁上张挂着几幅大红的潮绣棉布旗，是很老式的龙凤呈祥图案。以前母亲用于祭祀的案裙也是这样的纹饰，村气而静好。一拱小门通往里间，有一躺床，一桌台一电视。小门的门槛边，横置着一只竹椅，面前的小条凳上搁着一本日历，翻的正是今日，农历二月十九，写着"观音诞"。这是我所不知道的，之前，我一直觉得这种蕴含着另一个大世界的老日历阴气袭人。

墙外便是花巷。春日午后的桂树有轻微的声响。红花婆来了，这是她在走动，一轻一重，一噗一哧，对了，四乡六里的传说中她是轻微瘸腿的。每一个见过红花婆的人都说她在百二两，每一个见过红花婆的人都不知道她确切的住址和门牌。寻到红花婆，那完全是民间的力量。而这瘸腿也是她的力量之源。

我的心头砰砰擂开了战鼓。我即将与她面对面了。她就是那神秘的通灵的——巫。

6

红花婆进门了。我的梦醒了。

短发，消瘦，茄花色上衣，看不清的神态。

这是我第一次端详一个巫。这一端详，她竟不是巫，她就是一个乡间阿婆。

红花婆问：

忌日吗？

是的。

红花婆又问：

告知了吗？

告知了。

出门前，我在奶奶的香炉前插了一炷香。不到十公里的路程，香烟想必还袅袅着……

红花婆指导我点了五支红骨香枝，门上左右各插上一支，三支插在香炉上。然后，她跨过门槛坐到了里间的竹椅上。她侧面对我。问过我奶奶的名字和年庚，咒语开始像潮水一样涌来，我的思绪漫漶不清。我听得懂每一个发音，但听不懂任何一个词一句话。语言一旦被咒语整饬，它就会被无限夸大，别具一种威力。句子并不匀称，韵脚并不整齐，但它是被夹唱夹念出来的。一种韧性的、蛊惑的动人和铿锵。

我很快就可以见到奶奶吗？

我难道仅仅是为了见到奶奶吗？

我顺从地遵守了所有的预备仪式，我收敛起了往日的桀骜不驯，我低眉、虔敬地坐在乡村的天空下。我突然听到了奶奶的名字，红花婆叫她恒芳嫲。对了，我们的方言，奶奶叫做阿嫲。阿嫲叫住我：

孙女——

我见红花婆眯着眼睛，把脸侧过来朝着我。我愣住了。不知道该如何回答。

这次是红花婆的声音，她冲着我发威：

唦，阿嫲来了怎不叫唤？！

这是一个人格分裂的红花婆。她落神的时候自己是可以控制的，她自如地穿梭在自己和亡灵之间。

可是，红花婆错了。这个叫唤是千千万万个阿嫲的叫唤，而我的阿嫲，她称呼我是用独一无二的小名呀。

也罢，我已经想起阿嫲了，这个仪式还得继续下去。我回应了一声：

阿嫲。

阿嫲被我的叫唤激活了，红花婆退隐下去。阿嫲接着唱道，她想念我们。她阴间的钱银很富足。

我明白的，儿孙的孝道与否，全在这个钱银上。每一个亡灵，是不是都以此打开亲人之间的对谈？

奶奶走的那年，陪葬品里有一个纸糊的桑枝眠床，栩栩如真，床底下满满当当地装盛着金元宝。这些金元宝都是钱纸折叠而成的，我小小的年纪不懂死亡不懂悲伤，只被告知，奶奶在阴间有了钱银日子就会过得和美。我什么事情也不做，每天手指翻飞，只把金元宝折得又快又俊。大人们得空瞅见了便狠狠夸我一顿：你阿嫲没有白疼你！此后每年忌日，母亲都会在家里排办一个盛大的祭祀仪式。钱纸向来是丰厚的。

阿嫲的话不多，还重复。她一直在等我说等我问。她有的说对了，有的说错了。只是，它就像红花婆那些听不懂的咒语一般，我一个字也记不下来。似乎一复制，就走形了。

我一次又一次梗住了。我的身子坐着，可架不住我的心魂不时地游离出来，开很大的小差。我的意念并没有被控制，巫的语言并没有完全把我罩住。

红花婆数次忍不住浮上水面来，她问我，寻阿嫲出来，为的什么？

别人家，生活遭遇了不测，感情有了裂隙，事业发生变故。嗯。我都不是。

我只得回她：

三十余年没有阿嫲的梦讯呀。

7

我心里的疑惑层峦叠嶂，可是对于奶奶，我不知道从何
说起。

奶奶是一个有故事的女人。奶奶的故事与爷爷的故事藤
蔓交缠。

十几岁奶奶从海边小村庄被卖，来到太姑姑的家里帮
佣，据说，很得太姑姑心意。爷爷来太姑姑家里寄读，才子
佳人朝夕相处，衷曲便互通了。奶奶自幼没有名字，爷爷给
她取名恒芳，皆因他自己名为瘦梅。一枝瘦梅恒芳馥，爷爷
谅必是在名字里寄寓了深意的。爷爷一生从医，严谨而不拘
泥，医名甚好，况且文才了得，书法精湛，如果生在当今，
应是花月风雅的人物吧。惜乎生逢乱世，爷爷一生辛苦遭
逢，多年蒙冤流放，"文革"开始之后，爷爷纵身跃入江底，
彻底以一枝瘦梅的形象遗世了。这一枝瘦梅身边的女人……
她起早摸黑的，担过番薯，卖过桃李，走过深山，下过海
墘……她生过二女一男，二女俱因贫病夭折，只有父亲独子
传承下来。

我与爷爷的生命没有过交叉。爷爷过世之后，母亲才进
了家门。爷爷奶奶的这段故事，我是在很多年之后才拼凑出

来的。

我是奶奶带养到十岁的。

奶奶疼我。甚至从我出生那天开始，她就说我们家是养公主的，今后要招驸马，从不以女孩为嫌。她的疼爱是很务实的，她甚至满足我所有的小小的嗜好，番薯是要烤得双面都有焦巴的，睡觉是要贴住她的左腋下那皱褶的皮肉睡的，沿街叫喊卖干货的小贩来了，她是一定会奢侈地给我买上一捧薏苡仁的。

可是，奶奶对我的教育却极严苛，她大概真是把我当公主来养了。阿嫲没有读过多少书，但她教给我的所有道理都是儒家的，内敛的，严以律己的。我从小就像拘押井然的花艺那样，循规蹈矩。等到嫁人之后离开了娘家，我才知道，原来生命的枝条可以如此肆意地伸张。只是，再怎么伸张，那也是奶奶拘押的那个态势了。

奶奶对我母亲想必也是不宽容的，只是母亲进门之时，已是一个不服拘押的年龄了。我小时候只站在奶奶的一边。那时候，我与奶奶意识一体。许多年之后，我才从母亲的断续话语里知道了真相，那是我重新阅读奶奶的另一个维度。

奶奶心比天高，生不逢时呀。

对着红花婆我问了三问。

第一问：

阿嫲，你对阿公的爱情怎么样？你怨恨过吗？

红花婆不懂。

第二问：

阿嫲，你和母亲都与外人友善，亲邻口碑极好。你们相互的感情为何未能交融？

红花婆不懂。

第三问：

阿嫲，很多年下来我才明白，我的性格里沿袭了很多你的东西。人到中年，我时时在检省自己。你能够给我什么启迪吗？

红花婆还是不懂。面对我的问题，红花婆没有放弃过回答，但她的话语从没有在这些问题的内核上停留过。

我听到一颗陨石坠地的声音。

8

我和红花婆，不知道哪一个错了。

我虽然因为思念和思考而病着，但我的病症在巫的世界里难以归属。

9

朋友看过我的这些文字，冷峻地问：你这为的什么？——证巫吗？

这话把我惊醒。

　　我把自己逼在心灵屋宇的角落里，眼光从一个最黑暗的地方出发，惶恐地扫视了周遭一圈，然后投回自己身上。果真如此吗？我本是为了解开自己心锁的某些密码而来的，可是，我被挡在了门口。当转身离开之时，五色云雾缭绕……我误以为自己已经得到了，可我得到了吗？！我这个没有身份证没有认同感的陌生闯入者，端着一盆水往巫的世界兜头一淋，便以为一切都是水淋淋的？这个女子，不止隔膜、冷酷，还自以为是……更让人恐慌的是，做着这一切，她竟然是盗用了奶奶的名义和爱。

　　这是不为我自己所见容的。可是，如果这一切，不是我内心的苦闷和痛楚，不是我在梦境的开合中有了思虑，不是我被遮蔽的脸庞希祈阳光朗照……那么，这一切，这一切又有什么意义？！

　　我承认，我对巫充满了犹疑，这种犹疑有着太多的指向性，它可能是对于巫的本身，也可能是对于作为巫的替身的红花婆。当然，也可能是我自己的意识层次和决断能力的问题。既然存在着自身的可能性，那我何不打破那个包裹着自己的狭小的果壳，让新的思考伸展出来。

　　在理性思考之前，我的裤兜里一定不可避免地装满了许多的前提，它们与个人和集体的经验有关。这些经验到底是公正或者偏倚、饱满或者干瘪、宽容或者狭隘……最重要的是，哪里才是它们的适应范围。我们已经习惯了用温度计来测量气温，酒精温度计或者水银温度计，可是，当进入酷寒地带，水银温度计终因水银凝固而失灵了……坐在红花婆面前，听到陨石坠地声音的那个我，难道不是中了逻辑实证主义的圈套么？！

巫其实是何等弱势。与宗教来作比较，同样是信奉超自然力量，甚至在史前时代，他们还是一体的。可是，在我眼里，宗教是男性的，属阳的，他对于这个世界有着整体的理解、憧憬和规划，他是有野心的。而巫是女性的，属阴的，下位的，她只是被动地、弱弱地给出对策，局部地，甚至零星地修改和安抚。她是弱者的武器。

真伪判断对于巫来说真有那么重要吗？她只是一个民间的灵疗师，不用药不用石，在伤口上呵气成烟，那血便止了，新的肉芽生长起来，人的元气也便生长起来……如果我们的乡村，还有人需要在红花婆的咒语声中获得安静，获得能量，那么，就让她留在山村的门楼和山墙里吧。

到达奶奶的那个世界，想必还有别的路子可通。

乡 神

这边的世界没有谷穗，

那边的世界呢？

这边的世界还有欲望没能达成，

那边的世界呢？

1

从小没有人告诉我，老爷是干什么来着的。他凭什么对我们小巷子里每户人家的东西有着先占权，又凭什么获得所有人最大的尊敬和畏惧。家里的东西永远分成两种：已供的和未供的。未供的，那需要老爷先来动它。今天看来，也不是珍贵东西：几块散装的甜饼干，盖着一个"囍"，有着一点点的蒜香味儿；一分钱一只的地球糖；一分钱十只的"壁虎卵"（究其实那是一种很小很小的糖丸呀）；家里自制的粿品、糕点、酥饺和炸番薯丝炸芋丝……就这些，已经是童年的贪念之物了。童年的我不算很淑女，有时乖觉有时犟，但每次盯着那些供品，目光却会伸出长长的邪恶的魔爪。这时候，奶奶慈爱的脸上出现从未见过的凶煞，她赶忙迎战过来，叭的一声，她眼光里遣出的正义之师把我打败了。我立刻低下了眉眼。奶奶永远说的是这么一个理由：还没祭拜老爷呢！我不服气，追问奶奶：为什么？为什么老爷得先吃？奶奶说，老爷是需要敬的。我接着缠磨：为什么？为什么得敬？奶奶想必被逼急了，就说：不敬，老爷就不保佑我们了。一颗种子就落我心下了：原来老爷这么不宽容，锱铢必较，快意恩仇呀。在物资并不丰厚的当年，老爷的存在对于小孩子是一种多大的冒犯！我们住着的那条小巷子叫做草衙门，草衙门的孩子都跟我一样，从未见过老爷的样子，不过，小伙伴们谈起老爷的时候，分明把他当成邻里的一个样貌模糊、性格自私的半老人。

这么说着，老爷这个称谓是不是有些令人迷糊？对了，老爷是我们潮汕民间对所有神明的统称，令人费解的是女神的性别是可以忽略不计的。在我童年的小城，老爷指的是：地主爷、祖先神、正月初一祭拜的井公井嫲、中元节祭祀的孤魂野鬼、八月十五祭拜的太阴娘……

父亲对于老爷的态度有些冷漠。

共和国成立的那年父亲只有八岁。一段历史被改写的前后左右，平民百姓大都连生理需求都得不到满足，安全感匮乏，归属可疑。饥馑、贫穷、动荡、冤屈、死亡……这些几乎都是家常便饭。更别提生命是否得到尊重，自我是否能够实现。历史如果一定要赋予一个家庭以不幸，那么孩童一定是首当其冲的。爷爷蒙冤流放的当年，父亲正在一个最需要父爱的年龄。这场风暴不止把一个孩子的父爱卷走，还继续留下来漫空肆虐。父亲内心的高强度煎熬从那时候就已经开始了，一辈子再也没有停歇过。两年前，有一位老师给我看过生辰八字，连带地把父亲也给卜了出来。他说道，我的父亲毕生都坐在一盆火上，痛苦不堪。这个卜辞让我大为惊怵和震撼。惊怵的是，父亲与我之间的秘密连结，竟然是深刻到可以在八字上彰示出来的地步。震撼的是，一直以来，我对于父亲的理解太过表面化了，从少年到青年到壮年时期，他都在坚持不懈地以自己的人力来修复人生的缺憾，事实上，他也为自己画了一个不错的圆。在我们生活着的小城，他的医名远播，备受尊重。他不止临床经验丰富，而且理论基础也扎实，撰写发表的论文达数十篇。更重要的是，他有着那种医学从业者少见的激情，即便年近古稀，他依然经常跟我讲起这样的那样的专业发现。然而，他就如一棵遭受雷击的小树，再也长不到本来应有的高度和冠盖。他从未获得过机会踏入医学的正规学堂，从未见过梦寐以求的实验室，从未有过能够主持一个科学研究项目的机会……在深层，他确实有着自己无法超脱的悲剧意识，历史性的，也是个人性的。

在父亲的命运几经颠簸之时，不见有哪位老爷指派使者前来施降雨露，或作精神上的牵引。他的心内明镜高悬，只有他才是自己的主宰，老爷，那算得了什么。潮汕人拜老爷礼仪繁缛，而且，绝大多数的祭祀都得由男人来上香，男性的性别特征把祭祀装点得更加庄严和强健。奶奶在世之时，父亲上香时谦恭而文雅，这个面子与其说是给老爷的，不如说是给奶奶的。奶奶离世之后，由母亲接过衣钵主持家里的祭拜活动。一切都已成惯例，父亲也不好反驳，只是神情总是有些不同了。祭拜于父亲来说，只是一种习惯，像穿衣洗漱一样，毫无威严可言。有时候我拿老爷开涮，我说：怎么，地主爷也中暑了么？跟我一样，需要喝绿豆汤呀。父亲潜在的怨气顿时有了出口，他孩子气地顺势说道：地主爷成天藏在地底下，那里凉快着，中什么暑？！母亲只有气急地把我们往其他房间推搡去，自己赶紧跪下向老爷请罪。

　　不知道从何时开始，社会主流意识开始把拜老爷称做"迷信"，并加以蔑视、批判和取缔。想来那应该是上世纪六十年代中期"破四旧"时候的事情。此后将近二十年的时间，政府管制的链条时松时紧，民间的香烛也就时明时灭。风声鹤唳之时，大规模的拜老爷、游老爷活动自然是非停不可了，只是各家各户关起门来暗下烧香，却也奈何不得。我家也不例外。在神的世界里，母亲依然是正八旗血统，把持着祭拜的话语权。而我和父亲这两个没有精神信仰的人，则像是头长反骨、各怀鬼胎的小喽啰，一旦听到了城墙外起义的号角声，赶紧起而策应。主流的洪潮声势浩大，我们被卷入其中做了两片随波逐流的叶子。我与父亲本来是企图起而抗争的，却跌落在另一个陷阱之中。个人的力量是那么的单薄，像一滴水那样，要么干涸，要么流入这边的河流，或者那边的河流。

2

一方水土养一方老爷。嫁人之后，生生地把自己嵌入了一个陌生的家庭，连这个家庭的老爷，也是那么的陌生。那个时候，民风民俗已经得到了尊重，民间信仰早就劈开铁锁走蛟龙。在历史的进程当中，人类总是以某一种欲求为目的而放弃其余，而一旦旧传统被打破，人们又会为之抱怨。民间信仰正是在抱怨声中重新捡拾起来的。

每年农历的四月十三，婆婆总是提早打来招呼：使者公生到了，回来吧。

婆家所在的外庄，这是一年当中最隆重的节日了，连续大庆五天，老爷宫前的戏棚日夜连轴做着大戏。婆婆的这声招呼颇有深意。祈求神明为我们庇佑是题中应有之义，乡里最为热闹的娱乐活动婆婆当然也希望我们能够分享。除此之外，还有一点颇为微妙，家族对于游子的权威感是需要藉此维护些须的。

刚刚嫁入婆家的时候，我还是一个性格耿介的女孩，个人的自我感觉刚刚萌芽，对于自由的追求几近盲目。供品的问题已经不是问题了，但我对老爷有了新的敌意。我和先生在城里过着自由自在的二人世界生活，但拜老爷的时候婆家总有诏令把我们召回。这时候，老爷更像是一个盯梢的猥琐小人，暗里对我们进行窥视和弹压。十多年过去了，想必我是做过不少抵抗的，但一个小媳妇儿想必没有多少胜算。况且，老爷身上披着的象征性彩衣，不止强权，还有亲情。在这两者的拉锯战中，我也慢慢地成熟了：那是外庄人重要的精神生活内容，绕不开的。入乡随俗，出乡脱俗吧。既然绕不开，那我何不敞开怀抱，微笑面对。

　　说起外庄的老爷，使者公是理所当然的男一号。所谓的使者公生，就是指使者公的生日。据说，使者公是中原一位曾经出使番邦的官员，他与潮汕人非亲非故，是一个"水流神"。外庄临江，喝的是韩江下游的水。使者公的神像不知因何变故，又从何处而来，漂呀漂，就漂到韩江下游。外庄的打渔人第一次把使者公打捞起来时，心里扑通一惊，赶紧把渔网重新沉下去，换个位置重新打捞。哪里知道，第二网、第三网使者公又上来了。打渔人便问：老爷愿意在此住下？使者公的眼里流出了泪，不，是木头神像流下了泪。打渔人不敢再怠慢了，扛了神像回乡。当天夜里，全村最老的那位叔公做了一个梦，使者公告诉老叔公他的生日在四月十三，并说道，他请了城里某某戏班前来庆寿。老叔公梦醒，即见戏班来人洽谈送戏入乡的事情。这两个小传说，第一个为使者公和这个村庄的缘分奠定了深厚的感情基础，第二个为使者公树立了神明的威望，全村俱皆为使者公所慑服。

有道是，"水流神显外乡"。外庄人总是说使者公很"显"，很灵应。城里来的那些拐着弯的亲戚，更是对使者公着道。第一年许下愿的时候，老爷宫前那棵木棉树还开着末班车的花，回去之后，那生意呀就像木棉籽包一样蓬蓬蓬胀满了，破了，棉絮满天，籽儿随风落了土，那新的生意又一桩桩地生长出来。生意人恨不得把心都掏出来上供，于是第二年，便风光地来为使者公添香油，又带来一帮善男信女。使者公的香火，就这样长盛不衰。有一点或许连老爷也始料不及，献祭老爷化掉的那些钱纸灰，那也是可以使人发家的。老爷宫北面新建了一座壮观的建筑物，我第一次看到的时候对它洞开的壁窗充满了好奇，便走近细瞧，才知道那是化钱纸的。老爷宫看门的哑巴婆是一个离了婚的女人，供养两个孩子上学，乡里的老人管理组看她凄惨，就把这活计给了她。她倒是争气，把大孩子供上了大学，家里还建了一落新厝。乡村的信仰向来有着浓烈的道德热情，这也算是正得其宜。

对于外庄，我其实并不是很熟悉。仅有的数次，走出婆家的院门，走向这个村庄的经脉和脏腑，几乎都是祭祀活动。有一回家族拜老爷聚餐，我问过大伙：这村里到底有多少老爷？大伙就逐一算起来，竟然有三十七尊。这个村庄方圆不过三平方公里，人口也不过数千。乡村的老爷，队伍真是庞大，是我童年时难以想象的。不久前，婆婆因为上消化道出血住进了医院，医生询问病史的时候，我才惊讶地发现，婆婆竟是因为拜老爷给累倒的。在潮汕农村里，拜老爷实在是一个女人毕生至要的事业。回想起来，与婆婆相比，我母亲那还真是小巫见大巫了，她甚至没有进过一座老爷庙。我与母亲较劲了许多年，到了婆婆这里却安静了，宽容了。婆婆离我更远，远到我可以对她静观。

午饭后，婆婆带我沿着乡间小径巡了一圈。这些庙宇当中，有堂皇大殿也有蓬荜小屋，老爷们在民间的威望和待遇与他们的地位和名气并没有固定的关系。声名煊赫的关公老爷可能屈尊藏在谁家屋后一棵大榕树的根须里，或者小路转弯的地方；而像使者公这样不列神仙榜的，却高居雕梁画栋的庙宇，排场铺张，大有降龙伏虎之势。

转眼便到了妈祖宫。早间我听妯娌们嘀咕，这里的妈宫供奉有"老妈"和"稚妈"，她们还啧啧赞叹稚妈年轻靓丽。这事有点暧昧，在潮汕方言里，"老妈"和"稚妈"这两种称呼听起来似乎是哪位神明娶了年老和年轻两房妻子。大家都知道的，沿海地区多有妈祖信仰的，人家林默姑娘可是一个黄花闺女呢。我走近神像去细细端详，这一来可看出端倪了。"老妈"是这宫里的老神像，油漆剥脱了，神裙褪色了，流苏残断了，神情也便呆滞了。"稚妈"是新塑的神像，鎏金溢彩，与"老妈"的形制并无二致。婆婆听到这个解释颇为惊讶，但她似乎不觉得这与她祭拜老爷有啥关系。信神的人，大概也是用不着太明白的吧。

走下祭殿，迎头撞上一位面容凝重、目光躲闪的大婶。只见她在供桌摆上一对大柑，两包沙琪玛，拈香拜上，口中念念有词。我在廊柱下听不到真切的祷词，只是在迈出宫门的时候，听得她一声惊喊："啊！谢谢'老妈''稚妈'！谢谢'老妈''稚妈'！"声音喜极而泣，但整个人都已放松了。婆婆小声对我讲，大婶的夫婿生病了，去医院拍片，说是看见"物件"，即将到大医院复查确诊。"胜杯啦。'老妈''稚妈'想是答应帮她了。"

大战来临之前，大婶先自心安了。我相信，如果事情发生在我的身上，婆婆也是这样为我祈福的。整个外庄人用的是同一把檀木拐杖，没事时供着养着，一旦有个三灾七难，它是可以挂起来的。

3

父亲听说我要专程去南村看大仕老爷，不免面露嘲讽。好比我们原来是同党的，突然之间，他发现自己的女儿叛变了。一个父亲，对于儿女成长的认知总是后知后觉的，他潜意识里大概总是害怕被丢下，所以，记住的总还是孩子的童年。

而我毕竟不同了。我对老爷已经不再持愤激的成见，相反地，我感谢他为我们安顿了许多或者无奈或者无望或者恐惧或者颤栗的心灵。这在农村大地，是一个多么重要的精神工程。有时候，我倒是挺羡慕那些信神的人，他们把灵魂和心事托付给了老爷，心里的牢笼也便打开了栅门。我甚至这样想，如果父亲也有一种信仰的话，他毕生的煎熬或许会缓解一些，他把不应该一个人背负的东西全部揽下了。而我自己，在彻底获得信仰自由之后反而迷惘了。我意识到，对于旧传统的挣脱并不是自由的本质，它只有在自我内部的精神规则重新建立起来之后才能够被获得。可是，我的新规则在哪？

南村是二妮的老家，同样说着潮汕话。我们在潮汕平原的东北边，饮的是韩江水，那口音是水性的，有乐感的，轻糯的，像一匹缎面棉布，阳光下活泛温柔。南村在潮汕平原的西南边，饮的是练江水，那口音是山性的，有棱的，带了气势和魄力，似乎还夹有一层海水的咸涩味。小时候，我的耳朵是经受不起这种练江语言的，只要练江人一开口我准以为他们在吵架。语言决定性格，韩江人与练江人的做派全然不同。只是，从我们汕头的家到南村，相距只不过两个小时的车程。

南村像一条蜈蚣斜趴在南山上。蜈蚣的身体就是那条上山的路，大仕老爷坐着的那个位置无疑地就是蜈蚣的头部。山路的两旁整齐划一的老房子，凑足了这条蜈蚣密密的脚。那些老房子还是瓦脊的平房，想来房龄不在数十年之下。它们的工整很让人生疑，这竟然不是一个家族，而是一个村庄。我似乎嗅到了什么味儿。

我是第一次来二妮家，她的大家庭我们头一回见。这是一棵树大根深的大榕树。平日里，妮爸妮妈两个人留守着，二妮兄弟姐妹七个人都已放飞，只是，谁家的孩子没得带，还送回南村来，爷爷奶奶的冠盖总是可以遮风挡雨。整个南村大抵都与二妮家一样，空巢时候有多萧索，这个七月半节，阖家来归祭拜大仕老爷时就有多热闹。巷里巷外，到处是宰鹅宰鸡的过节模样，听得马达声突突的，就有谁喊"二姑娘回来了"。进门时一定要先去厨房问候的，妮妈和妮细嫂是大功臣呢，即便给她们满头插满花钿那也不足以表达敬意和美意。细兄细嫂这一房在数百里外的大都市已经开枝散叶，是祖父祖母级的人物啦。农历七月刚过，把细兄留在城里看门，细嫂便率先回乡，做大箕赤糖甜粿、炸煎腐皮、花生、粉丝、香菇……备办节料她是行家里手。赤糖甜粿是祭拜大仕老爷的重要行头，家家户户都放在家门边显摆。二妮自负地说，他们家的赤糖甜粿在乡里无人能匹。那面积之大是可见的，如小圆桌一般，可那柔滑和韧性就非我们外人可知。二妮说，内行人一个指头按下去，就知道它的品质。说穿了，那秘密就在糯米粉与开水搅合的"擂"功上，擂上一泡工夫茶的时间，那也是可以的；但是，擂上一顿饭的时间、擂上小曾孙女一个下午觉的时间、擂上一出长连潮剧听完的时间，那口感绝对有所不同。我有多长时间没吃过自己人做的粿品了？在城市里，每次下馆子，儿子首选的都是西餐厅，牛扒、香草酱、芝士、汉堡、薯条、铁板烧……这所有的意象都集结在一个词里——速度。时光是一个可塑的模子，有的人把时光变成一条蜿蜒流动的溪流，有的人把时光变成一条凝固坚硬的钢铁棍。

夕阳西下的时候，二妮急不可待地带我们上南山了。

南山的山径修得齐整，路旁的柿子树挂满了果子，还是绿的，二妮絮絮叨叨给我们讲柿子红了时节的陈年往事。山径上人来人往，二妮不停地打着招呼，看起来有半村以上的人是相识的。二妮在城市里当记者，在南村名声响亮着。南村人赚钱是很有门道的，但文化人不多，像二妮这样的文化人就更受尊重和惦记。有一个二妮叫做某某兄的，拉住二妮嘀咕了一阵，看样子不止是套近乎，是有正事说着呢。看看大仕老爷的庙宇到了，我便跟二妮打了招呼先去观瞻。

大仕老爷的门户太矮了，塑像太小了，但站在半山腰，我倒是先被那些老爷袍的气势给震住了。这些用于献祭的纸袍子做得美艳无比，一蕊花、一只鹤、一道云纹，都是精致的手工。这是我平视时候的第一眼。可是，这纸袍子太高大了，足有数层楼那么高，我只得退了一步又一步，头不停地往上仰望，这才看清了它的真面目。山坡上，长竹竿把纸袍子一件件地撑起来，斑斓地披挂了半个山头。七月的山风在纸袍子上滚过，发出轻微的瑟瑟声。站在老爷袍的裙裾下，人有一种被倾覆的感觉。

二妮很快赶了上来。陪我在南村的这两天，她嘴巴总在不停歇地讲。一会儿说这些纸袍子，一会儿感叹刚才表兄给她讲的事情。她说，表嫂的村子因为卖地问题，村民与村官闹得地动山摇，表兄曾经想找她给报道出来。二妮苦笑了一下：表兄高估了我这个地方小记者的能力，这事情根深着……我同情地看着她：那后来怎么解决？二妮说，有一个村民通过关系找上省城的记者，听说报道这两天给捅出来了……这个游戏规则倒是人尽皆知的，那是借外来的"强龙"来斗"地头蛇"呀。二妮神秘地说：表兄说找到这记者之前他们专门过来祭拜大仕老爷，许过大愿……

据二妮说，每年春节一过，妮妈和乡里的阿婶阿姆就开始制作这些纸袍子。除了袍子，还有官帽、官靴。虽然都是巨构，但工夫都像心意一样，绵实着呢。与大仕老爷服饰的庞然相比起来，那些按照日常人的尺码来制作的袍子和靴帽，显得玩具一般。可是，那是成批成批制作的。南村人说，大仕老爷的军队和随从，也需要配给呀。在南村人的心里，安放的是一支庞大的军队，一整个强劲的保障系统。想想妮妈和乡里的大妈们，从春节后到农历七月半一直在为大仕老爷当着义工，一年的光阴当中，这都过去大半年了呀。

二妮突然指着不远处一栋绿窗子的现代建筑告诉我，那就是"管老爷的"，他们做了不少事情，修桥铺路搭戏台建运动场，那都是需要大仕老爷的捐款。村里小学的教师也领老爷的津贴。二妮的话很让我惊讶，这个"管老爷的"权力也太大了，它几乎是整个南村的政治经济文化中心了。我猜，所谓的"管老爷"，大概就是负责管理大仕老爷祭拜活动的组织。更令我惊讶的是，话题一旦涉及大仕老爷，二妮就不是我在城市里所认识的二妮，她的语言和思维方式都南村化了。二妮就像一个风筝，不管飞出南村多远，她的线还握在南村的手里。

大仕老爷在南村的地位，大概就如使者公在外庄的地位了。不过，外庄人崇文，南村人崇武。问过许多南村人，没人知道大仕老爷的确切情况，只知道他姓罗，是南村的祖先。他原是一位将军，带兵打仗，功绩伟卓。传得最神的是，日本军入侵那年，当地官兵势单力薄，眼看着已抵挡不住，突然半山间闯下一支军队，领头的将军正是威武的、足与山头齐观的大仕老爷。当地官兵顿时士气大壮，奋力杀向日军。奇怪的事情发生了，日本军的战马见到了大仕老爷，马腿都软了，就地踟蹰不前，被当地官兵杀了个落花流水。或许就是这一役，南村人知道了，大仕老爷竟然是山一样高大的体格。

我对大仕老爷脱帽稽首，只是不行跪拜之礼。这几乎是我面对各方神佛所采取的态度。在我看来，这是有所不同的。我虽然尊重他，但我只是一个神秘体验论者，在精神上我依然是自由的。

转过那栋绿窗子的现代建筑，我发现它的正门顶有一块魏碑体牌匾，上面赫然写着：南村居委会。

不知是谁说过，一个人如果意欲郑重地生活，就必须正视理性与信仰、自由与必然……那么二妮正视过吗？她的内心自由吗？整个南村其他的人呢？

先来说说我自己的心路历程。

我确信我是一个被各种信仰抛弃的人，或者反过来说，是我抛弃了它们。在我的内心决绝地远离民间信仰之后，其实我曾经向各种信仰投诚、靠近和探寻，我发现，我的生存需要依赖于它们的文化，就如依赖稻谷、蔬菜和水一般。而令我不得不却步的是，信米饭的人大都不承认蔬菜同样可以给人救赎，而信蔬菜的人大都不承认水也同样可以给人救赎。我相信它们向往的是同一个高高在上的世界，但它们相互之间没有通路，它们的路人也不能相互搀扶和相互慰勉。有的人，口味可以比较单一；有的人，口味可能非常驳杂，就如我自己，我不能确定我只喝水或者只吃米饭就能够成活，就能够满足。我幻想着，是不是可以有这样的一个精神世界，它像一个罗盘一样，每一个方位都可以承载一种信仰文化的精髓，而整个罗盘它是指向远方的……

到了南村之后，我的美丽幻想被粉碎殆尽。如果说在外庄的时候，我还能站在远处静观，无疑地，在南村我已经不能够。"国之大事，在祀与戎。"在南山的山坳里，在一个相对封闭的背景之下，大仕老爷的威严就如他的那些纸袍子一样，可以遮天蔽日。个人变得微不足道，蝼蚁一般。谁会在乎一只蝼蚁的思想呢？！而在更大的背景之下，譬如国家、族群聚居地，是不是到处都有一座又一座的南山，到处都有一群又一群的蝼蚁，到处都有一件又一件有形或者无形的纸袍子？！

　　七月十四当晚十一点，也就是交过了七月十五的子时，南村人家家户户用扁担挑了两筐祭品上山，当头的一筐就是赤糖甜粿。祭拜者把山径填得满满的。白天里，那条慵懒地斜趴在南山上的"蜈蚣"，顿时神气起来，身子一抖，竟变成了一条长龙。龙头处香火通明，如同白昼。

　　南村人在他们的世界里欢腾着，为避开人群，我选择了另一条小径下山。满月照着我孤独而无助的身影。

私塾、故乡与远方

这个文章无数次开了头又无数次被否决，我终于明白了其中缘故。我发现自己是一个无情的人。如果这件事情痛快承认起来还好，问题是，我一直在用力抵抗，还企图寻找无情背后的根源。

我要写的是戏剧，而它的源头，于我来说，就是我们的方言戏潮剧。

我起身去冲一杯咖啡，想理一理头绪。

忽然想起美国顾德曼剧场演出的舞台剧《白蛇》。那是我迄今看到的最有意思的白蛇故事。白蛇故事涉及人佛妖三界，改编空间非常大，有些根本就是借用这些知名人物的躯壳，重新敷衍和铺排。我只想说那些忠于原作的。之前，其实我不喜欢白蛇故事，潜意识里大概是嫌弃白蛇情商太低了。作为一个千年修炼的蛇妖，喜欢男人没错，错的是喜欢上许仙。男人不是不可以弱，但弱得没有自我，没有爱和担当，他干脆跟法海走了算了。美国版的许仙不再是道义和法力的玩偶，而是一个真实男人，他虽平凡，但真心在。当

205

水漫金山之后，他对白蛇的表白是斩截的：在这场翻天覆地的闹腾中，他明白了她的爱。他们的爱情是在故事当中成长的。而之前，许仙对白蛇和青蛇的各种异象并非纯然不觉，每次心中一动，许仙身后就会出现一个小人。这个小人像影子一样，只在某些瞬间闪现，有时站在许仙身后，把手指越过他的头顶，探一下探两下就隐身了、沉默了，有时是露出了半边脸，面上是惊恐或者犹疑。端阳那一天，许仙与白蛇坐在一起把盏饮酒，许仙身后的他异常地活跃，时而张牙舞爪，时而紧张地内抑下去，他甚至整个人不安地从许仙的身体里跑出来，又返回去，直到许仙看到了白蛇的真身，一命呜呼。正是因为这个小人，我爱上了许仙。

其实我想说的不是许仙，而是他身后的小人。

现在我身后站着好几个小人。她们来自不同的时期，既是我，又不是我。她们相互掐架，相互否定，相互推搡，令我不得安宁。当重新坐回电脑前，我发现由于《白蛇》的缘故，我回到了那一次的剧院体验，有一个小人得胜了，她把话题拉到当下。

是的，我已经不喜欢潮剧了。我一次又一次去参加戏剧节，看外国话剧、歌剧、舞剧、肢体剧，我爱上了另外的一些东西。

可是，我身边很多人一听到戏剧节，就说：

"哦哦，你向来就喜欢潮剧。"

似乎没有太好的渠道可以告诉他们真相，无数次的强调得不到认同之后，我终于发火：

"我说了，我不喜欢潮剧，现在！"

对面的人静了。

他不知道哪里出了问题。就这事还需发火？不过，细想就懵了，这个人居然连潮剧也不喜欢？！

这场火发得有些莫名。对于戏剧这个概念的认识，乡人大体是把它与潮剧等同的。这也难怪，二十世纪以前，在中国，戏剧向来就是专指戏曲的。而一个封闭生活于某一地域的人，他总是擅做主张，把自家的东西代入整体。对于常识的冒犯，如此难以饶恕么？除此之后，还有一点是关涉个人的。对于一个人的理解，那些不远不近的朋友、熟人，他们通常是用几个关键词来粗鲁限定的，这些关键词十年二十年不变，人已然走远了，而它还在原地。潮剧，大抵就是他们为我圈定的关键词之一。为了他们的圈定，我是否必须回头走走？

一开始接触潮剧，它已经是个老家伙了。外嬷爱看戏，我还未懂事时，就知道潮剧比外嬷更老。每次随外嬷和母亲去灯光球场看戏，从外嬷口里听到的，它似乎是家门口的老榕树，长胡须的，需要仰视的，又是可以受其福荫的。况且，它说话向来铿锵有力，还难以涂改，有一种不可辩驳的权威感。或许，对于当年的我来说，这种民间的地方戏剧更像是一座私塾，私塾里那位安之若素的老先生，一手捻着山羊胡，一手摇着写有"厚德载物"之类的折扇子，讲的之乎者也，常常是每一个字都听得懂的，但接成了一句就懵了。听不懂不打紧，可以熏，可以浸，即便是木头即便是石头，时长日久了便懂。不见得是真懂，道理是模糊而又混沌的，难以像数学算式那样有一个真刀真枪的计算结果，但到底是懂了。不过，这老家伙的容颜却并不老，舞台穿红戴绿，角色夫生妻旦，唱词婉转缠绵。它是穿了一身年轻外衣，风流倜傥地潜行来到这个世界的……

> 阵阵薰风稻穗香，
>
> 榴花灿烂接端阳。
>
> 韩江竞渡无心赏……
>
> ——《刘明珠》

年少时，我可以把很多出戏的台词整段整段地背出来，像流瀑一样一泻千里，气势磅礴，直把面前的人听得面如土色，或者厌倦不堪。读小学三年级那年，家里借得潮剧《刘明珠》的两盘唱片，里边附有一张薄纸，正反面印满整出戏的剧本。小时候是爱刘明珠的。这个女子一点不像人们印象中的潮汕姿娘仔。她父亲是潮州总兵，被辅业亲王暗里杀害之后，她一个弱女子竟然迢迢跋涉进京，要为父亲讨回公道。戏剧都是需要巧合的。第一个巧合，她在途中碰到了出巡的海瑞，得其相助；第二个巧合，辅业亲王已是被帝党（小皇帝和太后）觉察的心腹之患，她的复仇大计虽然像走钢丝绳一样既险且阻，终是在帝党的默许之下，用御赐铁如意在金銮殿上手刃仇人。这个结果大抵很可满足民间需要。复仇是切身的，也是道义上的，这使得它拥有了内外兼收的快感。而弱势者在与强权的较量之中得以翻盘，那简直逆天了。大幅度的起合，高强度的快感，对于少年血性，都是良好催化剂。而刘明珠性子虽烈，但在整个复仇行动中扮演的却不是铮铮女汉子的角色。遇海瑞，是她在上京途中，偶然得见父亲荒冢，哭坟之声恸彻肺腑，这个女子，悲愤中带了弱。而她最后赢得上殿伸冤的资格，是奉旨串得百花珠衣为太后祝寿。这个串珠的女子，是柔。绵里藏刚，仿佛乾坤倒转，只在小女子的一针一线之间。这便合了看戏少女的心意。

那时大陆的影像出版还滞后，这套唱片是香港出版的。繁体，字比蚊翼还小。但我看得上了瘾，为把它定格下来，遂用学生格子簿来抄。不懂的繁体字，请教大人，查字典，还有连大人也不懂查也查不来的，干脆用放大镜去看，然后一笔一画描下来。抄了三整本。

这番壮举，相当于节日庆典了，而日常生活当中，潮剧也无处不在。不论是做作业还是冲凉，据当年我们院子里的大婶说，我的哼唱一直不眠不休。估计她是被烦过。她的孩子都不是读书的料，她对我母亲表达过困惑和轻微不满：每日唱潮剧的人，还能考上大学？！前不久，在改建过的院子外碰上她，三十多年的光景了，大婶几乎认不出我，后来认出了却忍不住抖我的老底，她说：冲一顿浴的工夫，竟可以唱十八出戏呀。我听罢不禁羞赧不已，却对那简陋的冲浴室有了神往，当年午后的窗口透进来的光柱，似还打在那个赤条条的小女孩身上。"歪楼"一下，想起阿拉伯历史学家伊本·赫勒敦说过的一句话："当享受热水浴时，吸进的热气加热了他们的灵魂，他们常常因喜悦而歌唱。"这么说来，当时，唱潮剧还是与灵魂相关的事情。

有一个奇怪的现象，那个拉开当下话题的小人，她还没有展开话题就被抢白，关于少年往事的回忆，是另一个小人在说话。

其实，如此急切辩解"我不喜欢潮剧"，已经不止一次。

是的，那是我身后的又一个小人。咖啡凉了。她们的吵闹慢慢温煦起来，或许，内心困惑的问题已经解决，闸门洞开之后，接下来会是一场庞大的叙事，是她们退隐的时候了。

那时候，我已经读大学了。遵庭训，我上的是医学院。学校坐落在桑浦山脚下，虽然没有离开潮汕方言的土壤，可是，同学来自五湖四海，文化观念驳杂，氛围已不适合地方文化成长。那年月，香港的粤语歌曲像一股寒流凌厉入侵，广府地区的同学自然成了先锋，本土的时尚人士也策应起来。正像许多人所认为的那样，要进入某个圈子的上流社会，除了接受更高雅的教育，就是彻底改变自己的乡音。他们一听我开口唱潮剧，便稀奇得要命，那眼神，让我觉得自己是一出土文物。可是，说我是在那一股恶势力压迫之下低头，那也根本不可能。爱过刘明珠的女子，哪有什么可以压迫得下，有压迫，只会反弹。说到底，问题还出在自己身上。潮剧，它不是单独存在的，它与潮汕风俗习惯同在。比如祭神，比如男尊女卑，比如封闭。在一个打开的琳琅世界跟前，我替它露怯了。它最好被埋葬了，就像根本没有来过这个世界，它最好离我远点就像我从来不曾认识。年轻时的势利是很决绝的。我找到了它的升级版：越剧、京剧、昆曲、豫剧、黄梅戏。到了这时，唱片行业已经兴旺，购买潮剧唱片不是难事，但外地剧种依然难求。我把求购的剧目写在一张张卡片上，托付给奔往全国各地求学的同学和出差的亲友。信鸽飞走之后，我便经常眺望蓝天，等候讯音。在诸多剧种中，我更喜欢越剧，那江南的吴侬软语，虽不能言，但能唱。像梦中情人，它只负责给人旖旎和美好。人家听着，虽未听懂，只说是好。这大概也可些些满足虚荣心。

　　读医诚非我愿，但读了就得读进去。医学院的女生，大都需要用大半个学期来适应解剖课。我是例外，心下有贼胆，在尸池边来去自如惧色全无。那些肌肉大卸八块虽然学得有点糊涂，及到了神经系统，条分缕析竟然背得得心应手。医学生的课业向来繁重，每天晚上我去医科楼自修。一天路过门房伯的门口，发现他在拉奚（有）弦。气息是可以闻得出来的，阿伯喊住了我。当门房官之前，他在县潮剧团当过伴奏。只见他掏出纸片，刷刷写下一段曲谱和唱词，一看，正是当时当红的一出戏。像古老的教戏师傅一样，他教我唱腔，并给我伴奏："汉高祖乃是一代明君，创大业不惮南战北奔，为何一朝晏驾后，汉家天下乱纷纷。小王读史心难解，敢请师相释疑云。"这是皇储读过《汉书》之后，向太子太傅请教，行当是女小生。阿伯当仁不让，自己唱了太子太傅的一段："汉高祖虽能开国创业，却不知后宫祸根存。吕皇后性残忍贪图权柄，通外戚涉私愤滥杀元勋，望殿下谨记前车鉴，承祖业继大统，远奸佞、亲贤臣，克勤克俭爱国爱民，做一个有道明君。"那一刻，在我的眼里，他哪里是一个医科楼的门房官，他就是心系社稷位高权重的太子太傅。

课业的繁重超出了我的预期，更可怜的是，承受这种重压的肉身对它无爱。而当时，我们是第一届归并到校本部的医学院学生，过渡时期一些手续尚未办妥，我们经常遭受不平等待遇。让我尤其难受的是，有好长一段时间不能进入图书馆，只能远远望着图书馆的围栏做困兽嚎叫状。一天晚上，我自修中途爬上医科楼的顶层，苍茫夜色中，人体功能的神经调节、体液调节和自身调节是可以忘怀的，一个人身上的头颅骨、椎骨、肋骨、锁骨、肩胛骨、胸骨、掌骨到底有多少块也是可以忘怀的，一起丢进忘川的还有图书馆里那难以谋面的海量藏书。我敞开嗓子唱起："汉高祖乃是一代明君……"那声音不像唱曲，倒像作战，顷刻间金戈铁马汹涌而来，很快地，一切又潮退人空，只有对面的桑浦山岿然不动。那个坐在危机四伏的宫中读《汉书》的皇储，他的疑惑和困境，他即将到来的颠仆人生，都与我毫无关系，可是，他竟然从我的胸膛穿行而过，他过后，我的肉身自动愈合，无病无灾，连一声呻吟也没有。

好吧，我一直都是无情寡恩的。潮剧这种东西，即便它不时在我的生命当中蹦跶一下，我还是经常用其他剧种来打压它。一出戏，我几乎会看它不同剧种的若干版本，然后，用他人之长来窃笑它之所短。现在回想，最重要的缘故，大概是它的私塾地位已经解除了，那个捻山羊胡子的老家伙对我没有了约束力。而那时，这座城市正经历着新的风云际会，诱惑如天空中飘飞的热气球，炫丽而饱满，此起彼伏，似乎稍微够一够，谁都可以够得上。热气球里什么都有，有钞票，有车，有高尚住宅楼，有欲望刚刚苏醒的人们梦中的美好生活。人们像鸭子一样，扑通扑通扎下去，鸭子们扎得有多深呀，它们这叫下海。时呀命呀，潮剧式微了。

好多年之后，朋友梁子跟我聊潮剧。她是一位记者，因为喜欢潮剧成了准专家，专跑潮剧线，采访过潮剧界的许多牛人。说起上个世纪六十年代，她说一出潮剧的出炉，在当时那是整座城市的文化大事。彩排是要请来一帮文化名流来观摩批评的，细节一个一个地抠。举一个例子，一出当时被视为冲破封建礼教的爱情剧，女主角是闺中二八佳丽，她的扮演者是炙手可热的潮剧明星，但一位学者的挑剔超出了大家的预期，他觉得，这位阿娘回闺房上楼梯的动作太过平滑了，它应该有阻滞感，有意外感，仿佛惊觉楼梯壁有脏污或者鼻涕，她必须做出虽轻微却是有效的不适反应。现在听听这些逸事掌故，恍如隔世。那个把细节抠得令人发指的时代，不可能回来了，更何况，这天空中，还有那么多的热气球……

我对潮剧的冷处理持续了许多年。等到我把心安放回这片不曾离开的生养之地，已经人到中年了。直到这时，我才重新反观自己与潮剧之间的恩怨。此时，它已不单单是一个剧种，而是一个故乡。私塾也好，故乡也罢，其实都不是单独的意象，而是一个人与其发生的关系。

我重新走进剧场，观看潮剧。此时，潮剧已有所回潮了。然而，我发现自己对很多剧目产生了强烈的不适感。当一个男子娶了两房女子，这是当时的制度所允许的，可是，一出戏如果只表达妻妾之间的纠葛和纷争，以此彰显善恶，在一个现代人看来未免失之肤浅；当一个功臣为了表达忠义冒死进谏，不惜以农妇逻辑一边蛮横一边表功，甚至要以先皇御赐信物责打皇帝，而皇帝竟然服软妥协了，会有人拍手称快吧，我却有些尴尬了……这是三观和常识的问题，是最表浅的层面。还有，有的太小，有的太轻，有的太稀，有的太皮，有的太腻，这是艺术和思想的层面了。归根到底，我已经走远，故乡还在原地，再也回不去了。每一场演出，都是一个牧羊人，他肯定希望自己的牛羊温驯吃草，快乐长朦。而我却是羊群里的狼，逡巡在草甸上的非草食动物。

曾经走近一些潮剧的从业者，听他们讲述从艺经历和体验，当然，逸闻也是多多的，它们可能有趣，也可能感人，可是，这对一个人的精神世界有何意义呢。我总是觉得，对外部世界的洞察是需要从内部世界开始的。内部世界是一面镜子，如果它不曾擦得光亮，有什么影像是可以照得清楚明晰的？在这一点上，我实在是比梁子寡情的。如果说，我们当年是从相同的私塾和故乡走出来的，现在她做的是反哺的事情。这种人生的选择像一种有光泽的美德，无疑地维护了这个世界的秩序感，以及螺旋形前进的动力。可憾，我不是。

这一程，与其说是对于故乡的回访，不如说是对于有故乡的人前半生的回访。

在以往的文字里我考证过自己的初恋，那是在狄青戏中完成的。大宋王朝的将军狄青，经由舞台上一个个女小生的演绎，帮助我完成了爱情的启蒙。而当时，潮汕地区家喻户晓的潮剧，《陈三五娘》《苏六娘》我都不曾喜欢。那些悱恻缠绵的爱情，我都觉得太扁平了，太小气了。其纠结被我归结为她们自身的优柔寡断，不愿为其稍稍停驻，或者分担一点点的惆怅和同情。

由此看来，这场回访实在不仅仅在爱情上，它像一场旷日持久的雨，几乎渗透到老式屋脊的每一个瓦片。

记得去看《谢瑶环》的那天晚上，天黑得像地狱一般，但心情却在天堂。那时候，看一出戏不容易，那场演出在十几里外的乡镇戏院，来回坐的是敞篷的大东风。三十多年后这么描述着，事情显得浪漫而充满情趣。事实上，当时境况形同冒险。去乡镇的土路崎岖颠簸，路灯全无，况且，夜间行路甚不安全，时有贼人出没。对于一个小学生来说，隔天还得上学，冒险又多一层。如果不是这么些层折，这个夜晚会被深刻记住么。一同被记住的还有那个谢宫人的悲剧人生。谢瑶环是武则天皇帝身边的宫人，女扮男装巡按江南，结怨权贵而遭刑讯。其时，我小小的心还一直在侥幸期盼着，皇帝可能很快就会到来，很快了。可是，酷吏的酷刑一套又一套的，谢瑶环应对的唱词一大段一大段，她终于没能坚持到皇帝的到来就倒下了。不敢相信，这个美丽的大气凛然的人儿会死，我心想，一定是错了，一定是哪里错了。那时有一个闪念，有一个人可以改变这一切。那就是编剧。我第一次知道文字无边的力量。当然，戏还没完，我还得为它的未来担心。我没有悲痛，不知道是那个闪念支撑着我，还是因为我在等待它给我的交代。这是我平生接受的第一个悲剧。主人公死了，在吴水之畔，她的丈夫，那个江南邂逅的知己，他痛失妻子的悲愤随着江水悠悠漂荡。这个时候，我的巨痛才像雪山坍塌，倾泻而下。

我好奇过，像《谢瑶环》这样结实而深厚的一个剧本是哪里得来的，后来在《田汉全集》看到《谢瑶环》京剧剧本，逐字去对照才发现，潮剧的移植改动不大。那时候，我大致也已经知道了，一个编剧，不是可以随心所欲的。《谢瑶环》带给我的感动持续了很多年，不止是一个女人的命运，一个故事的悲壮之美，还有很多与主题无关的细枝末节。

我对于文字表达的偏爱，就此落下了根。虽然最终没能成为一名编剧，但与文字的不离不弃，这辈子大约不可能变更了。不是因为它给我带来了什么，而是我离不开它了。一个学医的人从事写作，这也不是没有著名的例子，可是概率太低，翻来覆去地就那么几个名字。更何况，我的现实情况更糟，写作它并没有能够养活我，工资依然来自那个难以割断的医学职业。又一次"歪楼"。有一次偶然看到女子高低杠体操赛，心中存疑，这项竞技体操赛，在男子是单杠，到了女子为何变成高低杠。请教过专业朋友，他们说，单杠的活动空间大，身体抡起来时离心力太大，女生臂力小，容易被甩离。高低杠是由双杠改良的，对于臂力小的女生，低杠可以缓冲……我是不是该释然呢？原来，上帝知道我天生力气小，用一种高低杠的体操来照顾我。可是，医学和文学这两个杠，相距为何那么远，以致我屈伸、回环、腾越之时，那另一杠怎么也够不着，所有的动作看起来磕巴磕巴的，永远都像在训练当中。

带我进入文字的山原的，肯定是潮剧。在我还没有能够写好作文的时候，我已经开始写作剧本。是的，那是在小学五年级。而之后，在初中、高中阶段，我依然有不成熟的剧本一部一部地写出来。当我回过头去审视那些习作时，我发现，那都是因为心里头有太多的想法无法实现，它们只能借助文字的虚构力量来完成。在当时，剧本是离我最近的表达形式，而且，学校里只有作文，没有诗歌散文小说，写作剧本是远离学校主流意识形态的一种独立宣言。山上，那一株在巨石压勒下畸了半身的野草……谁也阻止不了它呼吸，和成长。

那些重要的人生表达，竟然是借着潮剧的蛋壳，孵化出来的。而这一切还没有完结，当我的人生有了新的诉求，它总是在第一时间策马奔赴过来。几年前，我写第一部小说时，那是一种梦呓的状态，初稿只用了一天半的时间。小说的主人公是一个潮剧女演员，而小说中有一出潮剧，是从片言只语的潮汕史料生枝散叶的，故事和台词都系原创。潮剧成为了小说中一个重要的装置，而我的潜意识熟谙它的文化隐喻。在小说里，虽然我已对它进行了现代性观照，可是谁能否认，它不是若干年前旧梦的赓续。如果人生中有另外的一些机遇可以让我走一条为它反哺的路，像梁子一样，我现在的内疚是否会减轻一些。

"如果"其实是一种托词，它为逃遁者打开了后门。你从这个门进来，还从这个门出去吧。

我得勇敢地承认，我不再爱潮剧了，我爱上了另外的一些东西，它们在远方。

其实，我对戏剧的饕餮比以往更甚，甚至旅途辗转去追寻那一次又一次的片刻体验。人生而有涯，而戏剧提供的体验广阔无垠。舞台是好望角，张望过去，是新浪，是新大陆。

不是不爱看二八佳人的缠绵和爱情。年岁不同了，被打动更加不容易。一次路过杭州，看小剧场的《牡丹亭》却依然看得怦然心动。舞台近在咫尺，杜丽娘眼尾的风情一如那袅晴丝，摇漾春如线。待到她唱罢"怕树头树底不到的五更风，和俺小坟边立断肠碑一统……怎能够月落重生灯再红"，一袭长长拖曳的白袍，从舞台上走下来，走过身边，走到观众席的底，那竟是另一个小舞台。目光只追随着她的魂儿，身体随她一步一转，等到灯暗了，魂也跟着丢了。观众席中间的通道，杜丽娘走了两遍。柳梦梅为杜丽娘掘坟，斧子破下去的瞬间，他转过身来面向观众，目光投向三年前她的魂儿走去的那个地方，所有的观众都转过身，杜丽娘，站在那里。他们的目光穿越芸芸众生，在最纯真的空中相交接，他们一步一步地向前迈去，去到心爱的人身边。在观众席的中央，他们相遇了，灯光璀璨地打在美丽而伟大的爱情上，那个瞬间，我愿意化作大地上的一颗尘埃，化作万顷湖面的一滴水，低低匍匐着，屏气，不弄出任何声响。

汤显祖逝世四百多年了，这出戏演了四百多年。它还会继续演绎下去。

《牡丹亭》也好，美国版《白蛇》也好，它们都让我相信，我所怀疑的并不是传统戏剧本身，而是它们明天会怎样生长起来，是不是必须历经一场远行。

　　就在我终于可以如释重负地说出自己不爱潮剧时，发生了一件事情。不得不说，作为一个严肃的写作者，我不时会面临一些精神危机。或许，这是世界对我的考验方式。那些日子，我的病症是受传染的，病原菌来自一个自杀的人。在我眼里，他的生命是有厚度的。看过他的文章，受其精神滋养，这样的传播途径对于读书人来说，是可遇不可求的，却也是最直接的。我像一个抑郁症病人一样，厌倦了读书写作，厌倦了喝茶聊天，厌倦了小区楼下的铁线蕨，厌倦了世间一切。日子也还过的，上班、买菜、做饭、洗碗，作为躯体的那部分，她还活着，作为精神的那部分，她已经僵了。晚饭后洗碗时，我会去微信或手机电台搜一些东西来听。搜来的，竟然是潮剧。潮系的锣鼓和弦乐响了起来，心内指摘的话语静寂了，剧情不管是合理还是荒诞都如溪流般蜿蜒而去。那头狼现在连羊皮也不披，可它似乎已经不是肉食动物。

　　我与潮剧的关系，再次需要疏理。

　　是它不计前嫌又来救我吗？在深度的精神危机面前，谁能够担当抚慰者？可是，毫无疑问地，它的音乐响起之时，对于我有一种类似母语的抚慰。这种抚慰暂时性切断了我与传染源之间的联系，为获得新的精神向度做了缓解。当然，可能还有另一个问题潜藏着：为何当时选择的偏偏是它，而不是越剧、音乐或歌剧？或许潜意识里，在危机时期选择了它，犹如病中突然斜逸出一段超乎庸常的时间，可以抽出那本一直记挂着的书出来看看。

如此说来，这是一种双向的作用。而我对它的未来的记挂和焦虑，无疑地，一直都在，只有上方出现光源，才会显影。对于潮汕平原那些濒危的民间老工艺，我也有过焦虑。我不相信外在的扶持能够真正解决问题，一切裂变都在内部发生。而很多老工艺，是可以一个人独自完成的，一根火柴点燃之后，它或许就可以燃烧起来。有时，仅仅需要一根火柴。可是，一台戏，一个难以由个人完成的庞大工程，我不知道有什么样的火柴可以点燃，单单点燃一个人，又有何用。也许，我在焦灼等待的是一把火炬，或者一场强台风。

> 最强壮和勇敢的英雄才能战胜他。
>
> 这命运攸关的英雄他是谁？
>
> 无人知晓。但他必将死去。
>
> 这是命运，命运无法改变。
>
> ——《尼伯龙根的指环》

还是说一说最近这些年，我爱上了什么，说一说那些外国戏剧给我带来了什么。它们有时带给我的是触电一般的感觉，它触及的不是末梢神经，而是神经细胞集合的神经节；有时让我觉得脑洞大开，世界似乎有了新的样貌。这个感觉让我坐实了，想起在医院当神经外科实习医生时的场景，距今也有二十多年了。那时神经外科在我们这里还是一个很年轻的学科，开颅手术还是一门崭新的手艺。带我上手术台的师傅，有些器械还要自己设计，找铁匠师傅打制。我傻傻地看着他在头颅骨上钻了四个洞眼，四边形的三边锯断开，最后的一边，头皮是连着的，只锯开颅骨，然后，这片颅骨就可以像盖子一样翻开来，瓮底的东西暴露无遗……

看巴西肢体剧《兄弟 兄弟》，一个多小时的时间，没有对白，只有适时的音乐、哭声和笑声。而这一切，是从哀乐声中拉开帷幕的。舞台的中央，慢慢摇起父亲的停尸床，枯槁的尸身半躺着，兄弟俩带着不安带着焦虑带着不知所措的悲伤，拧干毛巾，为他擦拭全身。底下的这个故事，竟然是发生在一个父性缺席的家庭。插叙开始时，同样枯槁的母亲从衣帽间缓缓走出来，她的身后站着一个年轻的自己。年轻的母亲挺拔、丰满，她把胸前枯槁的那颗头颅卷起来，卷着卷着塞进了自己的腹部，对的，故事从怀孕开始讲起……

看德国话剧《尼伯龙根的指环》，英雄齐格弗里德把女武神吻醒了，女武神被众神之王下过咒，沉睡许多年，等待的正是这个世上无人能敌的英雄。她被吻醒了，他们在刹那间爱上了对方。他们拥吻起来，他们做起相爱的人该做的事情来。英雄齐格弗里德是赤身裸体的，带着一种原始的山野气息，还有原生的激情和力量。舞台上，齐格弗里德吊起女武神，不停地绕着舞台奔走，不停地抽插交合，他们向整个世界宣示爱情和欲望的美好。那种美，令人骇异和震惊。

看北欧欧丁剧场的《鲸鱼骨骸内》，所有的情节都是隐秘的，抽象而又虚无。呈现在面前的，唯有歌唱、跳舞和黑色的伪圣经段落。每个人都有自己的故事，两三个人交集发生故事，集体无故事。我根本没有看懂它，但我看到了一个邪恶而堕落的时代，以及它的绝望，还有绝望身上披上的希望外衣。

对了，当年我参与打开脑洞的那个患者，是个患脑脓疡的少年，手术过后，他半瘫的身子神奇地恢复了正常。在短暂的实习生涯中，神经外科是我毕生印象最为深刻的一个专业，每次遭遇精神危机之时，我都会怀疑，脑子里是否长了一个脓疡。或者，这仅仅是一个映像。

蒜茸与一个女子的成长史

> 梦是一个内脏，为诞生的灵魂准备。
>
> ——奥克塔维奥·帕斯《复活之夜》

1

这个夜晚，饭后，我忽然来了兴致，去书房抽出一本奥克塔维奥·帕斯的诗集。没有太多人在场的时候我喜欢朗读他的长诗《太阳石》。可是这个时候显然是不行的。家里除了我、先生、6岁的儿子，还有一位40多岁的女钟点工。帕斯诗歌的优秀是毋庸置疑的，但我没有把握，他的"语言下的自由"是否合适这个年龄、身份驳杂的小群体共同来倾听。我依稀记得，诗里有一些深刻的句子裸裎着，比如，"两个人脱光了衣服接吻，因为连在一起的裸体，可以超越时间，不受伤害……"翻着翻着，我选择了另一首，《复活之夜》。

这样的诗句，应该可以无所顾忌吧。我的胸腔开始了异乎寻常的起伏。虽然声音并不是很大，但朗诵的铿锵、委婉、深情、抑扬顿挫还是改变了我正常的呼吸。儿子蹭在我的右手边，我们坐在长沙发上，他好像在把玩一个会变恐龙的恐龙蛋，偶尔才把目光投向我，也投向我手里的书本。沙沙地，我翻着诗页。这首诗不长，有四个页面。就在这翻页的轻微抖动中，我的手指缝里散发出了一阵辛辣的香味。如果是南方人，对这香味应该一点也不陌生。那是蒜茸的味道。

2

我是闻着母亲手指缝里的蒜茸香味长大的。记忆里蒜茸是家家户户厨房必备的佐料。菜市场里几乎每一个蔬菜摊档都会卖蒜仔，我们的方言把蒜仔叫做蒜头。蒜头买回来了，母亲用大菜刀把其用力扁了几下，每一颗蒜头的身体就龟裂了，成四五块，蒜头的外皮也脱了大半，味儿窜得满屋子都是。母亲把剩下的蒜头皮也褪去，用碎刀法把蒜头切了，做成蒜茸。炉上开了猛火，油浇下去，啪啪地泛起油泡泡的时候，蒜茸下锅了，火势更猛，植物油的香味和蒜茸的香味交缠在一起，从厨房的窗口升腾出去，长长的窄窄的整条巷子都可以闻到。

这油爆蒜茸会装在玻璃小瓶子里，金灿金灿的，可以用上十天半月。炒菜之前油锅里用一点，煲汤之后汤面上撒一点。仅仅一点，汤汤菜菜，那味道立时便活了。

　　小时候我只管吃鲜美的菜喝鲜活的汤，像油爆蒜茸这类东西是不屑一顾的。何止是对油爆蒜茸，对母亲用心撑持的整个的居家饮食系统也是熟视无睹的。若干年后，当我自己作为一个家庭主妇，每天在心下里默默算计菜式的搭配，营养的均衡，多年前的相关记忆才云般浪般翻涌而来。

　　厨房好像天生就是母亲的生存背景，即便她作为上班族朝九暮五的时候，家里的伙食也由她独力操持。每天上学离开家门或者放学回到家里，与母亲打照面，她永远是在厨房忙碌中，匆促地转过脸，微笑着点头或者虚应一声。一家子在一起的时候，听她重复得最多的一句话就是："今天吃什么？"不说这买菜做饭的行为本身了，连买的什么菜，也完全不是她的意志。光凭这一点，也足以看出母亲就是一个典型的潮汕女子。

　　潮汕这片土地，在父母亲那一辈，无疑地，传统观念还非常浓厚。在父母亲的关系之中，母亲基本为父亲所覆盖。他们的社会分工非常地明确。母亲虽然是上班族，但她微少的工资与家里繁多的开支不足关联。父亲承担着家庭的社会交际和经济负担，这几乎已经是一个家庭面向外界的全部姿态了。母亲的声音显得微弱，也难以听到回响。这种状态的男女关系似乎比"男耕女织"的时代还不平等。在我国，从周朝到十六世纪末期长达两千多年的时间里，赋税的征收都是以稻谷和布匹共同完成的。两性的关系在这里微妙地并列着。与那些锦衣玉食、可以用金钱购买应征物品的上层人物不同，我猜想，因为同等的劳作和承担，那些民间女子应该比我们原来能够预想的更加自主。在弹棉弓、纺锤、长长的纱线之间，也会有她们发自心底的铿锵的歌声吧。只是这一切也不知是如何改变的，仅仅是因为赋税把实物改成了货币，社会的分工和承担进行了重新大洗牌吗？那么，等到了母亲可以迈足出门工作的这个年代，她的承担为什么还是微不足道呢？

母亲的菜式做得极好，家里有什么半大不小的事由要请客，她自己一个人为两张大圆桌子做厨，那也是应付裕如的。两桌子人都是这个家庭最铁杆的亲朋戚友，大家便一边张口大吃一边闲聊一边夸奖母亲的厨艺，上汤煲得鲜浓而不腻，鱼汁纯正而不腥。母亲的脸便笑成了一朵繁复的牡丹，每一片花瓣都生动无比。这样的日子更像是母亲的节日，她对自己价值的确认是在别人的话语里。

母亲好像没有做过自己的梦。她的世界里没有森林、河流、小木屋、蚂蚁，也没有花毛兽。

现在回想起来，母亲的生活状态一定是我幼年心理的一种障碍。物伤其类，同样生为潮汕女子，母亲成为了我必须跨越的一道隐秘的沟堑。这种距离感与我对母亲的血脉亲情半辈子缠打不清。

我与父亲更近一些。其实父亲脾气很臭，还有些专横，我从小到大，与他顶嘴较劲都是常事儿。但感觉在精神层面我与他还是比较相通，或者可以说，我的某些性格因子其实是从他身上因袭下来的。

父亲有时对于生活有着一些孩子气的梦想，与他的年龄不相适应，与他所处的年代也不相适应，但却充满了清新的抒情性。由于祖父的成分问题，父亲的前半生过得极其局促。但这种对梦想的执着，使得他即便是在艰辛或者黑暗的境地，也可以给人带来一线光亮。更难得的是，这大半辈子父亲始终保持着旺盛的职业激情。他是一位中医生，专攻针灸。对于疾病对于治疗手段，他总是有着超乎常人的想象力，那些大胆妄为的设想，最终都被证明是出奇制胜的。时至今日，我还非常喜欢在父亲构想新疗法的时候，充当他的听众。隔行如隔山，我欣赏的其实是父亲激越充沛的语言和手势，以及这整个过程中所呈现的正性的梦幻色彩。我有时会揶揄父亲，说他是不写诗的诗人。这话并没有说高了。

3

到了我，梦想再不是生活中可有可无的点缀了。

小时候的梦想，能够禁得住时间汰洗的已是不多。即便记住了，也零碎而毫无精确度。只有一个关于落叶的梦境，竟然清晰定格了下来。

那一天，我坐在我们那条叫做草衙门的小巷子里，坐在一条长长的石墩上，做了一个白日梦。

我置身于秋天的落叶里。我的背后倚着一棵既高且直的什么树的枝干，它满头披挂着金黄的头发，风一吹，那金色的叶子就飒飒地往下飞，我的小脚丫抬起来又踩下去，地底下厚厚的那层落叶里便有叶子与叶子相互摩擦，发出欢快的对谈声。我微眯着眼睛，神情怪异地看着眼前难以置信的一切。

草衙门逼仄而崎岖，静姑娘居住的那个门楼口有一小段比较宽敞，因此，她的门楼对面便铺砌了那条长长的石墩，旁边还有一个小花圃，种着凤仙花、九龙吐珠、茉莉等等南方常见的花草。静姑娘长驻娘家，夫婿行船，哥哥去了香港，静姑娘与嫂嫂一起奉侍高龄的祖母。清风明月的夜晚，石墩上经常坐满了聊天的老人和孩子。静姑娘把门楼敞开了，倚在门框做手工，不时搭上一句话。我正是常常坐在这条石墩上的一个小女孩。按理说，这样的场景是踏实的，与梦境无关。可是，在那个南方的春天，我的精神却到了一个不知何方的秋天远游，并充分享用。回想起来，那黄叶纷披的梦中之树，应该是白桦树，或者银杏树。这都不是我们南方人应有的福分。那实在不是我个人曾经的体验可以带我前往的。

我明白了，原来梦想是对于欠缺的弥补。朱光潜先生有一个观点被我不厌其烦地宣扬：鸡能产卵固然是一件幸事，但是它不能产金卵，仍然美中不足。实然的世界既然使人遗憾，我们何不另求可然的世界？梦想是通往可然世界的道路吗？静姑娘慢慢地老了，那条叫做草衙门的巷子老了，老得已经拆建了，而石墩上做梦的女孩也慢慢长大。

梦想越来越多，也越来越离奇了。人如果可以有两次生命，火烈鸟如果可以是蓝色的，天空如果突然飞过来一群北椋鸟，倾盆的雨如果带着柠檬的味道，我如果可以把书本印在刘海下，如果可以有一件隐形衣……

每一个如果，都可以演绎出多少故事啊，因为这些不切实际的梦想，这个女孩选择了一种可以天天做梦的事情——写作。

最初生成的文字非诗非文，却是戏剧，而且一点童话色彩都没有，与这个年龄的心智有着一些落差。算起来那年我11岁，正读小学五年级。第一个剧本非关梦想，是一出宫廷戏，纯粹的拙劣模仿。写第二个剧本的时候，我已经上了初中，身体和心灵也开始了发育，有一些小女孩的朦胧感受和不屈不挠的野心和邪念。

我们的班级原是极其温煦的，班主任慈爱无比，班里的同学团结向上。只是到了初一下学期快期末的时候，平地起惊雷，发生了一件事情。班主任因为生了第二胎被学校处分了，他与学校的关系也陷入僵局。课没人上了，班级没人管了，我们的班长就在这个时候凸现了出来。他比我们稍长两三岁吧，人也长得高大，走起路来有一种淡定的神情。他从班主任那里讨教了生物学科目的备课方案，然后信步走上讲台，为我们上课。那些课讲得不比班主任的精彩，但那些场景却是比任何老师的授课都更感人。金兵进犯南宋，文天祥临危受命出任右丞相兼枢密使，人人也是闻之饮泪动容的吧。班长至高无上的地位就此确立起来。此后两个学年，班主任更迭，但班长的领头地位一直不容撼动。关于他的轶事就多了。其一，是关于爱情的。有一个女生爱上了班长，两个人在学校植物园的葵花地里谈什么，被好事者瞅见，传播了开去。那女生与我走得近，也不是心有城府之人，在我好奇的目光质问下，她很快乐地便向我招认了。可是，后来又有两个女生对班长有了好感，有时给他写一封信，有时送一张卡片，班长不知道是因为境界开阔了，还是突然有了感悟，反正他开始对原来那个女生疏远起来。以我初中时期的情商和爱情观，我很严重地认为他"始乱终弃"，竟至在黑板上写了藏头诗闪烁地骂另外两名女生。当年的这一愤青行径，我早已忘怀，却是被骂的一名女生许多年后告诉我的，我与她已成了好朋友。岁月如戏，不免令人嗟叹，此是后话。其二，是关于权力的。班长由于颇受班主任看重，一些班级管理的事情便交由他去办理，大至班级的评比活动，小至座位的调换。由于涉及了每一个人的切身利益，班长的能力受到挑战，怨言开始在班级里纷飞。旧事已如过眼云烟，班长也好，与之纠葛的人或事也好，都已扁平了，模糊了。但当年像藏头诗之类的恶作剧并未能泄我心头愤激，一个庞大的"阴谋"慢慢地成形了。

我开始了一个剧本的创作。故事背景选择在晋朝，因为臭名远扬的"八王之乱"就发生在西晋年间。其实，故事的推进与"八王之乱"毫无关联，只是觉得这段黑森林一般的历史，足以藏纳所有的野狼、鬣狗和污垢。我们的班长改姓了司马，名字里保留了一个字，而他的王后，随了葵花地里那个女生的姓。后来的另两名女生，摇身一变，都成了谋权篡位的妃嫔，我很恶毒地也把她们的姓氏强行安上了。爱情加权力，这是许多年前对于宫廷戏的洞见了，今天看来，这种套用还是颇合逻辑的。而我，当仁不让地融化在一个角色里，正义而美好。指点江山、臧否世态，都从她言语里释放出来。少年时候的邪气竟然穿着如此堂皇的衣装，这种反差也算深刻。可惜一个 13 岁的女孩儿笔力不逮，"乱"倒是乱得可以，比较深层的思考和细节设置却一概未见。不过，现在回想起来，这样的写作本来就与写作本身无关。她只是在文字的庇护之下，张扬一己之私念，同时构筑了属于自己的道德宫殿。在那里，她是一切的主宰，任何人、任何事都只是她用以垒砌的小小砖头。其时的细微心境已无从追寻，但洋洋洒洒几万字的剧本，已昭示了她当年的情状——边缘的，弱势的，同时也是偏蹇的，与现实难以达成和解的。

可然的世界只存在于虚构里吗？

可然的世界是什么？

大地沉默，水在梦中讲话，

白昼从人的一侧诞生。

——奥克塔维奥·帕斯

4

在现实与非现实的世界里又颠沛了许多年，最现实的事情还是一步步逼近了。结婚、生子。不管那梦想有多高多远，不管那虚构的世界有多精美多熨帖，这都是足以让一个女子跌回尘世凡间的理由。

一堆锅碗瓢盆摆在了我的跟前，凡躯使人笨重负累，也使人清醒明白。我是一个女子，命运早就对我作出了性别指派，而在我降临这个世界之前的几千年，男人女人已完成了分工。我是属于厨房的，就像母亲一样。

无意识的抗争大概持续了 10 年。这也是当我重新走进厨房之后才领悟的。可我不知道那抗争对谁而言。实际上，我的先生并不是一个男权主义者。他所给予我的宽松的心理环境，完全是人文精神的自然脉息，别说是我们潮汕地区，放在更大的版图之上，那也是值得骄傲的。当然，餐桌上的只是其中的一层，更多的层面还在日常的碰撞中，在洗衣水里，在枕上，在季节转换的风鸣中。

刚刚结婚的日子，我们住在集体宿舍里，只有一个阳台可以当厨房，手忙脚乱地开始为自己煮饭。还记得两个人第一次通力合作，炒芥兰的时候把茎都炸得酥脆了，吃起来像麦当劳薯条一般。当然，这比喻是苦中作乐的。关于厨房里的活计，我从来没有向母亲请教过，一是怕她担心，二呢，现在想来，还是有些不屑的。这不屑里又有两道意思，一道是对于厨房本身，另一道也是对于只在厨房大显身手的人吧。

这一阶段非常短暂。之后，生活又有了几场拐弯。

放弃厨房劳作之后，我们像游牧民族一样生活。每天傍晚，我们就骑着摩托车在市区乱逛，寻找猎物。卫生干净的，可口的，不能经常重样的，还有，每天都下馆子了，经济上要有所节制的。这些条件拼组下来，难处就大了。常常是：夕阳西下，饥肠辘辘的人，在天涯……

儿子出生后的前两年半，是在娘家过的。吃饭的问题暂时解决。可是把儿子带回我们小家以后，这问题又如睡狮般苏醒了。我俩合计了一下，请钟点保姆吧。所谓的钟点保姆，就是每天定时来家里做饭、洗碗、清洁，然后回去。我的要求很低，她只负责满足我们的口腹之欲就足够了，家里人想开戒，我可以自己加菜。

我可以清贫，可以寡欲，但我必须从容地过着自己的生活。火烈鸟也许真可以是蓝色的，倾盆的雨也许真可以带着柠檬的味道。……这么些年，写作的事情一直没有停步。慢慢地，对于文学我竟然有了一种意志。

不管怎么样，这也该满足了吧。

丹麦女作家伊萨克·迪内森有一种人生哲学，如果一个人的生活故事无法被讲述出来，那么他的生活就是不值得过的。这强调的是生活的故事性，还是生活的思想性？可是，她难道不知道，生活拐弯的原因经常是细屑的，无来由的，就像我们之前的那几个拐弯一样，与叙述无关，也与思想无关。

在平稳地度过三四年之后，我们与保姆之间突然两相疲倦，犹如一段缺乏激情而无法维持的婚姻一般，没有了复合的可能和必要。

我犹疑着作出了决定，我来做饭吧。圣人也难免"为腹"吧。

这是我结婚10年之后真正走进厨房，没有谁在逼勒，包括有形的，无形的。之所以态度犹疑，不甘不愿的成分是非常微小的，大概只是由于一种惯性，更大的原因是我对厨房没有把握。而我，从来不做没有把握的事情。

既然决定了，那我用心来学习吧。以前一位老师说过一句话，成为我信奉的名言：这世界上的事就是读书最难了，连书都可以读好，什么事情做不来。我的理解，那不是能力的缘故，而是因为"诚意"。

是的。我满怀诚意地奔向菜市场。关于"灵魂中的噪声"（布洛赫语）暂时灭寂了。我像奔赴学术交流会一样精心准备，像奔赴美好约会一样面带笑意，像奔赴一场劳作一样准备了一双不再需要呵护、随时可以腾出来挑拣果蔬和海鲜的手。卖家们或市侩或真诚地接待了我。这且不管，在这里我暂时是一个学生，即便被宰也只当交了学费。我很快地知道了很多真相。一只螃蟹蟹肉是否肥硕，是要举起来放在光源下照看的，看肉缘是否会在蟹壳上投影出来；一盆花蛤是否肥硕，却要大把大把地抓起来，听那相互碰撞时清脆的叮铃声；一只角瓜是否鲜嫩，那是要看角棱是否锐利，用拇指腹轻轻一搓，角棱就崩了；一只鸡蛋是否新鲜，要放到耳边轻摇一下，蛋黄和蛋壳之间不该有缝隙致使声响发出来……

白昼真的从人的另一侧诞生了。从菜市场回来以后，我开始了厨房里快乐的舞蹈。而当一桌子的饭菜热气腾腾地展示出来，家里顿时有了欢呼声。半个月之后，也就是这个朗读帕斯诗歌的夜晚，在又一场忙碌之后，我竟然意犹未尽，从橱柜里抓出一大把蒜头，用大菜刀扁了几下，蒜茸的气味窜了出来，我在锅里下了油，开了猛火……当那金灿金灿的油爆蒜茸装进玻璃小瓶子的时候，我知道，从这一刻开始，我已为厨房事业作了长久的打算，我将成为一个永远的厨娘，心甘情愿地。

竟然！

我越过了幼年时期母亲的隐秘的沟堑了吗？

我与母亲怎么殊途同归？

我的森林里，依然回旋着花毛兽的轻吼，

而帕斯的诗歌和蒜茸的香味，

却在一个夜里，先后升起，回荡。

飞翔的现实主义

对于飞翔，我天生地有着一种敬畏之情。我不止一次地梦想着张开翅膀，蹬地离开地面，一点点升高，穿过梅林、桑林，穿过麦田、稻田，穿过湖泊，穿过城市，穿过雪峰，穿过像格子衫一样的菜地，耳边除了风，还有我心底忍不住的歌唱⋯⋯

1. 一出关于爱与飞翔的儿童剧

《鸟和天使的童话》

（画外音）远古鸿蒙，鸟儿们不会飞，像鸡一样只会在地上跑，他们总是望着高高的蓝天唉声叹气。有一回，他们吃饭时听到附近传来"啪"的一声响，原来是一个金光闪闪的蛋从天上掉了下来⋯⋯

众鸟：叽喳叽喳，我们过去看看吧。

鹳鸟：（用爪子拨开草丛）啪哒啪哒，不如我们来孵孵它，说不定会孵出一只什么小鸟来（一把抓住金蛋，带到了众鸟面前）。啪哒啪哒，烫死我了（赶紧往水边走去）。

（画外音）你不信吗？鹳鸟直到今天还在水里走，让爪子凉快一点呢。

野鹅：（刚刚坐上金蛋）好嘎好嘎，我来孵。好嘎好嘎，烫死我了（赶紧跳到池塘里）。

（画外音）你不信吗？野鹅直到今天还是肚子贴着水面游来游去呢。

麻雀：啾啾啾啾，我来孵。

燕子：喊喊喳喳，我来孵。

鸠鸽：咕咕咕咕，我来孵。

……

众鸟：鸡，轮到你了。

鸡：各各各位真傻！我可可可没这工夫，事情搁搁搁不下！找傻瓜，去找别个个个吧！

（鸡的声音还没说完，众鸟听到了蛋壳破裂的声音，他们孵出来的竟然是一个天使。）

众鸟：（欢快地，惊讶地）啊？

天使：谢谢你们，亲爱的鸟儿们。我是一个在天庭等待爱的天使。谢谢你们的爱使我复苏。我怎么样报答你们才好呢？从现在开始，你们将像天使一样飞翔。飞翔是一种最高的境界，是辽阔的，自由的，高贵的。瞧，就这样扇动翅膀——噼啪噼啪——就飞起来了！好。一、二、三！

（天使的"三"字还没有说完，所有的鸟儿已经飞了起来。）

（画外音）鸡孤单地留在地面上，他天天仰望着天空，又不屑地调转视线，故作镇定地重复着"各各各位真傻""各各各位真傻"，声音越来越没有底气……

这幕小小的儿童剧，是从捷克作家恰佩克的同名童话改编过来的。我折叠了几只纸鸟，分别写上鹳鸟、野鹅、燕子、麻雀等名字，把它们当成纸偶，然后和儿子一起玩这游戏。

我喜欢看儿子的"飞翔"表演。我不知道他会从这出戏里学到什么？是不是像许多人所认为的那样，是爱。而我，似乎不是。我更看重的是天使给爱颁发的最高奖励——飞翔。对于我，爱已然是一种存在，付出，同时也收获，满盆满瓮的。而飞翔却是我一直无法企及的高度。也许心底里早有了千百次展翅高飞的欲望，可是，现实的森林总是比我们想象的更高。

2. 得意春风燕衔来

春末时分，雌燕子和她的老公雄燕子一起停歇在潮汕平原这个普通的院子。繁累的衔泥搭窝之后，他们开始享受生活，休养生息，时常在院子内外跳上一段浓情蜜意的探戈，从半空跳到阳台的顶板，再从阳台的顶板跳到电线上。当他们的好心情释放到了极致，雌燕子便收敛起那种小女生的情爱心态，产下了三枚蛋。每天，雌燕子坐窝孵蛋的时候，雄燕子喜欢站在从三楼穿过的一条电线上，"脆脆脆"地高声尖叫。谁都听得出来，那尖叫声里既踌躇满志，又有着无限心事，像极了产房外等待孩子降生的准爸爸。

说话间，燕子宝宝孵出来了。啾啾啁啁的，燕子爸爸和燕子妈妈顿时乱了阵脚。妈呀，有这么多张嘴在等着喂啊……

这一阵，我发现了一个秘密，那成年的燕子原来不是黑色，而是钢蓝的，全身的羽毛呈现出一种金属的光泽。而他的胸部，竟然是砖红色的，还有一道好看的蓝色绶带。这使我吃惊不已。因为《诗经》中把燕子称作玄鸟，"天命玄鸟，降而生商"。据传说，商人的祖先女娥到城外沐浴，食了一个鸟卵，就生下了商人的高祖契。玄鸟玄鸟，不是黑色的鸟吗？不敢去问网上的大虾们，气馁，怕招笑。不胜心虚地去翻查鸟类图鉴。果然是燕子的家族中最常见的那种，学名叫做家燕。

3. 坠入凡间的飞翔

家燕似乎是从天上坠入凡间的。一箪食，一瓢饮，都是我们凡夫俗子的境况；一舐犊，一亲昵，也都是我们地上父母的情怀啊。

雏燕破壳刚刚三天，他们固若金汤的巢"突"地被捣下了地。家燕爸爸和家燕妈妈凄惶而尖厉地在院子里叫，盘旋几圈之后，飞远了。三只小雏鸟身上红彤彤的，没多少毛，鸣叫声微弱得使人心慌，恐怕活不成了。我们把燕巢用纸袋包住重新托回去，可是，心里的希望其实极其渺茫。曾经听人说过，鸟是忌人气的，鸟宝宝如果不幸沾了人气，鸟父母不是把他们叼了摔死，就是把他们弃置，任由自生自灭。

我猜想，不管家燕夫妇作何处置，这个夜晚他们一定是惨不忍睹的。在城市的街头，霓虹灯闪烁的光圈扫过来又扫过去，可是，他们找不到一尺可以安静停歇的电线，或者说，他们找不到可以使心情安顿下来的慰藉。而那个捣坏燕巢的大男孩，却已经在温软的席梦思上发出了匀称的呼吸声。

熬过了一个漫漫长夜和一个阳光稀薄的早晨，家燕夫妇回来了。亲情的力量是如此巨大，它足以对抗惊吓、哀痛和愤恨，使他们重返倾圮的家园……

家燕妈妈重新过起了相夫教子的生活。一场横祸所遗留的痕迹慢慢地消弭了。如果不是那个看不到泥色的纸袋巢，谁也不会记得这里曾经发生过的覆巢之灾。

家燕宝宝先是伸起软沓沓的脖子往外张望，只是偶有风吹草动，便急急缩了回去。接着，他们黑黝黝的羽毛慢慢丰满了，虽然他们的父母亲每天都是急喇喇地往返无数次，但是他们因为食欲越来越大，叫声也越来越吵了。过几天，他们已经能够很英气地站立在巢上，小宝宝倏忽成了少年郎。

时到六月。一个睡过了头的休息天。当我和儿子从卧房走了出来……猜猜我们看到了什么。

院子里，是家燕一家子，或站或飞或叫或唱，三只站在纵横交错的电线上，两只在飞飞停停。原来，燕爸燕妈在教儿女们学飞了。我那睡眼惺忪的儿子彻底醒了，只看得眼花缭乱。有一只体形小，且有点"嗲"，想必是幺子了。家燕妈妈带他起飞后，还不及十米，就听他一阵乱叫，妈妈慌忙就近找了一家阳台上的葫芦竹停下，他也跟着停，由于没经验，停的是枝梢，晃晃荡荡地又是一阵乱叫。惹得我身边那小子也坏笑不已。

呵呵，我们何尝不是这样过来的。忽地忆起了儿子周岁时陪他学走路的那段日子。我们总是在晚饭后牵着他的小手逛街，无目的地往前走，又往前走，在他实在走不动时，还以路灯诱惑他，我们对他许诺，如果坚持走到前面的一杆路灯，就可以抱他走又一杆路灯的距离。儿子后来果然争气，当他放开手独立行走之时，便健步如飞，顾盼生情了。

那个上午，我们饿着肚子痴痴地看了一个多钟头，看家燕，也回味我们自己。

当他们一家子飞离我们的视野，儿子意犹未尽，问：妈妈，他们怎么跑光了？

我愣了一下。儿子用了"跑"这么一个与我们无限同化的词，把飞翔架在我心头的天梯扒了下来。是啊，我们和鸟竟然是丝毫没有差别的呢。

也许——

飞翔只是行走的另一种方式，与梦想、与浪漫主义通通无关。

4. 飞翔的命运

如果一切到此为止，那么，我想，我对飞翔的认识依然是缺如的。

一个傍晚，天气闷热难当，想是快要下雨了。我从幼儿园接儿子出来。就在门口，看到有上百只家燕漫空飞舞，飞翔有力而冲动。我们站住了看。原来他们是在捕杀白蚁。一开始我颇为家燕们庆幸，在这个家燕群体当中，势必会有我们熟悉的那一家子。我为他们能够捕杀到足够的食物而高兴。接着，我更为他们自豪起来。我以前只知道家燕们吃活虫，从未想到，他们连捕杀食物的时候也是保持着一种飞翔的姿势，而且他们的捕杀对象也是对等的飞翔物。现在回想起来，我当时对于他们的壮举萌发出来的竟然是一种类似于革命浪漫主义的情愫，不知是雨果式的，还是高尔基式的。

妈妈，白蚁有妈妈吗？

这是谁的声音？天啊，是我手里牵着的那个三岁男孩。我的狂热被一盆寒冽的冰水浇了下来。

天底下，没有什么人比一个未经玷污的孩子更接近生命的本相，没有什么人比一个未经侵染的孩子更具有一种人文的关怀。

他提醒了我。在这场较量中，所谓的飞翔只是"捕杀"与"被捕杀"。不论哪一方，有什么辽阔可言？有什么自由可言？有什么高贵可言？有什么境界可言？

我终于意会到，飞翔其实更是一种命运。

5．为什么而迁徙？

法国著名导演雅克·贝汉的纪录片《迁徙的鸟》，几乎与家燕一齐来到我的身边。

雅克·贝汉是伟大的。他的眼眸明亮、开阔，而又含情脉脉、悲天悯人。

纪录片的开篇就是这么一句："鸟的迁徙是一个关于承诺的故事。"

我心中不禁有了疑问。对谁的承诺呢？

对于先辈和种族的承诺？对于品性和自由的承诺？

可是，一组凄楚的镜头开始在我的面前定格、叠合：受重伤的鸟被一群螃蟹分食；优雅的天鹅在冷酷的枪响后坠毁；一只美丽的红胸鸥经过欧洲一座破旧的工厂时，陷在了泄漏的废油里……

在一场迁徙中，会有多少精灵死于非命？！

可是，他们为什么还要迁徙？

莫非，迁徙只是一种抗争？对现实，对命运。一如唐·吉诃德的长矛之于康斯艾格拉的风车。

6. 燕归来

夏天正炽的时候，家燕们走了。这一年，他们在我们的院子停留了三个多月。

据说他们的记性非常好，明年相同的季节还会寻来。其实，像我们这样普通的院子，他们纵横万里的飞翔不知驻留过多少。也许有些东西，他们比我们更知道珍惜。

我有时还会折几只纸鸟，与儿子玩《鸟与天使的童话》，他特别特别地珍爱写着"燕子"的那一只。而我却经常在儿子的"飞翔"表演中茫然若失……

芒果树下

暴雨持续数天之后，意外地放晴。蓝天下金晃晃的阳光，像一个追寻已久而突然现身的梦中情人一样，既熟悉，又陌生，眼神里有了一种神秘和含混的意味。

我们坐在池塘边，芒果树下。儿子拿着长杆、他爸爸拿着短杆并排坐着钓鱼。脚下的野草一夜之间疯长了起来，已经没踝了。铺地粟长得尤其疯狂，暴雨和艳阳的一弛一张刚好刺激了它的生长节律。眼前、脸庞外、手臂边的空气被阳光的温度一煎，忽然有了青草、泥土和各种生命的滋味。我拿着一本法布尔的《昆虫世界》在轻声地读。半熟或者熟透的芒果有时会砰嚓一声掉到池塘里，是鸡蛋芒吧，胖胖的，傻傻的，看起来个儿挺沉的，却浮在水面上。偶尔有橘色的毛毛虫和蚱蜢也掉进水里，只见蚱蜢打一个挺，吭哧吭哧着搭上了塘边结着野黑茄的那株草，便成功逃命了。橘色的毛毛虫却是不识水性的，翻腾着打滚着，身子都快扭断了，却好像越来越没有章法。小时候，大人恐吓过我们小孩，说毛毛虫身上是有毒粉的，切不可走近，只要它轻轻一抖，那毒粉飘飞到了你的身上，便会搔痒，竟至蜕皮。毛毛虫从此便邪恶了，不祥了，势不两立了，被我们打入了心灵的地狱。毛毛虫的不公平遭遇，带着我们的意识形态化的自私和垄断，因为可怜的它们争吃了我们的苹果和梨子。按理说，蝴蝶应该对我们成见更大，不知道它们教训过毛毛虫没有，人类对于它们，实在不止是竞吃几个苹果和梨子那么简单。艾瑞·卡尔是一个奇怪的人，他创作了一本叫做《好饿的毛毛虫》的图画书。"月光下，叶子上躺着一颗小小的蛋。"故事是从这里开始的。毫无疑问，他友好而温情的笔调瓦解并重组了我尘封多年的对于毛毛虫的理解，诸多复杂的感情杂陈在一起，最后，我把这条好饿的毛毛虫看成了一个嗷嗷待哺的孩子。不管它吃的是苹果、梨子、李子、草莓、橘子还是巧克力蛋糕、冰淇淋、黄瓜、乳酪、火腿、棒棒糖、樱桃派、香肠……我都全盘接受了。虽然，我对池塘里的那条橘色毛毛虫的扮相还有所畏惧，但还是忍不住问儿子：我们救它吗？儿子正踌躇满志地钓鱼，只远远瞟了一眼，就否决了我的提议。钓鱼的成就感已经遮蔽了他其他的感受器。后来，不知是什么岔开了我的视线，等到了我再次记起这条橘色毛毛虫，池塘上已经虫去波平。下沉了吗？逃脱了吗？被那只歪脖子的狮头鹅吃了吗？对了，岔开我视线的一定是这只歪脖子鹅。整片池塘，歪脖子鹅是唯一的景观，虽然它看起来与常鹅有异，但它的样子就是楚楚动人，我见犹怜，连呵斥一声都不忍。其实这歪脖子鹅捣蛋至极，在池塘里来回倒腾专挑有钓鱼竿的地方闯，为了怕鱼钩伤到它，儿子已经好几次把正颤动着鱼漂子的鱼竿提起来让路了，可它一点不懂事，连感激也没有，只管目不斜视悠游而去。而儿子面对毛毛虫和歪脖子鹅的不同态度，我不知道何解。作为一种生物，鹅因为身躯硕大而获得了更大的眷顾吗？或者这个七岁的小男孩，正在步妈妈当年的后尘，在其生命典册里，毛毛虫家族的生存概念是可以忽略不计的。

"在地下蛰伏四年，就是为了在阳光下活一个月。这就是知了的生活。……"我读完了一篇《知了》，头顶芒果树上正有知了此起彼伏的声音。不知是因为什么的蛊惑，蝉声？法布尔的文字？还是今天这意外转身明媚一笑的阳光？池塘里的鱼都傻气了，纷纷上钩，而鱼钩竟然是没有倒钩的。儿子和他爸爸分别钓了五尾，隔壁红色鸭舌帽叔叔不动声色地几秒钟一拽，引惹一阵又一阵艳羡的眼光，不到一个钟头，网兜里的鱼已经挤挤挨挨。

我在手袋里摸索，只摸到两张交寄快件的收据单子，背面可写字。事实上，我已经很久没有在纸面上写字了，在习惯电脑写作之后，我甚至怀疑自己是否还有能力用纸笔来完成超过一千字的文章。趴在煮茶的小木纹桌上，我要记下的文字就是《芒果树下》。笔水恣肆，间或有些阻滞，但无疑地，散发着芒果的气味。热气又随着脚下的杂草蒸发了起来，除了铺地粟，还有含羞草、鸭嘴草、芒萁……更多的认也认不清。右脚小腿肚猛觉痛了一下，心中兀自惊骇；前天才听一位忘年交讲述其在海南上山下乡之时，曾遭遇山蚂蝗的故事，很自然地产生了低智商的联想。低头一看，却原来是一只小得不能再小的蚂蚁，黑金黑金的，只有两个圆点的模样，不知哪里来的气力。如果用手捏起来，想必是它的灭顶之灾，轻轻吹口气把它送走算了。这个悖论颇让人迷惑，黑蚂蚁的生死在我不费吹灰之力，而它的疯狂侵犯我却无能阻止。也不知它扎下的那一针究竟是什么背景，用口还是用腹下的针，这个孤独的行者，掉队迷路了吗？这么说来，不管它的动作有多鲁莽和狠毒，且宽容它吧。

两张收据的背面很快用完了，我仰起头伸了伸懒腰，接下来的文字不知道应该写在芒果树叶子上还是写在蓝天上。这时候，手机短信铃声响了，是远方的令人动容的想念。展读之时，我的眉宇间似乎打开了一条道路，它与我目下的生活不在同一维度，更深更远，可以通往亿万年前，也可以通往未来的某一天，可以是在这样的芒果树下做一条虫，也可以在不可知的池塘里当一条鱼。只因有着这幽远而醇厚的牵念，不管是爬是游，任何的人生样态都值得保持、企盼和珍爱。

突然地，风刮起来，雨随着瓢泼而来，大家伙们赶快收拾转移了，从池塘的东面搬到了西面走廊。红色鸭舌帽叔叔趁势回去了。雨点落在走廊的棚顶，咚咚咚地，就如红色鸭舌帽叔叔从我们身边经过时得意洋洋的步伐，他手上的大网兜里困着一条三斤重的野鳞鱼。

雨夹着雷，看起来暂时不消停了。已经过午，肚子饿起来。请池塘主人去山地里捕鸡，煮了一大锅鸡肉粥。

雨过，饭也饱了。我从走廊出来，朝远远的芒果树走去。天真蓝啊，蓝得不像天了，像染缸里一块让人爱不释手的布，有深度的，层次感丰富的。因为有过雷雨，因为有过饥饿，现在重新拥在怀里的阳光和饱餐便变得不太踏实。上午的蝉鸣、歪脖子鹅、芒果树叶子上斑驳的虫蛀好像已是久远的梦境一般。一路走过去，绕着池塘走了长长的一圈，拣拾了好几个雨中打落的芒果，用长裙子兜起来。经过鸭舌帽叔叔坐过的地方，看到了他遗留下的一个装鱼饵的封袋，写着"特殊味型、湖泊、溪流、野塘、水库、比赛竞技场，无所不钓"。那成分是南极虾粉、赤尾青、鱼粉、蛹粉、豆粉和胚芽，这些东西合谋引诱了那条老大不小的野鳞鱼，使它成为了鸭舌帽叔叔餐桌上明昧不定的笑容。

我从长裙里把芒果倒出来，掰开一片又一片黄橙橙的果肉，沿着走廊发送给钓鱼人，阳光像一个捉摸不定的梦中情人，又转过身，斜照下来。

裸雨

突然地，浓云密布，大波浪大波浪地翻卷起来，越卷越黑，在一望无际的田野上，这坨乌云的铺张气势和不事节制使人渺小和自卑，比人更渺小和自卑的，还有我们脚下一棵棵的空心菜。看来这雨必须裸裎了，方圆数百里看不到一个可以规避的地方。我和同行的朋友，还有儿子都没有乡村劳作的经验。城市的生活，遇风避风，遭雨避雨，每次看雨，雨是穿着衣裳的，屋檐、窗棂、阳台罩，这些东西把雨一裹，雨的野性便褪去了。可今天，我们得面对一个野野的侵略性十足的雨。

菜农夫妇早摸透了裸雨的脾性，变戏法一般，两个人的手里突然有了重量，抬的是一轴透明薄膜，一个人往一畦空心菜苗用力撒去，薄膜便张开翅膀飞出十几米，另一个人比薄膜飞得更快，在菜畦另一端竟然就接住了，但他只接住了一个角，覆在菜畦上的薄膜是一个歪歪扭扭的三角形，跨度太长，任那人怎么拉扯也成不了长方形。云堆得更重了。农夫有些焦躁。颇具戏剧性的是，突然间多出了陌生的第三双手，从菜畦的那一边把薄膜一路拉过去。那陌生的第三双手，竟然是城里来的女子的，她刚刚还在田埂上闲人一般游荡。他只觉得自己和菜苗受到了侵犯，大吼一声：你不行！此时，薄膜已经鼓起了风力，正与人拧着劲，城里来的女子不去搭理他，只是摸索着一脚深一脚浅地把卷边翻出来，与风拔河一般，往菜畦那端奔去。速度竟也惊人的快。那农夫喝声刚完，便发现薄膜的另一角已经平整了。等到为另一畦菜苗铺覆，城里人的配合更加熟络了。菜农夫妇也不对她抗拒了，一畦又一畦地继续下去，有时还用力照顾了她一下。她对这种照顾充满了感激，那是认可，也是爱。城里人喜欢在情人节里送玫瑰找情调，村里人吝于爱情表达，在十年如一日的劳作中，在碰撞和拉锯的细节里给予照顾，便是了。

莫非前世的我就是这样劳作的农妇？

雨大颗大颗地鞭下来，鞭在我清醒的脑袋上、疲累乏力的肩上，也鞭在刚刚覆盖起来的长长的薄膜阵上。整片田地，现在看起来像一座占地面积惊人的水晶宫。当然，这个美丽比喻与我当时的心态有关。

在裸雨欲来之前，我和农耕生活离得多远呀。身上是老绣片的吊带衫，外加一件披肩衫，下面是手绘的白色灯笼裤，脚下是坡跟麻布鞋，这样的装束行走在田埂上，手里还牵着一个小男孩，能够与土地贴得多近呢？我们刚才连溪沟里的一条小小鱼都没捉到。儿子喜欢鱼，却不得法，我知道怎么围追堵截，却不愿把一双写字的手插入溪沟里，嫌脏，还嫌不够优雅。文字与泥土之间，有着很大隔阂吗？很多次，我们走向乡村，摘珍珠番茄，摘木瓜，摘番石榴；很多次，我们去溪边，就着一篱篱的野菊花，煮茶，聊天；很多次，我们招朋唤伴去吃农家宴，采摘最鲜嫩的野菜，看农家捕杀刚刚还在眼前颠过的走地鸡……在那里，我从来都不是一个真正的主人。甚至，我一方面沉湎在农耕社会给我带来的闲静和诗意，另一方面却思绪高飞，想象着远古时候，谁来这片土地掘穴筑屋、守候农田，慢慢地成了村落，有了邻里，帝王们更因土地建邦立国，修城池，分封国土，有了州、郡、县、乡、亭、里，有了税赋，有了至高无上的权杖和各式各样的战争。不管是文化的还是消遣的，我的心灵一直穿着衣装，严丝密缝。我既没有匍匐在土地之上，听过它的歌吟，也没有用心地默观一棵空心菜，看过它的绿叶在阳光的磁场下起舞。当然，我更不知道，沉重的犁铧握在手心里，一辈子，永远不知道全聚德，永远不认识苏格拉底，这是怎么样的一种人生概念。

而现在，裸雨持续鞭打着我，长发和衣裳与身子贴得好紧，麻布鞋不知什么时候褪下了，双足是赤裸的，脚板上的每一个皮肤细胞，狼狈而又贪婪，与泥泞的土地厮磨着。裸雨的强势把我的衣装也剥脱了，面对它的施虐，我竟然消受了。风暴之后的我，似乎有了不同，又似乎什么也没改变。

儿子早被同来的朋友带到一个草茬纷披的田间小棚屋，后来，我也被农夫带到了这里。他取了农具顾自走了。我转身要喊住他，他已对我无视了，锄头在他的视野里闪着。

有了草茬的遮挡，雨和我都穿回了往日的衣裳。

雨的激情慢慢隐退了，刚开始是倾盆的，接着刷刷地下，再后来又小了，滴答滴答的。而远处，菜农夫妇劳作的激情没有消退，先是垒实了一坝田埂，垒实了田埂又除草，除完草又去调肥料，调完肥料又去收割蔬菜，赶晚市的批发菜贩子快来了。视线再跨越过去，这样的场景便不断地复制、粘贴……看样子，与雨相互裸对是菜农们习以为常的了。对于他们来说，这不算爱情，也不算波折，只如每天餐桌上喝惯了的白米稀粥一般。

雨微的时候，我们要走了，农夫抱着刚离土的一怀空心菜追上来，硬塞给我。等农夫回到田地里，我摸出纸币让儿子送过去，压在小棚屋里。我的身子和麻布鞋尚未风干。

落花在案

　　暮春去汕头大学参加文学活动，会毕与几位朋友在校园猎春，正是木棉花盛极时节。所谓的盛极，就是落花无数。在一处教工宿舍院外，拾得一把大竹扫，把木棉花扫拢起来。木棉花颜色红艳，更兼花如碗盏，几十朵堆积在大竹扫上，竟是强烈的视角侵略。

　　花落之时，其实尚未是其结束之时。

　　我不喜欢插花，连带地对城市流行的插花艺术也抱持保留态度。事实上，那种以观赏花为花材的插花艺术，大都表现得呆板、公式化，毫无生命力和创造力，有如油腻中年的人生，既光鲜，又妥协。以前也有朋友或学生送来鲜花，短短几天已使人崩溃。换水，是日复一日的严酷考验，从花枝剪下之时，衰败已经如影随形，为使其不致腐臭，只能一截截地剪短。在其花苞尚还青春含婉之时，我看到的依然是一种持续的败坏，有如在一个昳丽女子的脸庞上看到骷髅头。神对每个生物的终极公平，就是死亡，于人于花都如是，谁也无法修改。令人难受的是，以美感为预期的整个观赏期，其背后所潜藏的衰颓，乃至死亡干预，是人为的。对于人类中心主义者来说，这当然是无妨的。日本花道也插鲜花，并发展为一种文化，"立花"所探索的象征性和空间深度，"投入花"所彰显的自发性、简单性，以及对材质自然特性的尊重，"自由花"受当代艺术思潮影响，重在传递个人意念和思想，这些追求和努力，以艺术立场来衡量，是非常值得敬重的。故而，虽然我自己不插花，但可以给予理解。

亲花性却是一直不减的。我们居住的小区不大，绿植还好，我喜欢在人少之时，闲荡巡村。对的，我一直把它当成一个村子。巡着巡着，就折腾起来，做成了落花道。

一段时间，我常在午后巡村。整个村子里，只有我一个闲人。偶尔有行色匆匆者好奇地回头瞪我一眼。正是鸡冠刺桐花开时，几天后，落花便成群散落在树下青青的台阶草上。这种花造型颇为特别，只有一个龙骨瓣和一个旗瓣，粗看起来，与性器颇有些关联，似乎身上藏有狎腻秘密。之前我并没有亲近之意，但那天，看着落花鲜艳簇新，竟生起惜花之心，要带回家去养。我找出一只小小的红色琉璃烟灰缸，把刺桐斜插在缸嘴上，实色与透明色相互辉映，倒也颇为雅致，淫邪之念顿消。夜来读书，似乎身旁添了红袖，顾盼之间，很有些生气和温婉之情。此后，村子里的花此开彼落。黄花决明花开时满枝满树，落花却是瓣瓣片片，花萼与花瓣分离的，成朵者甚少。取出十字花科的黑陶碗，花萼与花朵齐齐养上，蝶型的花在水面上错落翻飞。后来龙船花又开了。写到这里发现，竟然有这么多的红色花。其实我对红色有种非理性歧视，除非红得像金凤花，有层次感，有异质点染，有令人奋不顾身的感染力。像龙船花这种就算了吧，我压根没看上她。下班回到村子，看人家掉了一地，顺手捡回来的，养在白色直角碟，夜间灯下光影恍惚，竟有些小惊喜。神造万物，原是欠缺不断，等待我们来再造。更让我吃惊的是，落花刚来时边缘已失水起了皱褶，养了几天，花瓣竟然丰润鲜丽起来。这大概是落花道的最高境界了，从衰老中重焕生机。之后我出门数日，她端雅耐心地等到了我归来。

自此我对花材舍弃了分别心。

此后，又发生了一些故事。单位在长平路，行道树是麻楝树，每天清晨上班，总是看到树下小汽车的挡风玻璃前落满了细碎的麻楝花。我忍不住去门房伯那里讨了一张报纸，盛落花去。因陋就简，搜到一个工夫茶盖瓯底托，当成花器。案头突然有了花，坚硬的办公生涯活色生香起来。隔壁办公室的陈皮妹妹受了诱惑加入落花派，自那以后，每天上班前捡扫落花成为我们的必修课。如果运气好，还能捡到麻楝树蒴果干枝，这些干枝在树梢已经挂了半年有余，每一个木质蒴果都开裂为数瓣，朴拙而有古意。花果同上案桌，很有些前世今生的恍惚。花道一开始源于佛教供花，莲花之所以成为主要花材，正是因其果实、花、蓓蕾可以同时体现过去、现在和未来。恰逢村子里的鸡蛋花开了，香气比麻楝花

香浓醇厚。花事最炽之时，一朵朵旋花或仰或俯或斜躺着，
各种姿态皆可人。我用透明盒子装了一盒落花送给陈皮妹
妹，她揭开盒子时，整个办公室都香了，同事文姐自此也受
蛊惑，落花派不断壮大。那时，麻楝花已了，陈皮妹妹脑门
发热，上班前专门去时代广场捡落花，带来数朵大花紫薇。
我们村的大花紫薇很快也开了，我刚好买了一个金属架黑色
半球型的水培花器，搁上三两朵，风从落地窗外拂来，她们
便在如镜的水面上跳起芭蕾，倒影宛在。我在案上写小说，
心里养着一个现实的世界和一个小说里的世界，也养着一个
花的世界。

花　器

　　当写下"花器"两个字时，我知道，它的某些属性被过滤掉了，只留下了另外的一些属性。

　　与花发生关联的器具，一种是可以用来种，一种是用来插。这两者都有经典范例。

　　小时候住的老房子，家家庭院中都种有一缸莲，我在散文《黑白间》里写过。"文联的办公室是一座潮汕地区典型的下山虎建筑……内埕的中央种着一缸莲花，夏天时候莲叶便擎起冠盖，有时会有一两朵莲葩隐约在莲叶间。莲缸的底色是深棕的，花纹是浅卡其色，一个圆缸均分成了四瓢，各各画着民间图案，鸳鸯什么的。"这缸莲，对于每一个家是有定神作用的。每年清明前，父亲便开始主持种莲事宜。民间有一个说法，清明前种的莲，莲花才会高于莲叶，过了清明，莲花便在莲叶之下了。从莲缸里挖出旧年莲藕，削去衰老的存留壮硕的，去城内某处池塘担回两簸箕塘泥，便可以种了。之后，便是守候与等待，等到莲叶露出尖尖角，便可以埋下一些有机肥了。父亲是医生，常年为邻右看病，生活里便有颇多便捷。那时，我常常受命去市场口向一位阿姨取来花生渣，她一见我便咧口大笑，露出白牙12枚："林医生种莲了。"莲在，家便安在。时序更迭，莲在历经阜盛之后，终于残败。那个莲缸寂寂无言缄默了整个秋冬季。大家竟然都毫无怨言，看看缸里水涸了便添上一勺，静待明年清明来临……我一直以为这是潮汕平原独有的。去年莲盛时节，盗用了椰子君东里祖宅那缸莲的照片去发朋友圈，江南的朋友首先转发了，竟是同样的缅怀。好吧，江南与南方的审美向来接近，这没什么可惊怪的。可是，惊怪的事情随后而来，有朋友把这张照片发到同事群，老家在河南和河北的竟也认莲来了。这缸莲的地理版图超出了预想，在空间意义上不断挑战我的认知。据说中国栽培莲花已有3000多年历史，有一些碳化的古莲子出土可供佐证，只是，把莲花种在陶缸里进入寻常百姓家，这种风俗不知始于何时。

这个莲缸便是我心目中最优秀的花器。在特定年代，它与人的生活起居、精神气质、命运密码有着潜在的契约关系。

与种花相比，插花实在是等而下之。最早见到的插花，大概是东汉古墓墓道壁画，一个圆陶盆，插着6支小红花并置于方形几架上。我常想，插花的缘起到底是什么？欲望与美么？这美的代价竟然是以加速死亡为代价。不过，当一件事情成为习惯，甚至成为风尚之后，其背后的根由便甚少有人追问了。永恒、根本、生死、究竟，都是累人的话题，能躲就躲吧。历朝历代过去了，到了明朝，插花不止技艺娴熟，理论体系也构建完备了，这就不难解释"金瓶梅"作为重要的文学意象为何是在此时定格下来的。

自此，一瓶花便搁置在每一个客厅里，也搁置在每一个人的心里。

在乡野、在庭院、在客厅，所有的驯化之路都是离人越来越亲近。

因为一直抵触插花，家里的花瓶，插的都是仿真花。这当然是美中不足的。偶然捡拾了落花回家去养，竟上了瘾。如今，倘有一日案头无花，便觉落寞。落花作为花材，是可遇不可求的。什么季节开什么花，这是花与天时共同做出的决定，人是无能为力的。况且，有的花性子烈，早早地就掉下枝头，有的花性子温吞，慢慢地在枝头枯萎了，连最后一亲芳泽的时机也不给，这也无可奈何。有一天下雨了，看着村子里的黄花决明纷纷扬扬飘落下来，我的内心竟狂喜起来，忙不迭地捡拾。长裙上兜满时，却蓦然怔住了，养落花，分明是要在它衰颓时重焕生机，这雨中的狂喜到底为的什么？

落花道说到底就是参禅。

每天在村里子捡落花，火焰木、鸡蛋花、大花紫薇，然后养起来，到朋友圈晒出来。终于有人看出了端倪：你之所以能够拍得好，那全是因为花器。

这是我必须承认的，花器是落花道的终极武器。落花与鲜花不同，或无茎或无蒂或无萼或无蕊，它的式样是相对单一的，创造力唯在与花器的搭配。在尚未开始落花道之前，我已喜欢收藏各式器具，颜色纷呈、材质各异的盘碟，直角的、花瓣形的、扇形的，还有……烟灰缸、香盘香插、烛台，这些旁门左道的器皿用来养落花，每每令人惊艳。当然也有花道的专用器皿和水培花器，只是甚少。

我最喜欢的花器有几件，一件是半个骷髅头造型的烟灰缸，银灰擦色，红色的龙船花养在横切面上，死亡如花。一件是不规则型的瓷壶承，手擀泥片，像一本厚厚的书，侧畔刻印心经文字，天蓝色，底部转深，养两枚茉莉上去，整个世界便娴静美好。有一件法国玛丽皇后头像的陶瓷线香盘，太贵，至今尚未收入，线香插口就在玛丽皇后的云鬓之间，如果插一朵玫红色的珊瑚藤，必然美得没朋友，嗯，想想也是美的。

心随物安，我极可能是精神上的物质主义者。

第四辑

他山之魅

高原反应这个假想敌

　　车还在慢慢地前进。或许，它是不慢的，慢的是时光。这是从成都到阿坝州卓克基。

　　意识开始有些浮浅，车窗外的镜像忽忽地往后闪去，日光把人晃得晕乎乎的，想瞌一阵却难以入睡，清醒的意识与疲竭的脑子，有如一对知己知彼的宿仇，对恃着死耗着，那种僵持既饱满又有韧性。突然地，太阳的光斑大片地摇荡开来，又急遽地收回去，像是一个人带着醉意慷慨解囊，旋即后悔了。用手去抓，去抹，也不知道抓什么抹什么，似乎人是在深水中慢慢下沉，本能地想抓住救命稻草。邻座小妹快下车了，终于瞥见了我的困厄。她问我怎么了，旋即反应过来：高原反应？忙乱中替我翻倒出红景天胶囊，然后下了车。车门外迷糊一片，大概是一条看不到头的山间小路。小妹那一身还带着成都味的鲜丽衣裳，很快被吞没于尘土中。

　　我的周身空旷起来，头壳也空旷起来，有人可能会把它称为头疼。这阵空旷没完没了，终至于混沌睡去，醒来之后，胸闷心悸，却依然是旷野无人。车到卓克基，打电话给青年旅舍，那时已是气也喘了力也没了，行李箱撂在大道上请他们帮忙来拖。海拔这才 2700 米。

我们潮汕平原有两句土话，一句是"肥壮大健，要死才无定"，另一句是"脆缶耐摔"，大致是民间流传的智慧，给瘦弱之人以安慰，给健壮之人以警戒。这于我的色达之行，是颇为励志的。人瘦弱，当然是低代谢的状态，对氧的需求量不高，高原反应便发生得少。何况七年前进藏，在拉萨我是安全度过的，到纳木错的那天才有轻度高原反应，也就是说，我的海拔极限估摸在 4000 米左右。这个高度，于色达来说，恰可以心存侥幸。

忐忑还是常有。不少人告诫我，这一趟 pass 下一趟不一定 pass，这一趟捱过了 4000 米下一趟可能 3000 米还不到就中枪。果真不幸言中。这一路，前半段还是脸色与秋风如常，到理县时停车，还在小妹的推荐下买了乡民现摘的一兜红脆李，吃得口角噗香，上车后就不对了，车到卓克基之后就更不对了。

半个月后，当我在达达宾馆洗头沐浴，借室友的电吹风把头发吹个通透，长长的秀发在有地暖的房间里旋转飞扬，我终于确信，高原反应这个假想敌，终是被打败了。在人类至为复杂含混的情感中，肯定有这么一种，是压抑之瓶被打破之后的碎裂，痛快如花，落寞似水。那一刻，我想到的竟然是汉武帝他妈。多年前看过一出电视连续剧，王娡入宫前嫁人生了女儿，后又被送入宫，由美人而夫人而王后，对汉景帝做小伏低那是必须的，为使儿子当上太子，又得忍了馆陶公主，娶了阿娇当媳妇儿，熬到了儿子当皇帝，实权还掌控在他奶奶窦太后手里，继续忍，等到窦太后晏驾的那一天，她终于忍不住了，在后宫中嘿嘿嘿地大笑数声，然后流于静默。

这妥协隐忍的半个月。路程掐成两段，又掐成三段，海拔一点点地往高处蹭。人是狂妄不得的，肢体活动受限，激情受限，连洗头都不被允许，这对一个亚热带女子来说，近乎自虐。

回到我在卓克基的那一夜。

气促、心悸，加之孤单一人落在陌生之地，几次怀疑这地方并非人世。这种恍惚虽则离奇，却也无悲无喜，无惊无惧。更要紧的是头疼。现在不是空旷，是收紧。头疼的最高境界大概是生不如死，我的境况还不至于。顺延的下一个境界，那就是厌世，良辰、美景、鲜花、奶酒、清茶、艳遇，通通不要，至于更远的，天下、家国、时代、战争、人工智能，那全都是扯淡。也就是说，当此时，一个人的精神活动、情感活动，完全处于关闭状态，只留下了一具躯体，这具躯体所有的功能也都关闭，只留下了痛觉神经。从未见过这么百无一用的东西，连我自己都不愿意怜惜了。在卓克基的两个晚上，不到八点我便服下安定药，呼呼睡去。我自带的高原反应防治药不少，唯独舒乐安定片不是。这是后话。

醒来是凌晨四点，窗外暗黑，倾向于深邃的墨蓝。在一场高原反应之后，精神终于返魂了。初初坐起的样子，既纯净又清冽，也恢复了魅惑不定的各种可能。此时的梭摩河，奔跃比白天更加汹涌，像一个孤寂的乡村男人，半夜里在瞎灯黑火的院子狠狠地劈柴。我习惯性刷了一下微信，竟然有朋友在时间交过零点之时，给我发来生日祝福。一辈子当中，就是有人会这么一直对你好。比如，有人会在每年初夏，录下第一声蝉鸣，送给我。一年又一年，那蝉鸣不断叠加不断壮大，便成厚谊；也有人会把其倾心收藏的心爱之物，在某一个时刻，突然拱手相让，捧在手上，沉重得让人捧不动。

这么说来，这一天是我的生日。手痒，发了一条朋友圈。"一个人的生日：中年就如凌晨四点钟的卓克基。"我常忘了生日，中年这种大而无当的年龄经验也甚少念及，只能这么说，时间对我的勒迫还且温柔敦厚。

最好的精神状态，只宜给书。看到这么一段，是宗萨仁波切说的，绝对真理有两种，一种是真正绝对真理，另一种是为沟通所建立的绝对真理模型。我们能讲的，只有后一种。掩卷之余，不由得有些很个人化的小感慨。离家虽然日短，离天却是越来越近，天更蓝、气更薄、山水更凌厉纵横……身心中固有的某些粘连、缠结似在一种混沌中松解和打开，生命的开合，对绝对真理模型向真正绝对真理的趋近是否怀有开门的力量？

很多追问其实都是无解的，或者，答案就蕴藏在提问里。这令人对精神活动抱持着一种复杂情感，混沌几乎是一种常态，然后，时有希冀，时有绝望。

应对高原反应却是务实的，与玄思无关。

虽然多年不在一线从医，日常病症我倒还应付裕如。可悲是，平原的医生一旦涉足高原地带，就如指南针到了磁铁矿区，竟是失效的。一个人对于自己的局限，常是盲目的，这当然导致了自恋，纳西瑟斯如不恋慕自己的影子，这世上也没有水仙花了。可是，如果局限是显见的，如方尖塔一般呢？作为一名医生，对于病症的处理，其实心中有极为严苛的标准。大众的期许是固定答案，而医生不是，他的标准是动态的，两个坐着跷跷板的小孩儿忽上忽下，是整个复杂机体的平衡，是药物与个体的最佳匹配：药效最大化，副作用最小化，这个副作用，不止有近期的，更有远期的。现在的问题是，在我的专业常识范围，并无可资借鉴的防治方案。去旅游攻略寻求解决，其实是对于非专业的一种屈膝求和。个体经验虽然丰茂、切身，却带着极大的差异性，且受主观因素的挟持。网络上的高原旅游攻略叠叠累累，只是，天下攻略一大抄，有真知灼见者极少，它所呈现的样貌，肤浅、碎片、从众，与大多世间事相当类同。其中，却有一个重要的分歧，藏医应用红景天防治高原反应已有不短的历史，但它的有效性依然备受争议。对于同一件事情，如果不同个体发出了截然相反的声音，每一方都言之确凿，到底该如何评判和因循？

氧气稀薄，这件事情改变了整个世界的固有秩序，不止我们的机体需要调动一切可能去适应它，还需要向高原这一方水土借魂。哪里才是高原的灵魂？人类常用巨大的精力去实现征服，却都是存在主义式的努力，悲壮、荒诞、充满了无力感，幸而，还有这样的一种诚意，卸下了盔甲，撤去了武械，蹲下身子来凝视一株草，像红景天这样的一株草。我没见过红景天，只看过图片，个子矮矬，花盏小而花簇蓬勃、坚韧，在岩石缝里，在山坡脚下。这个专挑高寒、无污染地带生长的任性姑娘，让我心生隐秘而辽阔的欢喜。世上万方万物皆有因依，什么样的生命长在什么样的土壤，什么样的阳光开出什么样的花。

当我打开医学论文数据库进行检索，那种近乎八股的研究模式带着熟悉气味扑面而来。研究红景天对高原反应的影响，科研设计一般是这样的：选择一个进入高原的人群，300 人或 500 人，大学新生或者特训部队，这种特定人群的选定，排除了生命基础状态和体能差异因素的干扰。随机分为两组，试验组于进入高原前七天到进入后三天口服红景天，而对照组不作任何处理，或者服用安慰剂，之后，比较两组参试人员的高原反应发生率、症状评分、心脏功能、血氧饱和度等的差异。如果两组的各项指标对比，有统计学差异，那么，红景天是有效的。一般来说，这个人群数量越多，样本越大，其研究结果会越可靠。我所看到的近十篇医学论文，都对红景天的防治效果很是肯定。当然，各个研究项目中，对于高原反应的评分标准不一，服用红景天的品质、剂型、剂量、疗程不同，参试人群进入高原的海拔高度也不同，有些研究的随机原则不甚严密，这些研究的瑕疵当然都令人遗憾，而医生的出身，使我对科研本身的伦理更有一种彻骨的忧忡。比如，一个科研设计在初始阶段，研究者其实是对结果有所预设和预感的，如果你已预感到红景天对高原反应的有效性，那么，在给对照组发送安慰剂时，你的心里难道没有莫大的不安？

这个年代，科技的发展十分吓人，一开始我们可能是冷眼旁观的，以为这是蓬草，乱糟糟的，却也生机勃勃，当它给人类欲望抛了媚眼之后，绳索张开了。很快地，我们发现，它已不是蓬草，草株变成了树，枝干和柯条都在噗噗突突地伸窜，遮天蔽日。到了后来，那些树开始变异，那是地球上从未有过的种属，妖魅一般具有勾人心魂的力量，再没有谁能够逃脱。电子商务兴盛时节，大数据从远方慢慢地走来。我的审美有些奇崛，是网购满足了这些癖好，并让它繁茂生长。一开始只是自己慢慢地淘，很快地，平台推荐的货品比我自己淘到的还更契合心意。我的欲望和薪资，从此源源不断地在网购这条大运河中南北奔腾。有一年，因为家里装修房子，我成为了买家大 V，平台奖励给我一个大数据信息。那时候大家对大数据还相当懵懂，只见屏幕上嗖地翻滚出来一个制作精良的插件：这一年来，你与全国多少城市的多少买家有过愉快合作，最远的那一个包裹穿越了多少山水才来到你的身边，你最喜欢的颜色是什么，你最喜欢把钱用于什么地方，冷不防地，屏幕上出现了这么一行：这个人，肯定是你生命当中非常重要的人……我愣住了，似乎有什么秘密被戳破。TA 到底是每年发第一声蝉鸣给我的人、永远记得我生日的人、把我写下的文字一字不漏看完的人、我莫名其妙为其担忧的人，还是我身边一言不说，只因为我喜欢了那一瓶老冰糖人参酒便不舍得独饮的人。亲情、爱情、友情，还是恩情，它到底替我安给了谁。又一个页面终于滚动出来，屏幕上噼啪写下两个字，泪水瞬间溢将起来，那是我的父亲，他是单名。它说的千真万确，这个人在我生命中真的非常重要。大数据告诉我：这一年，你有多少个多少个包裹发到他的手里。

为何是商界来开启大数据的应用？而关乎我们的身体和生死存亡的医学界，反而每一步都进退维谷。20 多年前，我刚到医院当小医生时，每一篇论文的统计学处理，都是手工的。我也做过疾病防治学的研究，与红景天对高原反应的研究是类似的，如果是 300 人的观察样本，那就需要抽取病历 300 本，逐本翻查、记录、统计，每天做得昏天暗地，有时病历本有差池，又得去讨好那位盘高髻的老资料员。我至今还记得这样的场景：她颤巍巍地爬上高高的木梯子，扒开病历架去取档，晕黄的光线下，终于找到了那一本，她弹打着病历本上的灰尘，斜乜着眼睛看我。

不知道，每年进入高原的游人有多少，像我这样无头苍蝇般求索应对高原反应的人有多少。大数据当然不是万能的，它只是一个未经开掘的矿藏，芜杂、不懂人意，不具备问题意识不具备统计思维，更不具备伦理准则。面对大数据时，人们在第一时间产生的隐私恐慌，恐怕便是它不意间泄露出来的最为致命的噪声信息。可是，如果连矿藏都没有，开采计划再详尽周密，采煤机、挖掘机、输送机、提升机发明得再多，又有何用？

在卓克基逗留了两晚。每天沿着梭摩河走去，像八十岁的裹足老太太那样，脚步极碎极慢，走到深山去看云，走到西索民居去沾花惹草，走到土寨去参观土司的陈年生活，疲了就回青年旅舍歇脚，这种小心翼翼的维持还是没能抵挡高原反应的来袭，那天下午，正在旅舍前台咨询从阿坝州州府马尔康到色达的班车，我准备隔天一早就走。可是就在此时，高原反应霸道地把计划打断。前台帅哥劝我回房休息，然后轻描淡写地问：喝一杯糖水吗？瞬间，我的心内涌起了浓重的委屈：已经四天没吃甜食了。毒瘾发作了一般，稀薄的糖水如何止得了，我把脚步压小，却怎么也压制不住对甜食那急遽的庞大的欲望。回得房间，把行李箱里的奶糖和巧克力全部掏出来，散了一床。然后倚在床边，一颗又一颗手忙脚乱地掰。吸了口气，空气中都是糖的味道，梦幻的，触电般的，那场景，是扎海洛因才有的急不可待与快感。在家里时，我经常会侍弄一些甜食的，炯烧番薯芋头、桂花糯米藕、莲子百合枸杞银耳汤，或者把老冰糖添加在咖啡、牛奶和奶茶里，当然，早餐面包和蛋糕也是无甜不欢的。这几天其实也向旅舍的餐厅索要过甜食的，都说十里不同风，这千万里之隔，哪里会有南方的甜食，餐厅给我推荐的是应季的牦牛肉、北瓜、梭摩白菜……

去超市，把他们家的奶糖全部买断。从马尔康到色达的客车路上，奶糖就一直嚼着，不曾离口，吃到差点反胃，高原反应是真的再也不来相扰了。这一袋奶糖，后来在色达送过好多陌生人，帮助他们度过难关。从理论上讲，高原地带是必须高糖饮食的，缺氧的环境下，高糖可以提高血液中红细胞的携氧量。而且，它是必须一直吃一直吃的，应对低供给的外部条件，只能高频率地补给。这些理论，事后解释起来是如此澄澈明了、圆融畅达，可是，当初发出警醒的却是身体本能的强烈反应。我们常用规范、教养、健康等来限制和扼杀身体的表达，这极可能是扭曲和误解。归根到底，身体才是第一性的，而文明和文化，毫无疑问地带有历史性，需要不断地接受新的验证。

这一程，我总结出了高原反应的葵花宝典：红景天、糖和安定片。后两者的效果甚至更为显见。

说到安定片，必须感谢一个人，她就是居于成都的作家裴山山。色达之行，来回程两次在成都中转，促成了两次聚会。我们约在"花鸟鱼"餐馆，等待上菜的时节，山山老师从袋子里掏出数样东西给我，一件轻薄羽绒服、一件皮肤衣、一支高效润唇膏，还有一排舒乐安定片。之前，与山山老师只有一面之缘，我很惊讶于她对我的宠溺和周全。山山老师是一位老西藏，当年多次进藏采访藏兵，并写下了《我在天堂等你》等小说代表作。我这种睡眠质量极好的人，一直与舒乐安定保持着若即若离的心理距离，排斥、隔阂有之，敬畏也有之。在进入高原之前，我确实不曾想过，这是高原的必备药物之一。可是，看到她掏出药来，瞬间就明白了。很多人对待高原反应，是头疼医头，可是，人家舒乐安定是直接把人带入睡眠，带入低代谢状态。一觉醒来，症状自然缓解了，人也精神了。这个道理我是懂的，当年在医院当儿科医生，每年秋冬季腹泻大流行之际，我们有一个常规处理，每位患儿入院时，首先肌注半支复方冬眠灵。这种治疗方法，其实是对机体自身调节系统的信任。事实上，整个行程，我只吃了两片舒乐安定，在卓克基吃过两次，在色达吃过两次，每次半片。只这两片，也就足了。

常会记起在卓克基凌晨四点钟过的那个生日，朋友圈上蹭蹭蹭地有许多朋友跟帖祝福。我的朋友圈属于高冷类型，这大概是收获最多点赞和留言的一次。我刚刚去翻了旧帖来看，有一位朋友特别好学，跑来跟我探讨宗萨仁波切的那句话，她问：为沟通建立真理模型，可以理解为相对真理吗？我回答她：我觉得这样的表述更加准确：在相对层次上建立的绝对真理模型。这话说得真绕，其实我没弄明白当时说的是什么。只记得，在书中抬起头来，卓克基的天慢慢有了熹光……

山中透明色

在坛城转经筒时，我发现身后是一位老觉姆。她已经够老了，佝偻着腰，前额数次磕到了我的后背。她永远只跟我差一个位，我转过的经筒就轮到了她。坛城的经筒很重手，需要费体力。偏偏我是一个较真的人，每一个都不能漏过，每一个都必须转得动。所以，转得很慢。很多人从我身边超越过去，只有她不，永远在后面。一定是没力气了，我乐意陪着她。那天，我转了一圈又一圈，在漫长的过程中，我们一直保持着一种缄默的节律和默契。

我已喜欢上了色达的生活，在坛城转经筒也是理由之一。这些日子，我跟着一位年轻的觉姆住在半山腰红棚屋里，听课读书，生活方式归于原始，没有镜子没有水龙头没有厕所。我本就是一个喜欢素面朝天的人，现在好，以高原的蓝天白云为镜，仰着面就从山间草丛中走过。这些日子，我更像是山的女儿。每天把拂过膝盖头的一簇簇香薷草和大黄拨过，露水沾在手指上，寒凉透骨，赶紧捧到胸前呵气。觉姆穿着单薄，她总是埋怨露珠把僧裙濡湿了，打坐时很冷。棚屋外，有一个水罐是每天提了去山下打水，另有半个水罐，用来蓄脏水的。觉姆怕蚊虫自投罗网，第二天天未亮就帮我把脏水倒了，之后，我们俩为这半罐脏水一直在比赛谁的手快。棚屋的门是不上锁的，哐啷一声推拉开就是了，小小的床几乎占了棚屋的一半空间，床上小几摊开的书还在出门时的那一页。风日好的午后，去山下洗澡房洗头洗澡，回棚屋爬上床推开窗，把长发撂出去晒。觉姆恰好在下面洗枕头，我们便隔着窗聊天。我问她：为何汉商店买不到电吹风？觉姆一直觉得汉商店是无所不有的，那天她在收银台上看到泡泡糖，不禁感慨，只有想不到的没有买不到的。我说，泡泡糖跳跳糖都不算啥，现在连体香糖都有了。她咿呀一声，快晕过去的样子。说到电吹风，她说：不需要啊。然后对着我的长发喟叹：三千烦恼丝……说着话，窗口晾晒着的几颗松塔滚了下去，日头一晒，它的塔叶已全部舒张开来，真好看。早上雨后我在山上捡时还是湿嗒嗒的。觉姆捡拾了帮我递上来：做什么呢？我笑着说：稀罕。上厕所，我喜欢去山上，每一次都有上天赠予的奖品。一开始，如厕是正道，观景是顺捎的。后来络绎不绝的游客在此处举起大炮筒，摆起三脚架，我迟钝的观景视角才被启蒙，原来女厕门口就是一个绝好的观景台。从此之后，如厕已不仅仅是如厕，还有审美期待。有时是漫天漫天的云，叠加在千千万万的棚屋上，瞬息万变；有时是一帮健硕的红嘴乌鸦，突然飞过来盘旋和聚会，滑翔着，然后有两只开小差，远远离群而去；有一次，是突然听到轰隆隆的巨大声响，一颗颗珠玉一般的冰雹就砸到了身上，碰到一位藏觉姆，我请她去山间棚屋避雹，她以为我是游客让我赶紧去避，相互言语不通，只用肢体语言推让着，最后恍然明白，嫣然对笑……下山一趟不容易，我已学会了像觉姆们一样，把打水罐藏匿在山脚棚屋的栏杆内，去上课去上商店，完事回来再取了去水房装水。说是藏匿，其实东西凿凿在目的。只是说来奇怪，都是那种最寻常的5升重纯净水罐和金龙鱼油罐，从来没有丢过，也从没有换错过。水房可以洗衣服的，有一天午后，洗完衣服觉姆有事找我出去。按照往常逻辑，我是该把洗衣盆和衣服带回山上安置和晾晒，然后再下山的。那时，日头看起来好有善意，栏杆上有人晾着厚袜子，我被打动了，遂把羊毛衣和夹棉裤子也披挂在栏杆上，把洗衣盆塞在僧衣收纳处后面，然后办事情去了。傍晚回来，收了衣物上山，夹棉裤子已经干了一半。

觉姆第一次带我去绕坛城时，就告诉我要把背包里的东西"断舍离"，备用东西全部掏出来，果真轻松了。隔天，在山间碰到一位上海来的老阿姨，带着大炮筒的摄影游客，突然下了大雨，我撑着伞给遮挡。她着急要赶往停车场集合，看雨情是小不了的。我在背包里好一阵摸索，终于摸出一件一次性雨衣，刚好给她套上。"断舍离"之后还有这等漏网之鱼，真是幸运得紧。又过两天，是雪后的早晨，在山脚厕所听到一位少女觉姆在弱弱地问：谁有卫生巾？我大声地帮她吆喝了数声，所有的答案都是否定的。我望着雪后打滑的山径发呆，现在上山去取卫生巾，上课肯定迟到了。我掐了厚厚的一叠纸巾给她将就，嘱咐她赶紧去商店买。当天回家，背包里赶紧添了两片卫生巾，不知道是为自己还是为某一个刚好需要的她。那个"断舍离"过的背包，又一天天鼓胀起来。

我几乎每天或者隔天便会去绕坛城一次。那位老觉姆，我陪她绕了好长的一段时间，等到我不得不离开时，不放心地回过头去看她。她还好，按照原来的速度慢慢地转。然后，她转到了一个蓝色风衣的男游客身后，他谅必是在回一个信息，把手机侍弄了好一阵。我远远地站立着，真为这一阵而着急。老觉姆就佝偻着腰保持那个姿势一直在等，等到他收起手机继续转经筒，她就跟着转下去。

我错了。这是我应该惭愧的。我一直以为自己是在帮着她。其实，她并不是力气不足，她有自己的秩序。

红嘴鸦飞过无尽的雪

雪下得更大。我刚出来时，棚屋顶的红、经堂顶的金、远山上的散绿，都还隐约可见，这时候全都白了。整个世界被雪漂过一遍，白得没心没肺。室友劝我，上山的路不好走，别出来了。我坐不住，还是想去绕坛城。

在这里，时间已过了两旬，我适应了高原，适应了素食，适应了每天听经诵经清修的生活，也适应了身边形形式式的人等，万事尘埃落定。当此时，整个人的感觉却是空的。这个空，不是佛家的色即是空。佛家的空，是万物皆空，万事无常，劝诫人不起执情，得大自在。我的这个空，却是执情满满的，只因为抓不着摸不到，心内空了。回想我所遇到过的出家人，他们虽然一直在谈空，对世事的执情也已抛下，但我发现，很多人转而执着于空，并以此为种子，种下了空之大树，向下根须庞大，向上枝叶葳蕤。于我看来，执着于空，与执着于世事并无两样。真正能够以空为常，以无常为常，不被其绑架者，其实少之又少。我现在充满执情的空，大概也是为此迷茫。

天地之间，白茫茫一片，经堂及其重檐和梁枋彩绘、连绵直至远方的红棚屋，把这个静态画面晃动起来的，是纷纷扬扬的雪。突然，有什么东西从经堂重檐飞逸出来，是两个黑色的团块，在白色世界里显得醒目而孤小。很快地，看出了黑身子黑翅膀，还有小小的红色喙。是红嘴鸦。它们从东边的经堂，掠过一大片的棚屋，一路往西，往西而去，直到空濛。冰天雪地，万物龟息，它们长途跋涉，这是要去做什么？

红嘴鸦是每天晤面的。刚到色达时，我住在觉姆棚屋，第一次站在半山腰看到高空中红嘴鸦漫舞，心内有些小惊慌，以为那是秃鹫。这种对常识的误判，其实是有缘故的，高原红嘴鸦体型之硕大、身手之矫健，超出了预想。有一段时间，每逢晴朗天气，我都会在山上撞遇它们的午后舞会，要不就是大晴天要不就是阵雨过后。规模庞大得很，到底有多少舞者那是数不清的。它们的群舞让我想起风行18世纪欧洲的加洛普舞，这种舞蹈名称来源于马的奔跑。正是这种感觉，深冽的蓝天上，舞会中的红嘴鸦，每一只都像一匹马，迅捷、奔腾、优雅、勇敢。山间的生活简朴原始，与红嘴鸦的舞会邂逅，我每每有种置身于高贵场域的丰足感，身上的细胞似乎都是汁液满溢的。手上虽不曾握有酒杯，胸间驰骋的却是恣肆的酒意，这酒意可以乱人心性。后来搬到达达宾馆，这是海拔更高的地方，有时在路上行走，便有一群红嘴鸦从檐间飞出，呼啦啦地声势甚为浩大，它们也不飞远，就在路对面楼房上的窗牖停驻。不管生人熟人，你仰面上去它就与你对视。据说红嘴鸦是地栖鸟，我在讲经堂的梁下看到一个碗状巢，不知是不是产蛋孵雏才会用到。在我们家乡，与人如此亲近的也只有家燕了。每年春天，家燕如期而至，筑巢造爱，生儿育女，等到儿女长成便阖家弃巢而去。隔年归来的，也不知道是否故人故鸟。对候鸟，我内心一直充满敬佩。我是一个心力不足的人，如果一辈子必得是这种往返迁徙的宿命，一路上江河湖海再好，花田桑麻再好，迢递之间如影随形的，一定还是惶惑与焦虑。可是，如果一辈子只当一只留鸟，远方只待在想象和诗里，那么，不是辜负了一对能够策动的翅膀吗？究其实，这个两难抉择所折射的，还是个人内心的多欲多求。红嘴鸦们不知道是否也有类似的纠结，经堂的诵经声对于大多数人来说是有安抚作用的，或许对它们也一样。只是修为向来有深浅，红嘴鸦与红嘴鸦的不同，是否也如人与人的不同？

无尽的雪，红嘴鸦飞往的是什么地方？

这是一条平缓的坡路。去坛城有几条路，陡峭的路途短，平缓的路途长，我不喜欢奋力攀登，宁可走远道，缓慢行进。不知为何，此时重又想起写作伦理的问题。来色达之前的很长一段时间，胡思乱想是不怕的，但对提笔写字我心生惶恐。这种惶恐是之前 30 年的写作生涯没有过的。文学边缘化之后，写作者都以弱势者自居，从某种角度来讲，文学确是失败者之书。现实的立场太强大，漠视、奚落和碾压，当然是写作者的待遇标配。可是，我突然发现了一个真相，在远离现实的大场域，写作者其实也掌握了另一种权，在深度上，或者在局域里，所以它隐蔽，不起眼不招惹谁，因此也不受监督。一种权，如果丧失了制约，那么，就类似于一只逃脱了樊笼的兽。

路上人稀，我只看到一个架了三脚架在拍摄雪景的，羽绒服穿得臃肥笨拙，像卡通企鹅，连衫帽盖住了他的眼神。突然发现，红嘴鸦的出场与我往常所见不同。往常的舞会，它们是成群的，这个大雪天，它们却是成对出行。天地一片白，只有一对红嘴鸦扑翅远行，它们飞得有些慢，不再是马奔跑的样子了，而是鹤翔。藏区的天、山、经堂与红棚屋，即便为漫漫白雪所弥漫所覆盖，层叠凸兀、明暗交错的雪境呈现的依然是凌厉之气，这两只红嘴鸦的街舞，却是空灵剔透、婉转柔绵。我贪念顿生，光看是不行的，还得永远存留下来，打开手机咔嚓咔嚓不停地拍，却是怎么也拍不好。

"你好。帮忙拍一下红嘴鸦可以吗？"我的声音既粗重又颤抖，自顾自把往日看到的红嘴鸦和今日看到的唠嗑一遍，以为这个发现足够把他打动。

臃肥的摄影人从镜头下抬起眼来，望了一下实景，此时又一对红嘴鸦从檐前飞出：

"嘿，真是呢。"

我对此场景有些迷醉。虽然它存在久矣，可是，美感已经历过了层层推演。令人意外的是，摄影人脸上的无邪只保留了极短的顷刻，很快便严肃起来：

"我不拍鸟的。"

炽烫的火瞬间倾灭，我的笑容不自然地合拢，声音却很快恢复了常态，与他讪讪作别。

那个穿紫蓝棉衣的女子便是此时遇见的，我不知道她何时到来，应该是从坛城下来的。她微仰着脸，向远处的红嘴鸦深情注目，又有一对姗姗飞越而过。她头上披着玫红的羊绒大披肩，雪花飘落在其藏八宝纹案上。第一眼，美得既玄幻又肃穆。我们相互颔首致意。我对她有亲近感，如果在荒无人烟的月球，所有的人类都来自同一个故乡。

"它们要飞往哪里呢？"

她像是问我，又像是自言自语。

我的眼光追随着这一对红嘴鸦，直到尽头。当然，我也没有答案。

来自故乡的人，是不是一定会用乡音聊起自家的故事呢。

她给我讲的，有别于之前的任何人。坦白说，光从外表看来，我以为她是一个观光客人。可是，她不断给我强调的是她的宗教情怀。她说，他们是跟随青海的上师一起来色达的，上师是三步一顶礼，磕长头而来，已经三个月了；她说他们十来人开着三辆小轿车一直随侍左右，夜里搭帐篷，日间行驶；她说坛城是他们心目中的圣地，这一年，她已经来过三趟了。对了，她是宁波人。她说他们这帮人来自五大洲，其中有一位是法国的留学生，牵头的是一位湖北大哥，每次出行他都会做周密的攻略。饶是这样，意外还是频频发生。她用夸张而略带得意的声调向我描述，车过玛沁时遭遇了高寒天气，下半夜起夜时撒尿成柱……如果要猎奇，我是可以循这思路追问下去的，故事和细节都会精彩纷呈。可是，故乡正在消逝，我盯着她化妆精致的脸庞懒得说话。

听说我是写作者，她倒是来了兴致，大谈仓央嘉措的情诗。"那一世 / 转山转水转佛塔 / 不为修来世 / 只为途中与你相见。"她望着成对飞行的红嘴鸦，把这些诗句念出来，神情陶醉。在仓央嘉措的身上，民间有太多的寄望和涂画，懂得藏古文的人都说，那些流行的情诗在他的原著里一无所见，不知道她所追随的上师如何看待这事情。

就在此时，我突然明白过来，大雪天出门，红嘴鸦其实是缘于最现实的缘故，它们需要觅食。据说它们以金针虫、天牛、金龟子、蝗虫、蚊子、蚂蚁等昆虫为食，也吃植物果实、种子、草子和嫩芽。这鬼天气，它们的食物哪里找得到？我暗暗替它们担心。

后来，我对那紫蓝衫女子什么也没说，只问了一个极世俗的问题，她是上班一族，假期怎么办呢？她说：

"这是要随大师修行啊。"

她最后的话说得极其轻巧极其优渥，大意是，论身份、论财富，他们安享优待是没问题的。

雪小了一些，她很快下山去，上师和道友还在离此五

里之外的地方安营扎寨，她必须归队了。我望了她一眼，背
影依然很美。紫蓝衣裳与玫红披肩的匹配，在雪境里，清新
脱俗。

我往反方向走去。

坛城的顶层每天都有煨桑，我喜欢松柏焚烧时缭绕的烟
霭味。这一天闻不到。绕了不到三圈，不想继续了，我径往
西面山脉而去。

写作伦理的问题依然困扰着我。天地就在那里，雪就在
那里，红嘴鸦就在那里。画布就在那里，作画人挫笔轻重、
揉色精拙、线条纤豪、鼓擦肌理精疏、砌痕层次丰约、色块
厚涂或是薄涂，除了这些技法的差异，更重要的，还有心
情、审美、观念、思想、灵魂。如果只是写作者一个人的故
事，是他内心的风起云涌抑或兵荒马乱，那么，只要逻辑自
洽就行了。可是，如果涉及的是他周遭的人呢，是对弈，是
共舞或者群殴……

有一段时间，我一直在为一对朋友当情感解扰器。这是
一段俗世里常见的情感纠葛，不同寻常的是，男方是一个诗
人。诗人的诗写得极好，疼痛和忧郁，都是胆汁毕现的。大
家都知道，他曾经有过一个相爱甚深的前女友，意外分手之
后他几乎走不出来，诗行里尽是她的洗发水味道。跋涉多
时，他终于与现任女友牵手走在一起，我更喜欢他的现任女
友。她并非没有经历，却依然把清澈留在了眼眸里。我们都
知道，很多清澈是没有肉质、不具包容性的。她的清澈有罕

见的醇厚，我把它理解为了解之同情。即便疤痕还在，诗人终是开始有了由衷的笑。我们都为他庆幸。如果他不是诗人就好了。可他是诗人，依然会写诗，在诗里不止有惯性，还有表演性，他把疼痛和忧郁表达得饱满而恢弘，几乎通往极地，揪扯、撕裂、沉郁、撼动，读者无法不感动。她也同样备受感动，以极端的理解和宽容，一次又一次地，这种结果不知是她下意识的趋附，还是诗人的婉转寄望，或者两者兼而有之。在我们外人看来，这近乎是纵容。最后，她终于出离愤怒。诗人解释道，那只是一瞬间的感觉，一瞬间。嗯，确实只是写诗的那一瞬间，可是它并不止是一个，而是一个又一个，它的伤害是绵长的、间断的、不断重复与加重的，还有，宽容被漠视和利用之后的反弹……作为她的姐姐，我真想给诗人扇去一记耳光；作为读者，我却愿以圣母心去揽他入怀。她备受摧残的模样与他感人肺腑的诗，隔在大河两岸，河水奔腾不息，不知去往何方。

我先生已经很多年不看我写下的文字了，这令很多朋友不解。20多年前，他是编辑我是写作者，我们的关系藉此建立，我最初的那些文字，是需要由他出具合格证的。忘记他是何时开始拒绝看我的稿子的，莫非他在多年前已熟谙了一片叶子的全部脉络，只为了给予一只七星瓢虫最大的生命自由？

而我，竟然迟至今日，才来反思写作伦理的问题。

我不敢写，不敢写往事，不敢写亲人与邻右，不敢写陌生人，我不担保在回忆时不挟私愤，在公断时不夹杂私心，用词的筹码不太轻不过重，在观念上不带着一个人的局限和偏见。现在已经写下的，我眼里的摄影者、雪中亭亭的紫蓝衫女子、执着于空的出家人、出门觅食的红嘴鸦，我对他们无不愧疚。

雪一直下着。这是以前住觉姆的棚屋时常走的山路。垭口的北面，正是连绵起伏的山岭，草甸和藏民的村庄也都覆上了白雪。这样的天气，出门的藏民很少了，他们或许会坐在热乎乎的石头炕上，喝甜茶或者青稞酒。

我发现，我已被自己的困惑消解了，近于虚无。

这里的雪境与前面的不同，线条流畅，温吞平和。但这片白色太辽阔，太静谧，我突然觉得自己盲了，整个世界消失了。惶恐如传说中的水鬼一样攫住了我的右脚踝，魂似乎被捏成了不足盈握的一缕。就在我即将滑入水下之时，世界恢复了过来。这时，我的肉身也恢复知觉，郁塞的胸涌起了巨大的悲痛，沉闷的、暗哑的，突然地，我听到了自己嚎啕痛哭的声音。那些郁塞的微小因子，万万千千地奔突出去，奔向四面八方，奔向一整个白茫茫的世界。

荤乡愁

这事情我已经忍了许久，不是一年两年。它每天都在发生，也就意味着我每天都要忍。我们生活在沿海地区，餐桌上鱼、虾、蟹是家常菜，还有蚝、香螺、花蛤，生腌的、清煮的、炒烙的，除了海鲜，肉类也是必不可少的，没有一天不是荤食……不，对荤食我并不需要忍，究其实我不是素食主义者。所谓忍，只是因为多年来我对这事情一直说不清，憋着一口含混之气，像喉头粘稠的痰，时不时喀喀咳上几声却总是没咳利索。

来色达之前，这里的地理状况和社会形态都如雾里看花，并不真切，亲友问过我，茹素长达一个月是否坚持得了，我暗想，县城离此不过二十公里，这后路妥妥的。现在回过头看，那时连我自己都缺乏信心。一开始，背包里还有山下带来的火腿肠和猪肉脯，也不知道哪一天就断货了，只是过程是渐进式的，就如从湖边一步步趟向深水，也不见得有多难。

那一天的到来毫无征兆，我裹着寒衣出去吃晚餐，离素食馆还有一小段路，竟然恶心、干呕起来。那种状态是凉冷的，整副心肠都抗拒的，由里往外死逼的。它要把我完全地推出门外，推向热切的、汹涌的、流彩的多样性，那么遥远的东西，却在此时殷切的想望中刹那迫近。

我想念山下的生活，呃，想念山下的饭菜。

想起汉商店新辟了一档麻辣串，我赶紧掉头而去。天气冷，水寒，手指皲裂了，我前天是到汉商店买手霜的，无意间瞥到了麻辣串。在南方我们的饮食极清淡，麻辣并非口舌所爱，招致我食欲的，是那些丸子和串串做成了荤样子。摊档门前人多，穿袍子的出家人只有两位，其他的都是便服，这些人中，有居士也有行旅者，虽然着装无异，倒是可以到眼即辨。行旅者进退之间给人的感觉是满的，各种各样的满，身上背赘物，走路挺拔，大嗓子，自信又自负，有时不止满，还溢出了，因为这种满，反倒见出逼仄和缺如。如果是在山上修行了一段时日，火气便退了，再挺拔的身躯，上身也是稍为前屈的，他们习惯了敛眉合十，话语轻，站立的姿态却是极沉稳的。在行旅者眼中，我几次被错认为修行者，在修行者眼中，我更像是行旅人。不管是什么样子的人，此时聚在这里，都是为了一个有着类似期待的胃。素猪肉丸子、素毛肚、素羊肉、素蟹棒、素鹅肉、素肉饼、面筋、金针菇、花菜、卷心菜……一串串地挑下来，师傅在长方锅里涮了涮，又在高碗上加了汤，其实，可以不要麻辣的。

我在长长的桌上找一个位子坐下来吃。

素心、素食、素睡，这些日子里，欲望到底是睡了，搁置了，安抚了，还是抑制了？为何最早起来造反的是荤食，而不是色欲？中年身体的欲望是带有惯性的。告子说"食、色，性也"，莫非他早已洞悉，食欲与色欲虽则都是人之本性，只是，食欲才是第一性，含纳与排泄，在其背后有一个周全缜密的逻辑，盈亏有时，所以它持续而坚韧。食欲是大地。而色欲，它是昙花，绽放与凋落只在暗夜短暂的时间片段，它太炫目太璀璨了，以至于需要以黑作为衬布，以至于转瞬即逝。

对面坐着一对母子，小男孩三岁多，腾挪着小身子生气地吼：我不要麻辣串，我要吃汉堡包。年轻妈妈怕他狂乱的脚蹬到隔壁的老阿姨，摁住他不让动，反而引致了他更加凶猛的挣脱。桌子四围的食客甚为安静，大家都不知道该对此作何反应。汉商店内视野可及之处，未发现与他们互为顾盼和照应的一双眼神。这事情显得不同寻常，她是一个人带了小儿来到色达。年轻妈妈背着与体量不太匹配的双肩包，看起来身心憔悴。刚才我在隔壁要了一个港式小蛋糕，我把它推到对面去。年轻妈妈慌忙阻止了，说小男孩要的是麦当劳汉堡包，他却不理会，一边骨碌碌睁着一双眼睛看我，一边已经伸手抢了蛋糕塞入口内。

汤碗里的东西一件件少，恶心、干呕没有了，胃好像已被喂养得熨帖平复。这么说来，是它受骗了。日本温泉区，樱花也经常有上当受骗的，深秋抑或寒冬，都不是开花季节，竟然不明就里地开了，开得深粉浅粉千娇百媚，像不谙世事的女孩。

我有多年的胃病史，也不严重，如果虐到了便疼痛一阵，最近两年发病，一般是在饭后，于贲门处，有一朵梅花扭起来，扭着扭着便开始疼痛，我把它叫做梅花痛。扭痛时，我感受得到五个花瓣清晰的颤动和变形。这时，我得用白米粥去哄它。即便是这样需要清淡饮食的时节，我也吃荤食的，我们习惯了用动物们的肉身来让自己的肉身更加丰健肥美。

当汤碗快见底时，我以为胃的问题已经解决，哪知道，更深的想望这才开始。身体里有一个暗黑的深壑，空泛的，深邃的，冷漠的，东西再怎么填也没用，我听不到回响，那些经久驱赶了的热情似乎被冰块或者树脂封住了固化了，晶莹剔透，不管触须还是汗毛，具皆清晰可见。它们像悬棺一样，被归置于崖壁岩沟，可望不可即。这个病，用什么来哄？

在家乡吃海鲜和肉类，这本没什么怪异，怪异的是这个根本不牧养黄牛的地方，人们经常吃牛肉，还把牛肉吃得十分出名。

在冬天，如果外地客人来了，招待以牛肉火锅几乎是潮汕人的首选。一踏入店门，买牛肉的和吃牛肉的，尚未交易之前必须过过招。不看菜单便先点菜：脖仁、吊龙、吊龙伴、匙肉、五花腱、三花腱各来两盘，胸口膀一盘，汤底配上萝卜、玉米各一份，一斤生丸子，要半斤肉丸半斤筋丸，把牛肉部位叫得这么分明，还是这么一种配比，火锅店的伙计听了，便乖乖去把上好的肉取来。火锅店的店家几乎都是青白眼，最好的牛肉只献给最懂的客人。他们有严格的职业操守，每一头牛，能用于牛肉火锅的肉不会超过40%，牛臀的嫩肉算是占比最多的，15%，其他部位像雪花脖仁，这牛脖颈突起的一块肉只占3%，胸口朥就更少了，大概是1%，去慢一步，是没得吃的。我见过的牛肉火锅店，从老板到操刀师傅到跑腿伙计，无不牛逼哄哄。

几乎从我懂事起，便进入这样一种牛肉文化的规训。不过，我的实操能力极弱。牛肉火锅上桌，潮汕人是必得来当掌勺的。这里多的是大男子主义者，接受现代文明漂洗之后，部分男子晋身而为绅士，不管是否已经进化，他们保持着主持大局和主动劳作的风范，掌勺牛肉火锅，再没有比这更有存在感的志业了。如果没有特殊嗜好，涮牛肉从瘦肉类开始，然后才是肥肉。每一个部位的肉，涮多少秒都是有规定的。刚要煮沸的汤水，我们叫做蟹目水，说的是那些泡泡像螃蟹的眼珠一般大，还没有真正沸起来。这时候，可以开始涮，把牛肉放在漏勺，涮一下提起来，涮一下又提起来，涮三下之后，牛肉就可以开吃了。肉已熟，而鲜美的肉汁被锁在了纤维里。

得这病时，如有一台牛肉火锅，它是可以治的，悬棺里那些死了的热情，它们是可以复活的，重新在世俗里滚烫起来。

对面年轻妈妈的表情已经着急了，她要带孩子离开，已向我致意好几次，而我一直置若罔闻。挥手向她和小朋友微笑着告别，目送。在他们快到汉商店的大门时，我发现一位下班的觉姆走过去接应。那位觉姆我在经堂听课时遇见过，后来过来买手霜，她在汉商店当服务员，给我推荐了一双好看的羊毛手套。从背影来看，两人关系颇为亲昵。

在这里，想念牛肉想得焦躁起来，这是有犯罪感的。

第一次对牛肉火锅产生犯罪感，是在儿子小时候我们带他出去玩。那时候，他比这个嚷嚷吃汉堡包的小男孩大不了多少，每次带去乡下的溪边林子里玩，他只是跑，不愿意好好走路，我们在后面追啊追，没半天就累得不行。那天累得下午四点多就去牛肉火锅店等吃。火锅店的大厅寥落静寂，是还没有醒转过来的样子。才坐定，儿子又跑得不见了。大家赶紧从后门去找，果真，看到他乐颠颠地在那里玩。那片空地是用高高的花篱围起来的，有七八头黄牛在，有的在吃草，有的在打盹。儿子是在城市里成长的，往常的黄牛都是在车上远远望见，像玩具一般。今天猝然一见，发现它们根本就是庞然大物。看到我，儿子竟像得到了援救一般，急急投入我的怀里。我抱着他，从牛们身边走过，他一边俯下身来看牛，一边又一惊一乍地把身子挺直了躲避开。我拿了他的小手要去摸牛身子，他吓得甩了好几手，趴在我肩上再不敢回头，紧紧把我抱住勒紧了。

　　转了大半圈，我们走进去的是备餐厅。操刀的师傅正在大显身手。这些乡间的火锅店，规模不小，装修却是简陋的，但这也不妨碍它们生意兴隆。餐食时间一到，城里人便一波波涌来。台板上，师傅正在分解一大坨油艳艳的牛肉。像身怀绝技的武功高手，他把刀举个半高，却轻轻落砧，一切两切又三切，手势是固定精准的，薄薄的牛肉片便在手下一片片倒下。见我们进来，他指了指眼前吊挂着的一坨肉，又指了指手下的那一坨肉，骄傲地让我们细看：隆起的那块肉一直在搐动中。之前，这只停留在传说中，这是大多食客津津乐道的。据说用于牛肉火锅的肉，从宰牛到牛肉上桌，不会超过三个小时。我的身体被一道闪电急遽地穿过，只把儿子小小的身子抱紧了。

　　此后，每一次吃牛肉火锅，当漏勺从汤锅里被提起，灿灿的牛肉香气四溢地在一整个房间逃窜，那坨搐动的牛肉便及时出现，而我还在乡间花篱内抱着儿子从一群牛身旁走过，他俯下身子去看牛的眼睛……

　　那位乡间师傅，他该是有多么敬业。他取过一叶自己切下的牛肉，拿到鼻孔处嗅嗅，陶然自得地说：香，香啊。然后，把那一叶牛肉塞到了我与儿子的面前，我们被逼退了两步，他又前进了一步。

　　他指着门口，说，这一批牛，我与老板一起去进货的，五十头，就剩这几头了，过几天又得出门。你们是走对了地方，方圆十里，没有这么好的品种的。我是一头一头地挑，比挑种牛还严格。

这促使我动了素食的念头。在我们的饮食文化里我极度不适，四处寻找逃遁的出口。我买了一些仿荤的素食回来，大都是大豆制品和魔芋制品。但只尝试了不到三次，便开始胃痛。那时候，不是梅花痛，是大片的，四下放出光芒的，像向日葵那样子的痛。以前学医时读过，大豆中含水苏糖和棉籽糖，在肠道微生物的作用下可产生气体，致胀气。这一路，我就不敢再迈进了。心病却如雨后的苦苣菜，蓬盛葱茏地生长起来。

我对毕达哥拉斯开始感兴趣，传说他是第一个素食者，在素食这个词尚未被发明出来之前，人家把素食者称为毕达哥拉斯主义者。小学几何课上也听过毕达哥拉斯的，勾股定理的发明者，这竟然是同一个人。后世对毕达哥拉斯的评定纷繁如花，思想家、哲学家、数学家、科学家、占星师。这种大象型人才，身上多种知识结构的不合理冲撞，我甚为着迷，更着迷的是，这些元素各自携带的黑火药，升腾至高空被什么引燃了，火星子描画、喷溅，漫天烟花如谜。

伊人年代久远，摸不到脉搏听不到心跳，转述、传闻、野史，扎进去又钻出来，信它一半又疑它一半，故事虽然摇摇晃晃，思想的枝茎大概不假。令人意外的是，这个人还是一个类似宗教学派的创立者和领袖，曾在大希腊（今意大利南部一带）赢得很高的声誉，其教义鼓励人们自制、节欲、纯洁、服从。虽然确凿的年代不可稽考，大致可信的是毕达哥拉斯与悉达多基本生活在同一时期，距今两千五百年前后，毕达哥拉斯稍为早一点。虽然相隔万里关山，他们关于灵魂的思想竟是灵犀相通，不知道共同的印欧祖先是否在原始信仰的渠流下过什么符水。毕达哥拉斯认为，灵魂是个不朽的东西，可以转变为别种生物，而凡是存在的事物，都要在某种循环里再生，没有什么是绝对新的。这与佛教的轮回学说可说是形神俱似。毕达哥拉斯认为，一切生来具有生命的东西，都应视若亲属，而佛教宣扬众生平等。这一径，他们俩走出来的轨迹有些不同。悉达多对动物的态度，用力颇重，舍身饲虎达到了极致，成全的宗教理念不止是舍我，还是利他。而毕达哥拉斯对动物的态度更趋平和与自然，据说，他曾经对着动物传道半天，一派天真。奥维德《变形记》第15卷《毕达哥拉斯学说：生命的尊严》中有这么几句，听来令人心里和煦柔暖，还萌生了一丝痒痒的不知对谁的爱意。

　　　　让公牛耕地，让它老死

　　　　让绵羊供给你御风的羊毛

　　　　让山羊供给你羊奶

　　　　把网罟机弩抛掉

　　　　别用胶枝捕鸟

　　　　别用羽毛吓鹿捕鹿

　　　　别在漂亮的食物下暗藏钓钩

关于净化灵魂的方式，毕达哥拉斯和悉达多终于分道扬镳。原始佛教讲究四谛、八正道和十二因缘，提出诸行无常、诸法无我、涅槃寂静的学说。而毕达哥拉斯哲学走的方式极为奇葩，凌驾于人的肉身、欲望以及所有本能之上，他重建了一条通衢大道，名字叫做数学，以数学来净化灵魂。我承认自己的无知，很长时间以来，我觉得哲学与数学除了同样依赖于逻辑思维，它们就如飞鸟与鱼，处不到一块。

毕达哥拉斯说，我们的世界不完美，只有数学世界是完美的。

几何学有个基本的概念——直线。我们的现实世界中有直线吗？没有，它只能是无限趋近于直。同理，圆也是这样。也就是说，直线也好，圆也好，它只是一种抽象概念，并不实存于这个世界之中。

毕达哥拉斯又说，万物的本原都是数。

一只鸟、两只鸟、三只鸟，一条鱼、两条鱼、三条鱼，在他之前，竟然是没有一、二、三这种数的概念的。当然，它一经产生便成永恒，而飞鸟与鱼终有生命终老的一刻。

他相信，世界的真正统治者，正是数学。再没有一样东西，像数学这么严谨而又完美，它是众神之母。

我其实已经被折服了。这是多么美好的理论。虽然我还没有发现我的梅花痛和向日葵痛可以用数学对治的办法，可是个人的一点病痛又有什么关系呢？如果数学可以成为信仰，直线和圆可以成为图腾，那么这个世界上就没有善恶之争，没有战争与苦难，没有难填的欲壑，没有死亡的阴影，每一个人都可以用数学净化灵魂，每一个灵魂都能激荡出蓝色的纯粹火焰。那时节，我们随着四季草木荣枯，吃不同的草叶和树芽，与牛一起躺在草垛上玩《英雄联盟》的游戏，每个人长得仙风道骨，精神却丰盈无边。可是，毕达哥拉斯很快被打败了，它叫做$\sqrt{2}$。希帕索斯是他的学派的一名学生，他发现了一个欠揍的问题：边长为 1 的正方形其对角线长度是多少呢？这个未知数蛮横无理，根本无法用整数和分数来表示，它挑战了数的至高无上的信仰和权威，与毕达哥拉斯学派对立起来，而他们毫无解决办法。为了掩盖无理数的存在，他们把希帕索斯投入大海……我也被$\sqrt{2}$打败了，以数和真理为信仰的世界，依然是人的世界。只要是人，就得正视本能，正视欲望，正视人性的深渊。

关于素食的心病，我迁延多年，前后有过多番试探，却总是不得其门而入。儿子当然是一个藉口。作为一个在菜市拥有购买主权的家庭主妇，我的素食趋向势必会影响到他。关于一个人的健康成长是否需要足够多的动物蛋白，营养学上一直是有分歧的。儿子正在长身体的年龄，我不愿意拿他的人生来试错。这还在其次，更重要的是，这事情本不该由我来替他抉择吧。每当在十字路口徘徊之后作出的选择，我都需要为它寻找文化支撑，虽是滞后的，最终却也获得了逻辑的自洽。

在一些聚会场合，我也会碰到素食朋友。如果从一开始就直奔素菜馆，那是没问题，最怕的是，他并没有说得明白，到了点菜时才含混说出。在我们身边，很多饭局其实是有餐桌政治的。如果素食者是相对的弱势者，便会喏喏地说，他可以吃肉边菜。换成朋友间聚会，他的固执会更强硬一些，安排菜品时节，聊天话题便生生截断。对深度素食主义者，我内心充满崇敬之情。荤食已然成为社会既定的饮食模式，素食者，其实是必须具备挑战者激进的大勇的，甚至还必须具有某些反秩序的素质。我问询过一些人，回答都极其精简，有的说信佛教了，有的说不愿意杀生，有的说为父母亲祈福，大抵还是与信仰有些关联。如果再了解一些细节，鸡蛋、牛奶吃不吃的，洋葱、辣椒吃不吃的，那么问题便彰显出来，不少人并不知道这其中的差别，也没有经过理性的辨析和确认，对素食只是朦胧的认识，或者根本就是盲从，这让我多少有些失望。

在色达发生荤乡愁之后，我又一次对荤食模式产生深重质疑。在远古，人与动物之间界限漫漶，我相信那是弱肉强食。在山林、在涧边、在草原，人与动物相遇了，殊死搏斗之后，动物尸身被烹来食用，竟然是美味可口，有过多次肉食经验之后，人发现自己的身体更加健硕，力大无穷。于是，狩猎开始了。我在齐鲁大地行走之时，喜欢研读汉代画像石，这些地下墓室、墓阙的建筑构件，多出自民间艺人之手，读之，鲜活如在眼前。那幅狩猎画像是在山东省博物馆看到的，在它前面，我刚刚看过乐舞、建鼓、庖厨画像，有人在笙箫鼓乐，有人在悬挂着双鱼的厨房里用硕大的酒缸滤酒，民间清欢弥溢出来。就在此时，狩猎画像出现了。人是欢快的，他们手里拿着弓箭、绳套、网兜，还有一种丫形的不知名锐器，而动物们，狼、鹿、狐狸、大鸟雀，它们惊慌地四下逃窜，有人狩猎成功了，绳套套住了狼的脖子，身材颀长的狼逃在半路，它脉脉的哀鸣穿过近两千年的时光，传到我的耳边。那是一种稚拙派画风，主观率性、造型质朴、天真单纯，在人们无辜、欢乐的眼神里，我却看到一场盛大的残酷。展厅里光线幽暗，我耽在它面前出不来，许久。动物的退守、屈服、死亡，显然地，并没有使人获得满足，而是相反，这更激发了人的征服野心。满足饱食之后，人开始确认了一种新的信念，他对动物拥有支配权，拥有生杀之权。原来，在人类的发展进程，它也是一直在寻求文化支撑的。文化是血脉一样的存在，它一直潜行着，随时等待着人的寻觅与点燃。可是，这一次，它把人骗了。其实，并不是文化的问题，而是人在自欺欺人。那是一个圈套。我们藉以建立的文化基础，分明是生物界的丛林法则，它是非文化的。走了漫长的路途，回到了远古，这是多么悲凉的事情，人这种狡黠的物种，当然不能接受。他开始建构新的一劳永逸的逻辑秩序：驯养、宰杀，并且使之日常化。我一直弄不明白，这是生态事件，还是文化事件。如果它是生态事件，那么在自然链条上，人该由谁来制约？瘟疫吗？

在色达听堪姆讲课，她认为即便是穿衣吃饭，纯粹不染罪业的人是没有的。牛羊吃草、人吃饭喝茶，那都有杀生可能，草叶上、稻米上、茶树上，谁能说一定没有小昆虫呢？

如此穷究，近乎原罪。我却是因此走到了它的反面。最终，我放弃了文化的反省和严格的自律，不再纠结于是否做一个素食主义者。让身体自己做主。不过，出于对动物的尊重，我会尽量减少宰杀，并对充当食粮的它们充满了敬畏和感恩之心。

儿子已经从四岁小孩长成了少年，乡间花篱的那几头待宰牛，还依然活着，偶尔从眼前飘过，吃着草，或者打着盹，有时，它们似乎生活在毕达哥拉斯走过的街道上。或许，我的心智与身体要达成共识，尚需经历一个漫长的过程。身虽不能至，心向往之。要解决这个问题，我可以继续等待，等待时间和时机，或者等待一个超越维度的$\sqrt{2}$的降临。

后记

写散文，无非是把自己溶解在时间里

　　谈论散文是多么难的一件事情，正如散文写作本身是多么地难。有时候喋喋不休唠嗑一阵，过后却觉得都是废话。在前现代时期，学诗浑似学参禅，这个问题是可以回避的，可是经过现代性思想的敲击，单靠参禅来打发已不可能。

　　那么谈论散文时，我们应该谈论什么？

　　我想，我先来谈论小说吧。

　　我是写小说之后才重新认识了散文。这是颇有意思的事情。在古代，散文是泛指诗歌以外的所有文体，也就是说，我们现在所界定的小说以前是属于散文的范畴，它是散文的一根肋骨所变。在文体流变中呈现的情状，散文是古老的，坚如磐石的，而小说是年轻的，欲望无限的。显然地，小说是人类精神趋于复杂、文明程度趋于高级之后衍生的，到了今天，它依然具有强大的生命力和生殖力。这也就可以理解了，小说缘何会成为当下文学的优势文体。

　　当我被诱惑着去写小说时，我的生命搏动一定是与它同频的。这段关系更像是一场偷情，激情磅礴，难以自抑，粉身碎骨也在所不惜。可要命的是，写了一段时间的小说之后，激情消散，我发现自己最爱的竟然是散文，是那个坚如磐石的老男人。

我终于明白，我是一个散文人格的写作者。

写作者是有文体人格之分的：散文人格、诗人人格和小说人格。这与作家们真正选择和从事的文体不一定是对应的。选择错了而不自知，一辈子拧巴着，这也为数不少。一开始，我盗取了英国学者波兰尼的缄默知识的概念来解释，他说我们虽然不能把一个人的面貌说清楚，不能通过语言、文字、图表或符号进行明确表述和逻辑说明，但我们依然可以在人山人海中把他辨认出来。这个认识论观点，放在文体人格上，依然是妥帖的。

然而，很快地我对此产生了不满足，知识的默会性与参禅是一致的，它虽然充满了朦胧美感，但烟消雾散之时，肯定还有蹊径可走。

我发现，散文人格是由时间支撑起来的。一个人的人格精神，在一个瞬间一个事件中也许可以展现，可是人格的形成是需要时间慢慢养育的。散文人格的写作者，经常会自觉或者不自觉地等待、邀请时间来参与自己的站立、成长，也参与写作，他们会像珍惜生命一样珍惜文本里的时间，那个时间是与真实时间等长的。时间的严苛本来就是一种规定性，只有它才能建造人的精神性骨架。而小说人格的写作者，对时间的使用是十分轻率和随意的，他们更侧重于演出效果，即便是把时间伸缩折叠、涂抹改写也在所不惜。

我写散文，刚好三十年。

写散文，无非就是把自己溶解在时间里。

这其实又牵涉到另外一个问题。散文人格，生活和生命是第一性，写作是第二性的，而小说人格恰恰相反。

《出花园之路》这本散文集，长的近三万字，短的不足两千字，参差斑驳，恰如生活本身。《好阉》和《如花美眷》两篇是姐妹篇，是近期的作品，更加原生芜杂，也更加彰显日常的思考。可是写完之后，我又不知道散文应该怎么写了，就像不懂得走路的孩子。相似的文字系列我是不能超过两篇的。风格重复与原创力是一对危险关系。风格如果不重复，个人的标识如何建立？可是如果一味重复下去，一百篇与一篇两篇又有何区别？不断自我重复的写作者，是在短期内实现空间的围剿，可对文学的评判难道不是属于时间吗？

在写作资源的耗用上，我是极其奢侈的。在短篇小说《花儿锁》写过这样一个情节。一位男子为了恋人的翡翠坠子寻找配对的玉料，最终觅得的是一块三公斤重的老料，这是有手镯位的，可是他无意做成手镯，只为了一枚坠子。玉雕师没见过这么浪费老料的，便规劝道：手镯位的里面，还有坠子位的。但他坚持认为，这虽是明料，但看到的也只是牌面，况且做了镯子，坠子就得避让，不可能是最好的那一枚……我的写作与这位男子十分相似，从不愿意为了更多的获得而避让和妥协。据我所知，很多作家以小说为正业，好的玉料优先给小说经营，剩料再给散文。他们都是持家有方的，我是败家子。我经常把最宝贵的玉料，拿给散文去挥霍。

请别责怪我写得这么少。我早已知道的，我只能等待时间慢慢地参与，写很少的文字，收获很少的读者。只是，我希望经由时间浇溉的每一段文字都摇曳如花，每一个遇见的读者，都能够在文字里实现灵魂的肉搏，每一位都是知己。